公元787年,唐封疆大吏马总集诸子精华,编著成《意林》一书6卷,流传至今

意林: 始于公元787年,距今1200余年

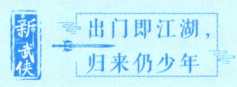

和魅州

—吾 玉 著—

吉林摄影出版社
· 长春 ·

图书在版编目（CIP）数据

千魅洲 / 吾玉著. -- 长春：吉林摄影出版社，2018.1
（新武侠）
ISBN 978-7-5498-3506-5

Ⅰ.①千… Ⅱ.①吾… Ⅲ.①短篇小说 - 小说集 - 中国 - 当代 Ⅳ.①I247.7

中国版本图书馆CIP数据核字(2018)第017879号

千魅洲
QIANMEIZHOU

出 版 人	孙洪军
主　　编	顾　平　杜普洲
责任编辑	施　岚　孙　瑜
总 策 划	蔡　燕
丛书统筹	黄　磊
策划编辑	黄　磊
特约编辑	车克家
设计总监	资　源
封面设计	资　源
美术编辑	孔凡雷　徐　丹
发行总监	王俊杰
开　　本	880mm×1230mm　1/32
字　　数	200 千字
印　　张	8
版　　次	2018 年 1 月第 1 版
印　　次	2018 年 1 月第 1 次印刷

出　　版	吉林摄影出版社
发　　行	吉林摄影出版社
地　　址	长春市泰来街 1825 号
	邮　编　130062
电　　话	总编办　0431-86012616
	发行科　0431-86012602
网　　址	www.jlsycbs.net
经　　销	全国各地新华书店
印　　刷	北京中科印刷有限公司

| 书　　号 | ISBN 978-7-5498-3506-5 | 定　价：32.80 元 |

版权所有　翻印必究
如发现印装质量问题，请与承印厂联系退换

序

心若冰清，天塌不惊

慕雁

认识吾玉，已经许多年头。今日收到她的呼唤，叫我为她的新书写个序，原本拖延癌患者的我，难得不想拖延，立刻端端正正执行起来。

打开文档，坐在电脑前，手指摆在键盘上。恍然觉得年头走得有些快，初识时我们都还是学生，课余一起码字，偶尔插科打诨，如今我工作都已四年余。

时光无情。可是她在我心里，一直是当初那个躲在老教室写稿被蚊子咬了一身包，却不愿理会，沉迷在自己笔下的世界，恣意潇洒，仗剑江湖的小姑娘。

初看她的文，是在许久之前，已经想不起看得是哪篇故事，但是那种惊艳的印象，时隔许久，每每还能回味。人物含情，文字动人，故事曲折，行文更是出人意表，甚至刻画人物性格中的为家为国胸怀天下等类的大气——我觉得极难写的点，也能写得浑然天成热血满满，无不让人信服。

她笔下，总把男女之情写得无比动人，却又从不拘泥儿女情，性格各异的兄弟往来、倾尽心计的权谋攻心等等，也都写得好看。脑洞更是时常开得很大，之前看她写出的一篇关于造外星飞船的古文，着实把我"吓"了一跳。

这本书里，类似的惊喜也不会少。

比如螳螂精和黄雀精没互相绕到背后，反而结成异姓兄弟；比如帅气的小哥被借走了俊脸，只得顶着一个蛤蟆头苦寻债主；比如东方版的阿拉丁神灯……都在这本书里等着你。

　　其实看过吾玉照片的人，大都觉得是个俊秀好看的姑娘，模样雅致且文静。可她笔下的故事，波澜无极，从不止这派静好，远超出人们对她的想象。以文观人，倒会觉得她更像是一个心怀家国的女侠客，肝胆照人，游历名川，会舞剑生风，也会举坛饮酒，特别潇洒又有气度的那种。

　　说到这份侠性，我倒是又想起她的淡薄。倒不是说她对写作的态度淡薄，相反，她确是将这些事奉为理想在做。淡薄是说她对写作报酬的心态，大家都是红尘人，活在俗世中，难免为了人间烟火计较个人利益。她大概是我身边，唯一一个只愿以笔写心，不图外物到这个程度的，格外难得。

　　太多人写作，难免受市场左右，可她是那个哪怕不便刊发只要读者看着开心自己写得够爽，就愿意一直写写写的人，能不能换取稿费好像已经不那么重要了。曾伴她经历过一些不顺意，但是她如此的心性，总是将她引向光明坦途。想来是天公垂青。所有不如意不过一场经历，早就不值一提。希望我的姑娘可以走得更好更好，才不辜负她的心与汗。

　　心若冰清，天塌不惊。

　　这是她许久未改的个性签名，也是我觉得安置在她身上格外合适的一句。看着不声不响的八个字，其实是出自《风云》中的心法口诀，是不是觉得她愈发侠气了？

　　很荣幸可以在她的新书里留下这样一篇文字。吾玉就是这样一个从文品到人品都令我想要推荐给你的姑娘。希望有缘看到这本书的你，也会同我一样喜欢她。

2017.8.10 夜

写于申城的雨声里

目录

001　千魅洲之公输

043　千魅洲之冬荣

063　千魅洲之秋漪

087　千魅洲之檀奴

105　千魅洲之荀容

125　千魅洲之白霜

目录

149　千魅洲之浮晴

169　千魅洲之玉面

189　千魅洲之长乐

207　千魅洲之岁慈

225　千魅洲之素衣

千魅洲

之公输

红袖馆在立秋那天来了两个奇怪的客人，一个年轻的男人带着一个小女孩，衣着古怪地现身一楼大堂。

　　那男人安静地坐着，身边的小女孩却不安分地东张西望，透着十足的古灵精怪。

　　风韵犹存的老鸨堆着满脸的笑上前招呼，那个男人却只温和地吐出一句："我们找花魁'夜倾城'。"

　　满馆好奇打量的姑娘们纷纷摇头，美人扇下的美人脸笑得暧昧惋惜。

　　"皮相倒生得极好，可惜是个盲人。"

红袖双魁

　　（一）

　　影儿对师父身上挂着的那个青竹筒眼馋了很久，那里面装着世上最好喝的酒。她央着师父给她喝一口，却总是被拒绝。

公输阙笑得温和:"一口也不可以,我怕你一醉不醒。"

这酒唤作"拈花",掺满了人世间的七情六欲,公输阙随身带着,不知什么时候就喝上一口,竹筒里的酒却从不见少。

每做完一笔生意,除了定好的酬金外,他总会有意外的收获。

各种各样的眼泪,欢喜的,悲伤的,遗憾的,追忆的……滴入竹筒里,散发出浓烈的酒香。世间的悲欢离合,众生万象,便汇作了那一壶醇酒,在竹筒里摇曳着醉人的芬芳。

公输阙收取的酬金并不固定,最多收过万两黄金,最少也只取过一枚铜板。

付万两黄金的是金云城城主的儿子,他的未婚妻在成亲前一天离奇死亡,他悲恸欲绝,想要再见她一面。

公输阙拿出招念铃让他摇了摇,铃声大响。公输阙沉吟不语,在场中人的记忆力藏着事情真相,虽然他找人掩盖过,但还是留下了痕迹,看来她的死另有隐情。

果然,当影儿唱出"伶仃谣"时,"往生香"的缭绕烟雾中,金云城主如遭雷击,萎靡倒地。他脑海中的记忆浮现,编织成一幅画面成现在众人眼前。

那女子竟是被爱人的父亲,金云城德高望重的城主醉酒后调戏不成,愤而杀死的!

混乱复杂的画面,影儿看得一知半解,公输阙却捂住了她的眼睛:"小孩子看这些做什么?"一拂袖让她昏睡在了怀中。

影儿醒来时,只知道那个谦逊有礼的少城主在房中自尽了,老城主抱着儿子的尸体,悔恨不已。

离开的时候,影儿在前方提着灯,好奇地问道:"师父,为什么那个哥哥要自尽呢?是像书里说的要和那个姐姐殉情吗?"

话刚落音,头上便被狠敲了一下:"小孩子家少看些乱七八糟的书。"

付一文钱的是个年轻乞妇,她痛哭流涕地跑到公输阙面前,求他让她能再看一眼她早逝的孩子。公输阙叹了口气，自她前面的破碗里取了一文钱。

影儿至今也忘不了他们母子相会的情景，母亲的记忆里，那个面黄肌瘦的男童奄奄一息，却还在眼泪汪汪地叫"娘亲"。

那个年轻乞妇哭得撕心裂肺："儿啊，是娘亲对不起你，你好生去吧，投个好人家，下辈子不要再挨饿受冻了……"

她本是富贵人家的千金，不顾家里反对招进了一个夫婿。她本以为那是她一生的良人，却没想到那俊秀书生是人面兽心，逼死她爹娘，夺她家产，将她赶出家门，那时她已怀了他的孩子啊……

走的时候影儿眼睛红红的，提着灯哽咽道："师父你真小气，人家都那么可怜了，你还收她钱。"

话还没说完，头上又挨了一下："小孩子知道什么？"

影儿捂着头大怒："师父你不要老是敲我，会长不高的。"

公输阙漫不经心地走在后面："长不高明明是因为你自己挑食，还敢怪师父。"

影儿一时气结，提着"结忆灯"远远地将公输阙甩在后面。

身后的那袭墨衣依旧笑得温和，无波的眼眸却似乎黯了黯。

他们的生意也有没做成的时候。

南疆大山里的一个苗女，想再看一眼她的丈夫。

三年前他与她在大山里定情，离开时他说会回来娶她。她苦苦等了三年，却等来了他因病逝世的消息。肝肠寸断的她，在抹去眼泪后毅然做了一个决定，还是要嫁给他！

她以南疆盛重的礼数，完成了一个人的婚礼，从此以"未亡人"自居。

但她却没有摇响招念铃，一点儿声音也没有。

公输阙安慰她："你的夫君只怕早已去投胎了。"

那个眉眼坚毅的苗女，泪流满面，却又含着欣慰的笑容。

她在如水的月光下向他们挥手道别，月光将她的影子拖得很长,影儿忽然有些伤感,她可能要在大山里,一个人一辈子守着一轮月。

公输阙却在心中幽幽一叹。

招念铃之所以摇不响,并不是因为那个男人去投胎了,而是因为他根本就没有死!记忆神秘莫测,公输阙至今不能洞悉玄机,只知道,只有在人死去之后,有关于他的记忆才能在他人脑海中被提取出。人死灯灭,所作所为盖棺论定,再无更改干扰的可能,唯有如此,他人记忆里,他留下的那些痕迹才无法被更改,才能被顺利提取出来。如果他还活着,一切尚有转机,能提取记忆的招念铃无力更改未来,自然招不出他的念。

负心的男人用谎言囚住了一个女子的一生,偏偏这谎言还是不能被戳破的。谎言背后的残忍,于性情刚烈的苗女而言,不如不说。守着誓言独听月吟,已是她最美丽的结局。

公输阙淡淡一笑,腰间的竹筒里,又多了一滴痴情不悔的泪。

(二)

影儿怕冷,往往还没到冬天就穿上了一身白袄,像只小白鹿,公输阙特意在温暖的紫竹林里建了一处庭院。

庭院的名字很有趣,叫"有间庭"。

话说有一日,影儿突然心血来潮地搬来了几大本厚厚的书,兴致勃勃地说要为庭院取个名字。

公输阙躺在摇椅上,哈欠连天,听影儿报着从书里东拼西凑出来的,各种各样奇怪的名字,昏昏欲睡。

迷迷糊糊打了个盹醒来时,就听到影儿兴高采烈的声音郑重道:"现在,经过重重筛选,终于只剩下了五个名字,师父你听,'竹雅轩''招念居'……"

公输阙睡眼惺忪地打了个哈欠:"何必那么麻烦?不就是竹林深处有间庭嘛,便叫'有间庭'好了。"

"有间庭，有间庭……"影儿歪着脑袋还在念叨着，公输阙已经翻了个身，嘟囔着："我亦有庭深竹里，也思归去听秋声。"便又沉沉睡去了。

"有间庭"里有个浅浅的池塘，一个月前，影儿便是在塘边被一只五彩斑斓的山猫抓伤了。

公输阙闻声出来时，就见影儿站在庭中，笑嘻嘻地嚷着：

"好嚣张的猫儿，一点儿也不讲道理，不过是上前摸了你一下……哎，你去哪儿呀……"

一道黑影迅速穿梭消失在林间，公输阙耳朵灵动，鼻尖细嗅，发出了一丝不易察觉的轻叹。

他拉过兀自叫嚷的影儿，一边上药一边道："人家好端端地在那里休息，你偏要上去招惹，活该被抓。"

影儿疼得龇牙咧嘴："师父你轻点儿，太不爱护幼小了……"

见她还要喋喋不休地抱怨下去，头上又是一敲，"好了，快去收拾一下吧，我们又有生意要做了。正好看看你最近吃得这么多，有没有胖得像只肥猫。"

公输阙的眼睛平日里与一般盲人无二，在招念过程中却能恢复清明，看得一清二楚。

"才没呢，"影儿做了个鬼脸跑开，"我不知多可爱呢，才不像师父这只笑面狐狸，最坏了……"

公输阙坐在原地，摇了摇头，嘴角不自觉地上扬，露出了影儿口中的"狐狸笑"。

（三）

影儿又在池塘边遇见了那只山猫。

天气转凉，她已穿上了一件雪白的单袄，蹲在池边看了会儿鱼，一起身便看见那个人直直走来。

一身五彩斑斓的衣裳，少年的模样，剑眉星目，头上还竖着两只山猫耳朵。

"你果然一点儿也不记得我了。"山猫少年停在她面前,见她好奇地睁大眼打量着,眉眼间露出一抹失望之色。

影儿眨了眨眼睛,仰着脸拍手笑道:"谁说我不记得你了?你就是上回抓伤我的那只猫儿,嚣张得不得了,没想到你竟然这么高。"说着她笑嘻嘻地伸出手想去比画。

山猫少年轻巧地退开,一脸的焦急与激动:"你当真忘了吗?我是……"

"影儿,在和谁说话呢?"

山猫少年低声恨骂了一句,身形一变,进了林间。

公输阙从屋里出来,就听到影儿嘟囔:"咦,你怎么跑了……"

公输阙不动声色地听着,心中却是一声轻叹,苍山的璎珞花要开了吧?难怪……

因为上次六尾灵狐的事情,影儿决定再不要和骗子师父说话了,信誓旦旦的保证却还没到一天就被打破了。

公输阙做了她最爱吃的银耳雪莲羹,还给她买了双新鞋,雪白雪白的面,毛茸茸的,可爱极了。

她一边吃得欢快,一边严肃道:"我不是被好吃的和新鞋子收买才决定和师父说话的……"

公输阙轻敲了她额头一下:"知道啦,那么多话。"又摸了摸她身上的单袄,笑得一脸无奈。

"才这个时节便穿得这样多,我真怕带你出去会有人指着我的鼻子责问我:'公输阙,你是要热死你的徒弟吗?'"

影儿吃得心满意足,抬头傻乎乎地笑了一下:"我怕冷嘛。"说完又"埋头苦干"去了。

公输阙抚了抚她的头发,嘴角带着宠溺的笑意,波澜不惊的眼眸却微微一黯,深不见底。

他们这次去的地方,据公输阙说"一点儿也不好玩,正好不打

算带你去"，影儿却好奇心上来，偏要跟着去。

当踏入红袖馆时，影儿一面东张西望，一面在心中感叹：

"师父果然还是一如既往地骗人，这里多漂亮。"

耳边是莺莺燕燕的调笑声，公输阙不为所动，只带着影儿静静地坐在红袖馆的一角。

他们这回的雇主是名动天下的花魁"洛倾城"，她要见的，是红袖馆与她齐名的另一位花魁"水初荷"。

进入洛倾城的房间时，她正在沐浴，竖着的屏风后，热腾腾的雾气伴随着女子的娇笑，真真一幅活色生香的"美人入浴图"。

这是她特意为他准备的，洛倾城故意挑着水花，静待屏风外的人的反应。

果然，有脚步声走近，洛倾城唇边露出了一抹嘲讽的笑意，天下乌鸦一般黑，传说中的公输先生也不过如此。她嗤笑着，抬头望去，映入眼帘的却是一只雪白雪白的小鹿。

灵秀可爱的小脸上，一双黑白分明的眸子滴溜溜地转着。

"姐姐，你好漂亮啊！"小白鹿眨着眼睛上前，在洛倾城目瞪口呆的注视下，将手伸进了木桶里，发出了一声享受的"哇"。

"这里好温暖好舒服啊！"

洛倾城穿好衣服出来时，影儿还一脸陶醉地流连在屏风后。

公输阙坐在桌旁，微笑着品茶，举止优雅，眉眼清秀，一袭墨衣更显丰神如玉。

洛倾城心悦诚服地走过去，盈盈施了一礼。

"倾城见过公输先生，先生神仙人品，不同于世俗男子，倾城妄加揣测，雕虫小技叫先生见笑了。"

公输阙笑得一脸温和："我想，姑娘可能误会了。"

"在下平凡至极，与一般男儿实在无二，只是因为在下是个盲人，见不到姑娘的温柔美好罢了。"

洛倾城一脸震愕，公输阙却是一脸歉意。

"叫姑娘失望了,真不好意思。"

(四)

洛倾城与水初荷自小在红袖馆一起长大,两个人都是不可多得的美人坯子,一者美艳,一者清绝,成了红袖馆两块金字招牌。

她们的感情极好,小时候同吃同睡,还一同学习琴棋书画,形影不离,是红袖馆人人艳羡的一对姐妹花。

虽然同是花魁,但她们却从没有争风吃醋,互相妒恨,反而相互帮衬着,毕竟,红袖馆里的女子,都是孤身一人再无处可去的。她们从小一起吃住,一起长大,是朋友,更是骨肉至亲。平日里亲密无间,无话不说。

谁也没有想到,这么好的姐妹,会因为一个男人反目成仇。

这个男人叫秦风,是一个江湖剑客。

那天本是洛倾城去接待的,但她身子有点儿不舒服,水初荷照顾她睡下后,便代她出去招呼客人了。

相遇、相识、相知、相爱,像所有戏文里的老套情节一样,他们便这样顺理成章地生情了。

初荷拉着倾城的手,如小女儿家一般,红着脸却又甜蜜地诉说着他们的点点滴滴,眸中的光芒是倾城从来没有见过的。

她后来常常在想,如果那天自己没有生病,是她接待的秦风,一切该有多好。

但没有如果,只有不断发展下去的残酷现实。

初荷要走了,她开心地告诉倾城,秦风要将她赎出去了,他接了一笔买卖,一颗人头三千两。

他是个剑客,为了她却甘心做一次杀手。

初荷眼中的光彩刺激到了倾城,她转过头不愿再看,灿若桃花的脸庞浮现出一丝冷笑。

她很美,她对自己的美貌也很有信心,世上有几个男人能抵挡

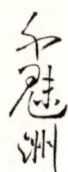

得住这样的投怀送抱?

秦风带着三千两回来了,初荷兴冲冲地跑来找他,却看到倾城懒洋洋地自他床上起来穿衣,一双含笑杏眸毫不畏惧,充满挑衅地直视着她。

秦风从床上爬起来,慌张地解释,昨夜太高兴喝了许多酒,不知怎么回事……

初荷没有责怪他,只是深深望了一眼倾城。

秦风向红袖馆的妈妈赎出初荷时,倾城站在楼上冷冷地看着,艳若桃李的面庞依旧美得动人心魄。

他们终是没有走成,离开那天被人发现双双死在了房中,面前两杯毒酒,一封遗书。

遗书上是初荷淡雅的字迹,只八个字。

从来情深,奈何缘浅。

人人多有揣测,有人说看到初荷在走的前一天晚上,和倾城在房中大吵了一架,奔出来时满面泪痕,对柔声安慰她的秦风更是难得地发了很大的脾气。

好事者纷纷议论,定是倾城不甘心初荷一人脱离苦海,留下她孤孤单单,所以不让他们离开,而被亲如姐妹的倾城和恋人秦风同时背叛,初荷既生气又伤心,一时想不开才会做出这样的事情。

看到初荷与秦风的死状时,倾城出奇地冷静,一滴眼泪也没流,只是一面笑着一面念叨着退出了房间。

"你说过的,你说过的……"

众人唏嘘不已,谁也不知道秦风向倾城和初荷分别承诺了些什么,那比蜜糖还要甜蜜的誓言,到头来却成了致命的毒药。

(五)

影儿对漂亮姐姐房里的一切东西都感兴趣,摸了这个摸那个,倾城一边与公输阙谈话,一边含笑望着这只多动的小白鹿。

当影儿好奇地摸向那幅刺绣时,她却乍然变色,快速起身笑吟吟地搂过影儿,为她拿出了许多新奇玩意。

影儿欢喜地叫唤着,公输阙抿了一口茶,定然无波的眼眸似有若无地向那边望了一眼。

招念香点燃时候,出现了前所未有的情景,倾城的记忆好像笼罩了一层青烟,模模糊糊的,像在竭力掩盖着什么,抗拒着召唤。影儿的伶仃谣都哼唱了几遍,依然全无效果。

倾城颤抖着嘴唇,似乎在渴望着什么,却又在不断挣扎着。

金云城的那次,城主心怀愧疚,全力抵抗,公输阙也无须怜香惜玉,强行用法力提取。而这一次,倾城内心激荡,他不忍心用强。

公输阙抬手止住了影儿,眉眼低垂,像在倾听些什么。许久,他挑眼望向了墙上的一幅刺绣,目光渐渐清明。

"我明白了。"

那幅绣画极长,挂在墙上,如一道门一样。长绢上绣着一轮明月,月下是条波光粼粼的小河,河边依偎着两个小小的身影,衣袂翻飞,似乎都能听到夜风的声音。

公输阙蓦地转过身子,和颜悦色地对倾城道:"洛姑娘,可否让在下单独待一会儿?"

倾城咬着嘴唇,泪眼蒙眬地望了望那团青烟,点了点头。

公输阙出来时,神色有些倦怠,他附在倾城耳边低语了几句,倾城一下瘫倒在地,泣不成声:"她那时真的这么说?她真的……"

影儿好奇得不行,拉了拉公输阙的衣袖,一脸讨好地笑:"师父,你和漂亮姐姐说了些什么呀?你在房里……"

话还没说完,头上便被一敲:"小孩子问这么多做什么?"

倾城泪流满面地进了房间,关上了房门,影儿眨着眼睛贴在门边,却一点儿声音也没听到。

一定是师父下了结界,影儿气鼓鼓地瞪向公输阙,那只笑面狐狸却一副事不关己的模样,抱着手闭目养神。

倾城过了很长时间才出来，脸上带着苍白的笑容，公输阙盯着她的脸，叹息地吐出一句："你真傻。"

倾城摇了摇头，缓缓地走到那幅绣画前，纤手轻抚，眸中波光闪动："那年我们才七岁，她半夜突发梦魇，害怕得不得了。我们靠在一起，看窗外的月光，想象着外面的蓝天白云，想象着我们站在家乡的小河边，相互依偎着……可我们根本不知道家乡在哪儿，我们一生下来便身不由己，她说她只有我了，我们是一起长大的姐妹，是最好的朋友，是世上唯一的亲人，……"

影儿忽然一声尖叫："姐姐，你……你流血了！"

鲜红的血液自倾城的嘴角漫出，她却好像浑然不觉，依旧自顾自地说着，苍白的脸上笑得凄楚。

公输阙将影儿拉入怀中，大手捂住了她的眼睛，影儿扭动着身子，扒开了一条指缝向外望去。

"这幅刺绣叫'结发'，是用初荷的头发绣成的，她叫我不要离开她，她却先离开了我，我们明明都说好的呀……"

倾城凄然笑着将那幅长绢扯了下来，转动开关，长绢后的墙壁居然像道门一样缓缓升起。

影儿紧张地瞪大了眼睛，心跳越来越快，却在心脏快跳出嗓子眼儿的那一瞬，眼前一黑，喃喃着软在了公输阙的怀中。

"师父你又这样……"

那道门终于完全打开，墙壁后的暗阁中，竟立着一具女尸！

碧衫罗裙，柳眉丹唇，仿佛只是睡去了般，依稀流水迢迢，那年雨打初荷的不胜娇颜。

（六）

红袖馆的人都猜错了，那场纷纷扰扰的爱恨纠缠中，倾城争的不是秦风，她只是不想被抛下，从此只能独自一人生活，老去。

她们相依为命，彼此只有对方，但初荷却认为爱情比十几年相濡以沫的姐妹亲情更加重要，想抛下她跟其他男人一走了之。她怎么可以这样做呢？

他叫秦风，当真如阵风一样，要将她的初荷带走，她怎么可能让这样的事情发生呢？她绝不允许！

她千方百计地阻挠他们，初荷终于觉察到了她的真正用心，她哭着求她放过他们。

放过？她哀怨地捏住初荷的下巴，明明是一起长大的姐妹，明明我们只有对方了，明明我们说好的要一直相依为命，你却想把我一个人留在这火坑里！不行，你不许走，要走就先杀了我！

初荷被她的疯狂吓坏了，扇了她一耳光，然后哆嗦着看着自己的手，满面泪痕地跑出了房间。

她约秦风见最后一面，她在酒里下了毒，原本想和秦风同归于尽，却没想到死的竟是初荷和他。

她怎么会知道？她下毒的时候，初荷正好在门外看见了，却什么也没说，只是找到她，拉着她说了许多话，像小时候一样。

她欣喜不已，以为初荷回心转意了，却没想到一觉醒来时，就听到了他们的死讯。

初荷竟然迷昏了她，代替她去和秦风赴约了。

为什么要这样做？她失魂落魄地看着初荷的尸体，她把她偷偷藏在了房中，用特制的药水保存她的尸身。

每当夜深人静的时候，她便会打开暗阁，痴痴地望着那张清丽如荷的脸，她一直想问她，那日为什么要那样做？

直到公输阙给了她答案，他说："其实她根本没想抛下你，那一刻，面对着昏迷的你，她说了很多话，只是你失去了意识，听到了，却想不起来了。"

初荷想出去后就设法赎你，让你也脱离苦海。他想给你找个好人家，然后接着跟你做一辈子的好姐妹。可你却听不进她的任何话了。她想等你平静下来后就告诉你，可你的反应太激烈了。你逼得

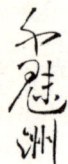

那么急,她只能害怕地越逃越远……

倾城永远不会知道,那日她昏睡过去,初荷曾用怎样哀伤的眼眸凝望着她的睡颜,决定赴死的那一刻,初荷不知道有多绝望。爱人、姐妹,都在她心上狠狠地捅了一刀,她所有的痛苦,最终化作一滴眼泪,那样烫又那样冷地落在了她的脸上。

"从来情深,奈何缘浅",是她最后留给她的遗言。

红袖馆无数个黑暗寒冷的夜里,她们是彼此唯一的温暖,那份温暖是一团火,带着光明,却也将她们灼得遍体鳞伤。

公输阙将她们二人葬在了一起,两个绝世花魁就此凋零,只化作人们口中的一段传奇。

天上下了点儿小雨,坟前不知何时飞来了两只蝴蝶,上下飞舞。

影儿笑着说给公输阙听,公输阙唇角轻扬,无波的眼眸望向远方,取下腰间的竹筒,饮了一口酒。

年轻男人带着提灯的女孩,背影渐行渐远,只风中飘荡着一缕酒香,带着似有若无的哀伤。

"师父,我也想喝'拈花'。"

"小孩子喝什么酒?"

"不要总是拿这个当借口,师父你就是小气!"

苍山雪影

(一)

当第一场雪落下的时候,寒冷的冬天正式来临了。纷纷扬扬的雪花落满了紫竹林,整个世界像一首白色的童谣。

影儿平日就极怕冷，到了冬天更是连门都不想出，里三层外三层，还戴着个雪白雪白的绒帽，露出黑漆漆的眼睛，像只长胖了两倍的胖白鹿。

公输阙一边摸着一边这么形容，笑得一脸揶揄。

影儿把帽子往下扯了扯，吸了吸鼻子，嘟着嘴巴哼道："师父你又好到哪里去了？天天就知道睡、睡、睡。"

的确，冬天的公输阙也有个症状，就是嗜睡，整天一副无精打采的样子，十次看他有九次睡着了，还有一次是正在入睡。

所以他们一到冬天就停业，不接任何生意，乖乖地待在"有间庭"里，一个握支笛，一个捧碗汤，围着火炉子舒舒服服地烤火。

睡梦中的公输阙攻击力和防御力都大大降低，给了影儿许多可乘之机，一见他睡着，影儿便会贼兮兮地凑上去，乐滋滋地拿出工具开始忙活。

公输阙往往是被影儿的笑声吵醒的，醒来伸手一摸，要不就摸到脸上未干的墨渍，要不就摸到头上乱七八糟的头发。

见他又气又无奈地一通摸索，影儿会笑得更欢，公输阙甚至都能想象到这只胖白鹿笑得前仰后合的得意样。

但得意是不长久的，毕竟姜还是老的辣。

恶作剧的收场往往是公输阙惬意地躺在长椅上，影儿乖乖地拿着毛巾或梳子眼泪汪汪地擦着、梳着，公输阙恶狠狠地一声"哼"：

"快点儿，不然不给你饭吃！"

影儿一脸的可怜，在心中流泪："师父坏，以大欺小……"

不过胖白鹿顽强的精神是打不倒的，死性不改的影儿在师父睡着失去战斗力后，又会故技重施。画了洗，洗了画；梳了拆，拆了梳。循环的戏码在"有间庭"乐此不疲地上演着。

直到有一天，师父真正地生气了——却不是因为这个。

她偷喝了一口师父腰间的酒，昏昏沉沉，一睡不醒。

像做了好长的一个梦,梦里一片白雪皑皑,她走进了一个冰洞里,四周冰雕玉砌,十分美丽,奇怪的是她却不觉得冷,慢慢地向里面走去。

冰洞的尽头竟有一个女子,长发伏地,哭得伤心。

她眨着眼睛,想去安慰这个姐姐,却突然发现原来她身边还躺了一个人。她好奇地一步步上前,那个人的身形一点点展现在眼前。

终于,那张英俊的脸庞赫然入目,她蓦地捂住嘴巴——师父?

那埋头哭泣的女子闻声抬头,她心头一跳,还来不及看清,白光一闪,一道炫目的光芒直直将她吸住。

一片白茫茫的光晕中,她缓缓睁开眼,入目的便是师父着急的模样。

一身凌乱的公输阙,憔悴不堪,无波的眼眸布满血丝。

她从未见过师父这般形容,鼻头一酸,伸出手刚想唤"师父",便被一个温暖的怀抱紧紧拥住,那个声音激动得语无伦次。

"我以为你又要走了,你一动不动,怎么叫都叫不醒,我以为……如果你又要离开,这一次,这一次我能再拿什么留住你……"

(二)

公输阙生气了,后果很严重。

影儿觍着脸,拉着师父的衣角认错撒娇,若是她身后有条尾巴,此刻怕是摇得欢快。

"师父,我错了,我再也不敢了,我再也不偷喝你的酒了……这酒其实一点儿也不好喝,又酸又苦又辣又涩,还呛得人想掉眼泪,难受极了!早知道'拈花'这么难喝,我才不会……"

话未说完,额头上便被一弹,公输阙转身没好气地道:"笨蛋,这便是人生的味道啊。这酒里掺满了人世间的七情六欲,你当是好玩的吗?"

影儿捂着发疼的额头,神色却欢喜得很,搂住公输阙笑嘻嘻地道:"师父你终于肯理我了,太好了!"

公输阙有气无力地想推开这只黏乎乎的胖白鹿,脸上的笑容无奈又宠溺,神色却十分疲惫,不愿意多说话。

他几乎三天三夜没合眼,强撑着为影儿灌输了不少真气,最后更是动用了"结忆灯",耗了许多心血才将影儿唤回。本就无力的身子如今更是疲惫不堪,累极地睡了下去。影儿贴心地侍候师父睡下后,守在一边撑着下巴,心疼地打量着师父。

不知不觉又想到了那个奇怪的梦,她没有和师父说,怕师父操心多想,不能好好休息,她只是在心中暗暗比较梦中那个人和师父的相貌。

虽是一模一样的脸,却还是有些不同。那个人气质飞扬,棱角分明,像壶烈酒。师父却是温温淡淡的,围炉浅笑,像杯清茶。

嗯,还是师父好看些,影儿眨着眼睛盯着师父熟睡的脸,喜滋滋地得出结论。

看着看着眼皮子开始打架,影儿撑着下巴,打了个哈欠,眼眸一点点合上,渐渐沉沉睡去。

屋内燃着暖炭,精致小巧的玲珑炉里放着安神香,青烟缭绕,一室静谧。窗外的雪飘飘洒洒地落下,为紫竹林蒙了层白纱,天地之间一片祥和,似幅晕染开来的水墨画,温柔无声。

待到明年春暖花开,草长莺飞,又是一片郁郁葱葱之景。

公输阙休养了几日,瞒着影儿静悄悄地出门了,他要去一个地方,见一个故人,看一朵花开。这本是数年前心照不宣的约定,如今因影儿误饮"拈花"的事,他后怕不已,更加要去了。

紫竹林外,早已雇好的车夫和马车候在外面,公输阙正要上路时,身后便遥遥传来上气不接下气的一声"师父,等等我"!

影儿像只笨重的白鹿,身上挂着大包小包,身后拖着大堆小堆,摇着手欢快地向公输阙奔来,不,是吃力地一点点挪来。

她气喘吁吁地跑到公输阙面前,举着手中公输阙留下的字条:

"师父你太不仗义了，居然想扔下我一个人，自己跑出去玩……"

公输阙抚了抚额头，叹了口气，无波的眼眸望向远处，脸上挂满了对未知的担忧，眼角眉梢却也透着一丝无可奈何的欢喜。

他摸了摸影儿带的东西，哭笑不得："我们又不是去逃难，整个'有间庭'都快叫你搬来了。"

影儿一边熟络地招呼着目瞪口呆的车夫来搬东西，一边拉着公输阙钻进马车。

马车十分宽敞，布置得格外舒适，影儿伸出手"呼呼"地凑向暖炉烤火："师父现在知道了吧，这就是带上我的好处，衣食住行，没有我能行吗……"

公输阙敲了一下她的头，又按了按她的雪帽，将她全身裹紧了些："真是个啰唆的管家婆，天寒地冻，出来凑什么热闹？人家车夫非得加我钱不可。"

影儿搓着手，吸了吸鼻子："是师父天寒地冻不好好在家睡觉偏要出来的，怎么怪得了我？人家车夫大叔要加钱是应该的，师父你还真是一如既往地小气，明明赚了那么多钱……"

公输阙裹着狐裘，懒洋洋地倚在里面，连敲都懒得敲了，在影儿的喋喋不休中渐渐睡去。

他们要去的地方叫苍山，是座四季飘雪、终年冰封的雪山。

下了马车，影儿一看那白茫茫的高山，便不自觉地打了个哆嗦，心中嘀咕："师父莫不是睡坏了脑子，怎么会想到来这种地方？"

才想着，头上便被一敲："我知道你现在一定在心里骂我，可我又没说要带你来，是你自己巴巴地要跟来的，现在叫车夫送你回去还来得及。"

公输阙睡饱了养足了精神，气定神闲地背着手"欣赏"雪景。

"我才没在心里骂师父呢，师父冤枉我了，我不要回去……"影儿狗腿地抱住公输阙，面上讨好地笑，心中却叫苦不已："神了，笑面狐狸会读心术。"

公输阙一只手推开影儿，俯下头笑得高深莫测："又在骂我笑面狐狸吧？"

（三）

他们在山脚下的一间废弃茅屋住了下来，影儿扛着家伙冲进屋子做的第一件事就是生火。她把带来的东西通通塞了进来，忙得不亦乐乎，不一会儿屋子竟也变得像模像样。

公输阙舒服地烤着火，闭眸道："总算你还有点儿用处。"

影儿一脸得意："那当然，我的用处大大的呢。"

公输阙笑得不怀好意："每天吃那么多饭，吃了那么多年，倒也没白养你。"

影儿没听懂，傻傻地也跟着笑。

是夜，寒风呼啸，影儿突然觉得很冷，迷迷糊糊地睁开眼，吓了一大跳，自己怎么又到这个冰洞来了，做梦难道还连着做吗？

眼前冰雕玉砌，可不就是醉酒时梦见的那个地方吗？

正想着，身边一道黑影掠来，一身五彩斑斓的衣裳，两只尖尖的山猫耳朵，少年俊朗的面孔赫然出现在眼前。

影儿转着眼睛，咧嘴一笑，这个梦好，谁都来了。

少年双手环抱，冷冷盯着傻笑的影儿，上下打量，嗤之以鼻。

"昔日的苍山雪女如今竟畏寒怕冷到这种地步，真是笑话！"

影儿眨眨眼睛，一头雾水，那只猫儿又开口了。

"雪颖，你当真不认得我了吗？我是青狸啊。"

山猫少年蓦地激动起来，快步上前："你忘了我们在这冰洞里朝夕相处度过的几百年岁月吗？你忘了我曾上'五华林'为你偷来的碧果吗？你忘了我对你说过的要生生世世陪着你的话吗？"

影儿被他的模样吓着了，步步后退，却被他一把按住肩头。

"你怎么能忘记我呢？我日夜在冰棺前守着你的真身，期盼着有朝一日你能醒过来，我苦等璎珞花的盛开，我离开苍山去凡世寻

你,我做了那么那么多……你怎么能把我忘得一干二净呢?"

那双琥珀色的眼眸满是痛楚,看得影儿心头一震,"我与你百年相伴的情谊竟抵不过那个招念师吗?他将你害得这般下场,你还是要一意孤行地爱他吗?"

一句"招念师"叫影儿反应过来,她连忙挣扎着解释:

"猫儿猫儿,你弄错了,我叫影儿,是师父的徒弟,不是你要找的那个人,你快放开我啊……"

她拼命挣扎着,解释着,少年的眸光越来越沉,越来越冷。

终于,他怔怔地放开了她,失魂落魄地摇着头:

"你不是她,你不是她,你一点儿也不像她……"眼神蓦然一厉,他忽然恨声望向她,"公输阙这个自欺欺人的懦夫,他以为这样就能心安理得吗?"

影儿被他眼中的精光吓到,下意识地后退几步:"你……你想干什么?"

少年阴寒着脸,一步一步逼上前:"想干什么?去问你的好师父吧,物归原主,我要用你来唤醒雪颖!"

利爪一亮,影儿大叫一声抱着头蹲了下来,一阵风掠过,想象中的疼痛却没有到来,耳边响起的是一个熟悉的声音。

"青狸,你疯了吗?"

是师父!她惊喜抬头,果然看见那腰间悬挂着一个青竹筒。

"疯的人是你,把我的雪颖还给我!"

一声厉喝,冰洞内黄影青光一触即发。

影儿抱着头担心地望去,还没看个真切,眼前便一黑,身子一软,倒在了一个温暖的怀抱里。

无意识前的最后一瞬,影儿只模糊地听到一句——

"你若敢伤她一分一毫,休怪我不念旧日情分!"

（四）

醒来时已是日上三竿，影儿蒙眬地睁开眼，就看到依旧是那间茅屋，师父坐在桌前，一脸平静。

"快起来吃东西，还说要照顾师父，起得比师父还晚。"

她眨了眨眼，迟疑地开口："师父，我昨天好像做了一个很奇怪的梦。"

公输阙脸色不变，蘸了一滴水弹到她额头上："小孩子成天看些乱七八糟的书，能不做怪梦吗？"

吃过饭后，公输阙说出去办点儿事，叫她好好待着。影儿低着头说"哦"，等公输阙走远后，她抬头古灵精怪一笑，戴上雪帽蹑手蹑脚地跟了上去。

却才出房门几步，便被一道白光阻了回来，她定睛一看，该死，房屋四周被一道光圈围住，竟是师父又下了结界。

影儿气急败坏地在原地跺脚，冲着前方不远处的那个背影挥了挥拳头，正挥得过瘾呢，一片白茫茫的雪地中，公输阙竟悠悠回头，扬了扬手，笑得一脸狐狸样。

可惜公输阙低估了影儿的坚韧不拔，他怎么会知道影儿怕他要用，竟把家里几本术法书都带来了？平日里游手好闲，教她都不学的徒弟，此刻是一头钻了进去，刻苦钻研的精神堪比老秀才。

终于，在公输阙第五天出去时，影儿贼兮兮地探出脑袋，笑得得意扬扬，一副小人得志的模样。

她一边念念有词地施法，一边在心中道：

"师父真是没新意，老是这一套结界。"

当光圈应声消失时，影儿看着双手，又惊又喜，不禁感叹自己真是冰雪聪明，术法天才。

她掐了一个隐身诀，鬼鬼祟祟地跟在师父后面，屏气凝神。

七拐八绕，白雪茫茫的，她都快跟晕了，师父眼睛不便却跟没事人似的，轻车熟路得像自家一样。

当在那个冰洞口停下时，影儿倒吸口冷气，捂住嘴巴差点儿要惊呼出声。

这跟她梦中的场景一模一样！

越往里面走，她越惊讶也越熟悉。

师父转动了一个机关，她轻巧地闪身入内，在一块冰石后还没站定，便听得师父回头一声喝："谁？"

她立时吓得魂飞魄散，却见另一个身影从天而降。

山猫少年一脸愤怒："公输阙，你还有脸来这儿？"

她舒了口气，捂着扑通乱跳的心脏，小心翼翼地躲在冰石后。师父和那只猫儿针锋相对，一时未注意到她。

她这才看清，这冰屋内竟放置着一具冰棺，一点点挪过去，她踮着脚伸长脖子想去看，却只能看到棺中人的下半身。正望眼欲穿时，公输阙已冷然开口：

"青狸，多年未见，你还是一样年少气盛。颖儿长眠于此，望你不要扰了她的清净。"

少年一声冷哼："年少气盛？爷爷比你还长了几百岁呢。你也知道雪颖睡在这里，竟还有脸出现，快快给我滚出去，不要逼我在这里动手！"

影儿初听到师父说"颖儿"时，吓了一跳，仔细听下去才发现不是在叫自己。他们二人的对话叫她又是惊奇又是迷惑，不由得竖起耳朵，聚精会神地听下去。

她跟师父走南闯北时，曾经看到有人在卖"后悔丸"。

师父拈起那小小的药丸，一脸黯然。摊主殷勤地跑出来，吹得神乎其神，师父却在他的惊呼声中将药丸拈碎了。

药粉随风飘散，师父扔下片银叶子，也带着她飘然而去了。

她那时并不懂为什么师父的表情会那么哀伤，师父又为什么不拆穿那个江湖骗子，当她此刻站在这里听到所有的所有后，她才明白，世上如果真有后悔药该有多好，而师父之所以不拆穿那个人，不过是因为他至少给了人们虚无的希望。

公输阙轻抚冰棺，无波的眼眸装满温柔。

"青狸，当年之事并非你所想，我对颖儿的爱不比你少。"

（五）

那一年的冬天特别冷，他从徐州招念归来，路经苍山，在山脚下暂歇。

半夜迷迷糊糊听到有女子在唱歌，他借着月色起身去寻，在一处冰山后发现了一架秋千。

秋千上坐了个白衣女子，背影动人，月色下她的头发折射出蓝色的光芒，如梦如幻。他一时看痴了，直到那女子一声低唤：

"你是谁？怎么寻得到这儿来？"

他这才反应过来，见那女子面有讶色地望着他，怀中抱着一只五色斑斓的猫儿。

他想开口，却不觉又被那女子的容貌吸引了，那般清清冷冷的模样，便像从天上王母的瑶池中出来一般，沾染了皓月的清辉。

他尚自沉吟，那女子怀中的猫儿已经一声叫唤，朝他扑来。他心下一惊，忙祭出"招念铃"，却还没摇响，就见那女子宽袖一挥，眼前顿时白茫茫一片，再无意识。

醒来时发现自己依旧身在那个落脚的房屋，昨夜仿若一梦。

他细细回忆，汗颜不已。自己游历尘世，见多识广，自命超然，怎么被一个女子迷成了那样？莫不是山野精怪，摄人心智？他寻思着，却又摇头否定了，那般人物，绝不可能是妖怪。

他在苍山寻了个遍，却再也找不到那个夜晚看到的地方。他左右无事，来了兴趣，便在山脚下住了下来，期盼着能再见那女子一面。

机会终于在半月后的一天来临，他在屋前救下了一只奄奄一息的山猫，当白衣蓝发的她寻来时，他才记起原来这就是那夜她怀中的那只猫儿。

那山猫十分嚣张,虽然他救了它,但它显然并不感念他的恩情,反而在他手上狠狠抓了一道。

倒是那女子,抱过猫儿,对他盈盈施礼道谢。他看着那清浅笑容,霎时觉得被多抓几道也值得。

女子飘然离去时,他定住心神上前施礼:"在下公输阙,乃公输世家第七十六代招念师。"又客套了几句,他道出了真正目的:"在下与姑娘一见如故,可否有幸到姑娘府上坐坐?"

那只猫儿立时像爹了毛般,在女子怀中张牙舞爪,他视而不见,只定定地望着那张丽颜,眉眼诚恳。

天知道他那时心中有多忐忑,像个初出茅庐的青涩小子,当那身白衣终于轻轻点了点头后,他几乎要高兴得跳起来了,那飞扬英俊的五官在雪景下生动极了。

那女子见他欢喜模样,似忍俊不禁,也展颜一笑:"你倒有趣,在这半月便是为去我的冰洞看看吗?"

他眼睛一亮,却听她接着道:"我叫雪颖,是天上派下驻守这座苍山的雪女。"

(六)

他们便这样相识了,真正相处一段时日后,他才发现,她外表清冷,内心却十分纯真,不谙世事,干净得就像这苍山的雪。

那天他去了她的冰洞,那只山猫从肚中吐出了一只碧青碧青的果儿,然后就地一滚,幻作了个五彩斑斓的黄衣少年。他捧着那只果子,满脸期待地递到了雪颖面前。

他认出那是文灵帝君五华山上的碧果,对寻常人有起死回生之效,是极为珍贵的疗伤圣果。他这才发现她身子虚弱,受了十分严重的内伤。情急之下他一把拉住她,切声问道:"你怎么受伤了?是何人所为?"

还不待她回答,山猫少年便对着他的手狠狠一抓,他立刻痛得手一缩。

雪颖笑吟吟地拉过少年向他介绍:"他叫青狸,是我弟弟。"

那只山猫又像尜了毛般:"谁是你弟弟?"

雪颖无奈地嘀咕:"明明以前都叫我姐姐的……"

青狸脸一下红了,恨恨剜了他一眼,叫他下意识地把手缩了缩。

"不是弟弟,我不是你弟弟……"青狸委屈地望了雪颖一眼,变回山猫,愤愤地跑出了山洞。

雪颖追到洞口,一脸担忧:"总是这样任性,动不动就离家出走,真叫人操心。"

他也跟着跑到洞口,用同样操心的目光注视着那道身影,眸中闪烁着自比姐夫的慈爱光芒。

但事实证明,姐夫是不好当的,青狸的爪功他日后领教过无数次,只要他和雪颖坐得稍微近点儿,都会有像刀一样的目光射过来,叫他觉得颇有压力。

伤了雪颖的是她的姐姐,雪痕。

这两姐妹同根不同路,一仙一魔,雪颖苦劝姐姐回头却反被伤,雪痕扬言会再回来,她要夺取苍山,作为她的魔宫妖地。

他理所当然地留了下来,在她的冰洞里住了三个月。

这三个月他们过得很开心,他给她带来一些人世间的小玩意,教她下棋泡茶,弹琴舞剑,还带她去看凡间的花灯节。游人如织的夜市,他一口气猜对十道灯谜,为她赢得了最终的奖励。虽是些凡人的俗物,她却喜欢得不得了,宝贝地拿在手里看了又看。

他情难自禁地在烟柳河畔,拥她入怀,深情一吻。

她目光迷离着,勾住他的脖子,问:"这便是凡间所谓的'爱'吗?果然是很特别的滋味,我真怕有一天你离开我,把我的'爱'也带走了。"

他心中一暖,舒眉笑开,在她耳边郑重承诺道:"我不会离开,也不会把'爱'带走,因为它已经流淌在我血液里了,除非

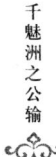

死，便是死也不能。"

他们相视而笑，却没有发现黑暗中那个愤怒痛苦的黄衣少年，五爪几乎要把墙壁抠个大洞出来了。

（七）

甜蜜过后却是考验，雪痕带了一帮妖魔鬼怪攻上苍山，一场恶战在所难免。

他护在雪颖身前，祭出"招念铃"，一个人独挑白衣赤发的雪痕。

雪颖召来大风雪，埋葬了大部分妖魔鬼怪，剩下些法力高强的便以一敌十。

雪痕赤发飞扬，频频发力，使出生平所学，却仍是难以招架。

关键时刻，青狸现身，一身黄光利爪，与他一左一右，夹击雪痕。

青狸平日对他张牙舞爪，大敌当前，两个人配合起来却是默契，雪颖解决完了那些妖怪也赶来助阵。

三个人在空中成掎角之势，将雪痕围在了中间，雪颖仍存姐妹之情，苦苦劝道：

"姐姐，不要再错下去了，快回头吧。"

雪痕仰天大笑："天上那些神仙的嘴脸我看够了，我宁愿做一个逍遥自在的魔，天地之间能奈我何？"

说完她先发制人，却并不是冲雪颖，而是一道红光直直劈向正操纵"招念铃"的他。他急忙应对，雪痕却并不欲久斗，只是全力一击，卷过重伤的他，消失在天边。

他被掠到了雪痕的妖宫，群魔乱舞。雪痕抚住他的脸，说出了让他目瞪口呆的话。

"我妹妹看上的男子果真不错，你便是公输世家的招念师吧？我是这妖宫的妖王，你可愿做我的妖后？"

他一声"呸"："妖女，不知廉耻！"

那时想来还是太过年少气盛，若是搁到现在，他一定幽幽一笑，摆出一副予取予求的模样，叫雪痕自己见了没意思，瞧不上他这个盲人。

雪痕没有动怒，而是饶有兴致地看着他，在群魔叫嚣中，那阴笑打量的目光叫他不由得一颤，有一瞬间产生了自己是被强抢来的民女的错觉。

"守身如玉"的确不容易，但他以公输世家的名义发誓，他是真的抵死不从，直到雪颖和青狸攻入妖宫。

雪痕一早散布出消息，言公输阙已投靠妖宫，成为她的夫婿。

那天是她对外宣称的大婚之日，一片喜庆的妖宫大殿中，他被强行套上一身红得刺眼的喜服。一切都掐算得分毫不差，雪痕施法强控他俯下身子去吻她。他强力僵持着，和她斗内力，在看不见的地方做拉锯战。雪痕冷艳的眉目像挑了一抹胭脂，赤发下的脸美艳绝伦，嘴角噙着笑脉脉地望着他。

当雪颖和青狸一路畅通无阻地攻入内殿时，看到的便是这么一幅暧昧情景，红裳喜烛，在妖宫群魔起哄的声音中，那对纠缠在一起的璧人显得那般情浓意重。

雪痕斜眼一瞥，见那张原已白极的雪颜更无人色，唇角一勾，得意地松开双手。他急忙挣开，飞奔去追含泪扭头的雪颖。青狸一爪子拦在他面前，与他缠斗了起来。

趁雪颖无从防备之时，雪痕一记红光击去，他一声疾呼，硬挨青狸一爪奋不顾身地扑了上去。

那红刃穿过他的胸膛，雪颖接住了倒下的他，与雪痕异口同声呼道："不！"

后来的事他都没印象了，只记得在临死前艰难地向雪颖解释，雪颖泪如雨下地点头说："我相信。"

醒来时一切却都物是人非了，他只看到冰棺里雪颖安静的容颜，美好得一如初见。

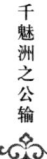

青狸恨他入骨，雪颖信他，他却不信。

　　他恨他的到来，恨他生生搅乱他们的生活，恨他背叛雪颖，恨他辜负了她的一片深情，更恨他害得雪颖以命相救，一睡不醒。

　　是的，一睡不醒，那个白衣蓝发的女子将他的尸首带回了冰洞，伏地痛哭了一天一夜后，做了一个决定。

　　她拿出那枚他在花灯节上赢来的玉璧，痴痴地望了最后一眼。

　　玲珑剔透的碧玉上，刻着"死生契阔"四个字，她初始不懂，后来翻了古书才明白，于是更加欢喜了，连睡觉也将玉璧牢牢握在手心，仿佛握着的，是他带给她的"爱"。

　　苍山千年的雪女，将全部修为都渡给了他，用身体里的冰魄内丹，换回了他的命。

　　但她自己却永远地睡在了冰冷的水晶棺中。

　　他痛不欲生，血红着眼，祭出"招念铃"，不甘心地妄图逆天而为。他没有想到，在这时却有一个人出现了——那个白衣赤发的魔，雪痕。

　　她凝视妹妹的睡颜，笑得凄楚："我本意并非如此，我只是想让她和我一同做自由自在的魔，天宫那些荒凉岁月，我们都一起过来了，她却为何不愿和我走？要一力苦守苍山……"

　　她化作一盏"结忆灯"，用毕生修为助了他一臂之力，他拼尽所有，作了七天七夜的法，硬生生地将雪颖的影子剥落下来，渡气驻形，留住了她的一缕魂。

　　青狸守在洞口，与妖宫寻来的群魔斗得遍体鳞伤，到最后浑身是血，却硬是没有放一只妖怪进去。

　　大功告成的那天，他瘫倒在地，看着空中那个渐渐成形的身影喜极而泣。

　　眼睛却一点点看不见了，他依旧泪中带笑，这是他逆天而为付出的代价——"以我之眼换你之影，以我之眼渡你之魂"。

　　他用一双眼睛留住了她，这是多么划算的交易啊。

天地之间从此再无苍山雪女，只有一个整天唤他"师父"的跟屁虫，那是他殚精竭虑换来的，她的影子，影儿。

（八）

如果可以从头来过，她希望自己没有跟着师父来苍山，没有破解师父的结界，或者在一开始就被师父发现点昏在怀，然后一切都不改变，她照旧等到春暖花开时，跟着师父到处去招念，去看不同的风景，听不同的故事，收集不同的眼泪，然后酿成一壶永远不会少的"拈花"，她发誓绝对不会再偷喝，乖乖地听师父的话……

影儿现出身形，对师父和青狸的惊呼置若罔闻，她一点点木然地走到那具冰棺前，伏在上面痴痴地看。

白衣蓝发，清冷绝美的容颜，闭眸安详得就像睡着一样，比普华寺的六尾灵狐还要好看，比红袖馆的漂亮姐姐也要好看，比她跟着师父见过的所有的人都要好看。

原来，这就是她这个影子的主人，师父爱逾生命的女子。

心头一悸，她忽然抬起头，挤出笑容，眨着眼睛不让眼泪掉下来。

"师父，原来你待我好都是因为我是她的影子。"

这么多年从未留心在意过的事情，一下全部贯通起来，有了完美的解释。

难怪她体质异于常人，格外畏寒；难怪她无爹无娘，生命中只有一个师父；难怪她总是长不高、长不大，永远一副八岁孩童的模样；难怪她学习法术轻易神速，因为潜藏的前尘记忆中，那些法术她原本就是信手拈来的呀；难怪她跟在警觉性奇高的师父后面都没有被发现，因为她根本就是一个影子，一个悄无声息的影子啊……

"不，不是这样的……"公输阙颤抖着身子，胡乱摸索着，他从来没有听过影儿这么绝望的口气，他忽然慌得不行，许多年前那种失去的感觉又来了……

一片混乱中，青狸一声冷笑，一掌击倒心慌意乱的公输阙，掠

过失魂落魄的影儿，消失在洞口，天边只遥遥传来他冰冷的声音：

"你不是很爱雪颖吗？十日后璎珞花开，我们苍山雪顶见，到时我看你要如何抉择！"

璎珞花，苍山一千年才开一朵的仙葩，可重化冰魄内丹，也许能让雪颖复活。虽然希望缥缈，却是当年支撑他们的唯一希望。

公输阙此次跋涉千里来到苍山，便是为等这朵璎珞仙葩。他想让影儿做个正常人，想看她一天天长大，想让她再也不是天地之间无根无萍的一个影子……

青狸掠来影儿后，发现她出奇地安静，不哭不闹不说话，甚至连吃喝也要他放到面前，才会一点点面无表情地动作。比起那个会说会笑、古灵精怪的小女孩，现在的她才真的像个影子。

青狸不知道为什么，看了有些不太舒服，没好气地踢了踢影儿。

"你别这么要死不活行不行？你本来就是她的影子，物归原主，天经地义！"

影儿别过头看了他一眼，一言不发，又望向虚空发呆了。

青狸狠狠"哼"了一声，想骂些什么却张了张嘴，什么也没说，头也不回地走了。

一眨眼九天过去了，这段日子青狸每天都对影儿冷言冷语，影儿却跟个木头人似的，没有任何回应。青狸恨得牙痒痒，一日三餐却顿顿不少，每次都是没好气地摔到影儿面前："死丫头，吃饭！""死丫头，你是哑巴啊！说句话会死啊？"

就这样跟个"影子"处了九天后，最后一个晚上，洞外忽然下起了鹅毛大雪，飘飘洒洒，静谧安好。

青狸站在洞口，背对着影儿，久久的沉默后轻轻开口：

"她捡到我时，也是这样的夜晚，下着这样的雪，很冷……

"那时我一身是伤，才炼成人形不久，戾气大得冲天，谁也看不上，惹了一堆仇家。"

顿了顿，青狸伸出手，接住了一片落下的雪花。

"你一定想不到,我是有主人的,在我还没修炼成人之前,我的主人,是皇宫里最美的妃子,她总是把我抱在怀里,有时安安静静地看一下午书,有时抱我去看宫里的梅花,去赏各种各样的美景……她真的,真的是个很温柔的人……

"可是,我恨她!我最恨的就是她!宫里那样钩心斗角,肮脏不堪,她却总以为能独善其身,从来不知道该如何保护自己,天真得可笑……那天,原本是再平常不过的一天,我迷迷糊糊地睡在她怀里,好端端地却忽然打了个寒战,浑身汗毛都竖了起来,她不知道怎么了,不停地安抚我,我却越来越不安……

"好多好多人,一下拥进了好多好多人,他们站在那个大红衣裳的女人身后,不敢有任何表情,但我分明看见他们眼中是冷漠、是嘲讽、是……怜惜。他们捏着她的下巴,逼着她咽下了那碗黑黑的药汁,我尖叫着又冲又咬,被人一脚踹到了角落里,动弹不得……她拼命挣扎着,那黑黑的药汁顺着她雪白的脖颈流了下来。她扭动着脖子,眼角含着波光……那样的画面,那样的画面……她终于不再动了,静静地伏在桌上,温柔的模样像睡过去一般……

"我逃出了宫,四处流浪,我不再相信任何人,我恨所有温柔美好的微笑,那真是,真是世上最让人讨厌的东西……我一路漂泊,一路修炼,最开始有段日子真的过得狼狈极了,常常被一群野猫围攻,斗得遍体鳞伤。可我不要任何人帮助,我不要人收养我,我发誓永远永远也不要再看到那该死的笑容——直到遇见雪颖。

"开始我讨厌极了她,讨厌她把我搂在怀里当个小孩儿似的,讨厌她假惺惺地给我上药,为我疗伤,讨厌她脸上总是不变的浅笑。我讨厌她,我真的很讨厌很讨厌她!"

青狸嘴上低低骂着,皱着的眉眼却晕染出一丝笑意,连自己都没有察觉到的温柔笑意。他伸出的手接下了越来越多的雪花,一点点飞扬、融化……

"我毫不留情地抓伤她,她法力比我高出许多,却只是装作生气地拍拍我的脑袋,像哄小孩儿似的叱我一句:'真是不听话啊,再闹我就把你扔出去,要乖一点儿哦。'天知道我有多受不了她那语气,浑身鸡皮疙瘩都起来了,我冲她龇牙咧嘴,一次次张牙舞爪地向她示威,她却总是温柔地搂住我,一边用法力温和地为我疗伤,一边笑着无可奈何地摇头……我真是气急败坏,一点儿办法也没有了,觉得自己越闹反而越像无理取闹的小孩儿,一点儿闹的兴致也没了,最后懒洋洋地在她怀里睡着了。

"这样的日子过了一天天、一年年……也不知从什么时候开始,苍山的月圆了又缺,我们就这样陪伴着对方过了几百年,那真是一段难忘的日子……"

青狸手掌蓦收,捏碎一手雪花,冰冷的雪水从指缝中流出,声音也倏然降到冰点:"可为什么,为什么公输阙要出现?"

角落里抱膝坐着的影儿身子颤了颤,耳边是青狸饱含怨恨痛楚的声音:"我们相伴百年,说好要永远在一起的,可为什么你说走就走,睡在那里一动不动?说什么天长地久、不离不弃统统都是狗屁,这世上根本就没有谁能永远陪着谁!根本就没有!既然早做好抛弃的准备,当初就不要轻易许诺,你有多残忍我有多恨你你知不知道?我恨你,我真的恨你……"

几道冲击波划破雪夜,飞雪四溅,青狸胸膛起伏地喘着气,对着虚空恨恨地连击数掌。

角落里的那个伶仃身影怔怔地看着这一幕,漫天飞雪中,也不知过了多久,青狸终于渐渐平息下来,倚在洞口,浑身气力像被掏空了一样,双手委顿地垂了下来。

"其实,"一直默然不语的影儿忽然开口,"你最恨的是自己。"

青狸如遭电击,不可置信地抬头,死死地看向角落里的影儿。

影儿对着他的目光,眸中不见一丝波澜,脸上也无甚表情。

"跟师父去招念时遇到过一位老人家,他的三个儿子一个个得病相继去世,他眼睁睁地白发人送黑发人。师父说,看着自己最在乎的人离去却一点儿办法也没有,那种无能为力的感觉想必十分痛苦。"

声音很平静:"所以,你最恨的,是自己的无能为力。"

青狸的唇角微微抖动着,他五指紧握,冲着那双像要瞧到人心底的黑漆漆的眼睛吼道:"少自以为是了,你懂什么?你根本就不明白!你不过是公输阙自欺欺人创造出来的一个影子,一个什么也不是的影子!"

影儿的眼眸黯了黯,望向虚空,眼中又回复了一片空茫。

青狸脸上表情变幻不定,许久的沉默中,他张了张嘴,悻悻地刚想说些什么,影儿却突然望向他,露出了一个笑容,灿烂明净。

青狸怔了怔,有一瞬间的晃神,一下子好像回到了紫竹林的池塘边,那个梳着孩童发髻、一身白袄的小女孩,眨着眼睛冲他笑。

她说:"猫儿,谢谢你,这是我在世上听到的最后的故事。"

(九)

天地一白,远方山岚寂静,细雪飒飒,擦过树枝,飘落大地,发出轻响。苍山雪顶,这一天终是来临。

青狸高高站着,俯瞰着白茫茫的大地,身边的影儿因在他设下的光圈中,沉默不语,木然地望着虚空。

雪地里一个人影慢慢走近,半空中悬着点燃的结忆灯,灯芯跳跃着丛丛光芒,在雪景下透着说不出的动人与诡异。

"他来了。"青狸唇角轻勾,自言自语,"他终于来了……"

影儿身子一顿,长长的睫毛颤了颤,黑漆漆的眼眸望向前方。

苦涩满满溢上心头,热泪一点点漫过眼眶,满眸雾色中,那个身影终于停在了下方不远处。

公输阙扬起脸,影儿心头一颤,几乎要脱口而出一句"师父",喉头却像被什么堵住一样,一句话也说不出。

依旧是她熟悉的面庞,脸色却十分苍白,浑身散发着她从未见

过的冷然气息。

墨玉的眼眸望了她一眼,绵长而短暂,旋即转向青狸,眸光蓦厉,如幽潭冷渊般射出深深的寒意。

公输阙直视着青狸沉声道:"伏心咒!"

青狸拊掌大笑,笑过后却眉眼一厉:"是,是伏心咒,看到你脚下的伏心圈了吧?你大可以再往前走一步!你每使一分力破解它,这丫头就堪堪受你十分力,你最好挣个鱼死网破,我定念旧日情分为你二人收尸!"

"青狸!"公输阙厉喝道,大手一挥,手中招念铃高高祭起,幽光闪烁,他双眸灼灼,一字一句道,"你若想一尝我公输世家招念铃的滋味,我便是拼得鱼死网破也乐意成全你!"

青狸一声冷哼,毫不畏惧地逼向那双灼灼眼眸:"这十日你发了疯似的找这丫头,几乎将整个苍山都翻遍了,但始终没被你找到,你的三个月到底敌不过我的百年!"他看了一眼悬在半空的结忆灯,唇边带着嘲讽的笑,"这破灯已经整整燃了十日吧?你为了双目明视,不惜用这种折损自耗、得不偿失的方式,看来真是对这个影子十分上心,决心要与我一战了!"

"但你难道将那个冰棺里的人忘得一干二净了吗?"青狸语气激动起来,"公输阙,今日璎珞花开,凭我二人之力必能将它找出,我只问你一句,你是要雪颖还是要影儿?是要那个为你一睡不醒的千年雪女,还是要你的好徒弟?"

公输阙深吸了一口气,墨玉般的眼眸深不见底:"青狸,你不要乱来!八年前我将影儿剥离出来,已经是尽了最大的努力,已是最好的结局!你如今伤害影儿,倒行逆施,孤注一掷,只会将事情越弄越糟,你这不是在救雪颖,而是在害她!"

"一次次逆天而为,到头来只怕会一无所有,使雪颖灰飞烟灭,连影儿也彻底失去!青狸,你执念太深终将伤人伤己!"

"不试试怎么知道呢?"青狸大声喊道,"公输阙,你不要再自欺欺人了！这丫头和雪颖根本是两个人，你不过是害怕失去她罢了！"

一直没有说话的影儿颤抖着身子，忽然红着眼，冲公输阙哽咽地喊道："师父，我本来就不应该存在的，虽然我也很想和师父永远在一起，但猫儿说得对，我本来就是一个影子，是应该物归原主，把她还给师父的……"

"胡说八道，小孩子知道些什么？"公输阙厉声斥道，听到这熟悉的话语，影儿强忍的泪水终于夺眶而出。

"青狸，八年前我已经失去了一次雪颖，现在我绝不可能再失去影儿！她是我一手创造出来的，天地之间没有任何人能够毁灭她，就是你，也不可以！"

震耳欲聋的声音回响在天地间，雪越下越大，悬在半空的结忆灯火光跳跃，微不可察地颤动着。

这颤动越发明显，如一场可怖的预兆般，带动着脚下的大地开始微微颤动。

公输阙神色一变，抬首对青狸沉声道："青狸，快收手，不要再一意孤行了！你困住影儿，滥施伏心咒，妄图逆天而为，天惩就在眼前！快收住伏心咒，不要让事情愈演愈烈，一发不可收拾！"

伏心圈的光芒越来越强烈，大地的震动也越来越明显，青狸稳住身形，双目赤红，眉眼间隐现狂态："收手？我等了八年，日日夜夜守在冰棺前，她的一颦一笑我刻骨铭心，苦苦煎熬终于等到这一天，我怎么甘心收手，又怎么收得了手？"

大风猎猎，飞雪呼呼，越来越强烈的震动中，青狸踉跄着扬起手，一脸愤恨："我现在便杀了她，取回她这条影子，再去寻璎珞花，无论如何我也要让雪颖复活！"

公输阙乍然变色，招念铃疾转飞出："青狸，你敢！"

大地剧烈地震动着，整座苍山在风雪肆虐中几乎如天崩地裂一般，悬在半空的结忆灯忽然红光大作，圈圈飞旋着，带出缕缕浓

雾，在雪空中渐渐现出一个身影。

狂风暴雪中，那个白衣赤发的虚影飘荡在空中，面目冷艳——赫然是化作结忆灯的雪痕！

"青狸，你若敢动我妹妹一分一毫，休怪我召集十万大妖，将你挫骨扬灰！"

狠厉的声音回荡在苍山，这突如其来的一幕让青狸与公输阙错愕不已，他们抬头望向浮在半空的那个身影。伏心圈中的影儿身子颤抖，她睁大泪眼望着空中白衣赤发的雪痕，像被什么击中了胸口一样，巨大的浪潮汹涌而来，一幅幅模糊不清的画面，一件件支离破碎的往事，如片片雪花般翻飞进了脑海。

大地依旧在剧烈地震动，从最初的错愕中回过神来的青狸，不及细想，一把抓住影儿，冲空中的雪痕大声吼道：

"你看清楚了，她不是雪颖，不是你妹妹！"

"要看清楚的人是你！"雪痕的赤发飞扬着，"苍山雪女也好，公输阙的小徒弟也好，无论身份、形貌如何改变，是她，都是她！你如果杀了她，毁了她在这世上最后一缕魂魄，那么天地之间我就再也没有妹妹了，永远永远也没有了！"

青狸越听脸色越白，当听到最后一句时，他如遭电击，身子一个不稳。影儿更是泪流满面，双眸直直望着雪痕，耳边不停回旋着一句"天地之间我就再也没有妹妹了，永远永远也没有了"！

眼前画面闪烁，九天仙宫里，她们相依云端，共看花海如烟。品级高的仙娥刁难她时，她站在她身前，昂首扬眉："谁也不能欺负我妹妹！"被罚跪在阴冷的暗罗河畔，她偷偷去看她，被她身上那些触目惊心的伤痕吓得痛哭，她一抹嘴角的血渍，笑得不以为意："傻丫头，哭什么，一点儿也不疼！只要你没事就好！"

终年飘雪的苍山，她们分道扬镳前的最后一次对话，她面目冷艳，一头赤发在风中肆意地飞扬，她向她伸出手："你到底愿不愿意跟我走？你真的甘心领罚，一辈子都苦守在这鬼地方吗？"

再次相见，她是仙，她是妖，前路茫茫她们终是分道殊途。她一掌打伤她，眼中是狂卷的恨意："为什么？为什么不和我走？我发誓要将这里摧毁得一干二净！看你到时何以安身？"

眼前蒙胧一片，回忆的碎片铺天盖地淹没了她。

"青狸！快收伏心咒！快！"

狂风暴雪中，公输阙一声疾呼，青狸仿佛如梦初醒般，望向满天飞雪，又望了一眼身边的影儿，咬咬牙，像下定了什么决心一样，在剧烈的震动中立稳身形，转身急急扣指施法。

公输阙与雪痕声声催促间，青狸在胸口缓缓结成了一道黄色的光芒，却还不待术法施成，一股钻心疼痛直击心头，青狸一口鲜血喷出，支撑不住地跪倒在地。

影儿惊呼着去扶他："猫儿，你怎么了？"

天地摇晃得更加厉害了，公输阙面如死灰，雪痕双眸蓦睁。

"不好！伏心咒已经失去控制了，开始反噬施法者！"

狂风呼啸，暴雪肆虐，大地剧烈震动着，苍山上下一片惨灰。

一个惊雷，震得心口一颤，所有人齐齐抬头——

末日，终于到来！

（十）

半年后，紫竹林，有间庭。

公输阙躺在竹椅上，懒懒地合着眼，耳边风声淡淡，几声清脆鸟鸣响彻林间。

睡了一会儿，一醒来便见桌上多了一只碧绿的果儿，一个身影急速掠过，消失在竹林深处。

公输阙摇了摇头，带出一丝苦笑，他揉了揉眉角，以千里传音悠悠开口：

"青狸，多谢你的碧果，我的眼睛早已无碍。不过你委实不用每次来都像做贼一样，我们大可一起喝杯茶，续个旧。如果实在怕

你师兄责骂，急着回五华山，那我也不多留你，只请顺便替我向文灵帝君问个安便好。"

话音未落，那道黄影便像阵风一样，气急败坏地闪现在公输阙身旁。

"谁怕他责骂了？我每个月在他那破林子里拿只碧果眼都不眨，你看他可曾敢说半个字？"

少年俊秀的脸涨得通红，公输阙抿着嘴，低低地笑开。

青狸急了："笑什么笑？我说的都是实话！"

公输阙连忙摆手："好好好，我信，我信你，那黎青上仙现在可以和在下一起喝个茶、续个旧了吧？"

青狸一声冷哼，翻了翻白眼："谁要和你一起喝茶叙旧？我们交情很深吗？"

公输阙别有深意地望了一眼桌上的碧果，青狸脸色一暗，可立马又粗声粗气地开口："这又怎么了？我不过是见不得那家伙宝贝这果子的小气样，又不是特意送来给你的！"

公输阙一本正经地点头："嗯，不是特意，不是特意，能被黎青上仙用来气文灵帝君，实在叫在下荣幸之至。"

青狸瞪了一眼公输阙，没好气地转身欲走，却才走出几步，身后那个温和的声音淡淡传来。

"青狸，其实你不必如此。"

呼吸一滞，青狸停住脚步，身子有一瞬间的僵硬。

"当日苍山大劫正如文灵帝君所言，是天意早定，是迟早会发生的，有没有你的推动其实都不重要，你不必过于自责。"

青狸背对着公输阙，依旧未回头。

许久，他轻轻开口，仿佛自言自语。

"昨晚我又梦到她了，还是那幅场景，天崩地裂的，一片混乱间她将我推了出去，然后雪山崩塌，她睁着大眼睛，对着我笑，说着那些自以为是的话……"

"猫儿，虽然你总是凶我，动不动就说要杀我，但你从来没真正伤害过我，我知道其实你也很痛苦，你也不想的……那些天长地久、不离不弃的话都不是骗你的，无能为力也不是你的错，这世上一直都有人是真心对你的！"

青狸深吸了一口气，握紧拳头，嘲讽般地笑了笑。

"真可笑，那丫头以为自己多了解我，下次见到她我一定要好好教训她一番，看她还敢不敢这么自以为是。"

公输阙闭上眼睛，唇角微动：

"如果见到她，也请帮我告诉她，在外面野够了就快回来，这么不听话，小心师父生气……"

苍山大劫，一早便写在了命格星君的命格录上，是雪颖姐妹被罚下苍山必要历经的劫数。

这场劫数，要从她们失手打翻战神迦野的锁妖塔说起，更要从当时还是五华山黎青上仙的青狸说起……

黎青与文灵帝君系白朴老祖座下，乃同门师兄弟，感情深厚。文灵帝君是个沉稳持重的性子，早早便位及帝君之列，黎青却洒脱不羁得很，好玩冲动，对仙级品阶并不上心，成日只在天地间游历潇洒。

战神迦野在三界名声赫赫，等闲小妖闻之丧胆，人人敬畏，黎青却很是不喜欢他。文灵帝君曾遇见迦野收服一只魅鬼，那只魅胆小怕事，从未害过人，跪在地上瑟瑟发抖地求迦野放过它，文灵一时不忍，劝了几句，却反遭迦野斥责："妇人之仁！"黎青正好撞见这一幕，为师兄不平，与迦野争辩了起来，两个人不欢而散，从此便结下了梁子，有几次甚至动了手。后来迦野受伤，差人来五华山讨些碧果，黎青擅作主张拒了他，惹得迦野大发雷霆，怀恨在心。

他是个记仇的性子，没有抓到黎青的把柄，后面逮着机会便狠狠整了文灵帝君一把，害得文灵帝君失去百年修为。文灵帝君想着以和为贵,生生忍了下来,黎青却热血上涌,说什么也忍不了,非要替师兄出一口气!

那一日,他趁迦野外出,便悄悄潜入他的府上,欲毁掉他的宝贝护心镜,叫迦野日后对敌时少了这一层防护。他顺利地进了迦野的密室,也顺利地寻到了护心镜,正喜形于色欲施法震碎它时,却被迦野宫中两个侍女发现,不得不急急离去。

他并不知道,那两个侍女在追赶他时失手打翻了迦野的锁妖塔,无意中破了迦野的封印。适时阴时阴刻,妖气最浓,锁妖塔中还未灰飞烟灭的群妖冲破阻碍,齐齐涌出了宝塔,天地瞬间风云变色,群魔乱舞。

这场劫难叫天帝大为震怒,罚迦野受了一月雷击,更是将那两个闯祸的侍女罚下了凡间,要她们永生永世苦守在苍山,历满十次劫数方能洗净罪过。

黎青心有不安,去找师兄文灵帝君,文灵大惊之下本想保住黎青,事情却被白朴老祖得知。老祖大怒,虽替徒儿瞒住了天帝,却无论如何也要好好惩治一下劣徒。于是他收回黎青一身修为,将他打回了原形,流放到了凡尘,历尽劫难方可重返五华山。

黎青被封住记忆,成了五色山猫青狸,开始漫长的人世之旅……

直到被打下凡尘,他仍是不知道,那两个侍女,一个唤作雪痕,一个唤作雪颖。

公输阙近来常常十分疲惫,明明是极好的天气,他却总是昏昏欲睡,到了晚上却又睡不着了,无端地惊醒,额头一层冷汗。

万籁俱寂中,窗外的竹林在夜风里发出簌簌轻响,像是摇曳的衣袂轻擦过竹叶的声音。

他披着衣裳奔出去看过几次,却什么人也没有,空荡荡的紫竹林,只有天边的一轮孤月,静静地投射着清冷的光辉。

他有时会怔怔地站在外面,看着月色,一站就是大半夜。

耳边仿佛有细语呢喃,风中飘荡着银铃似的笑声,一声又一声,美好得像在梦里。

但梦里,却更多的是那场痛彻心扉的劫难与无尽的绝望。

他撕心裂肺地喊着:"影儿你回来!"

那张总是无忧无虑笑着的脸落满了泪,在天崩地裂、一片混乱间,她泪流满面,却努力含着笑冲他喊道:

"师父,和你在一起的八年是影儿最快乐最快乐的日子,再也没有第二个这样的八年!"

"影儿不要!快回来!"他心头大悸,伸出手想留住她。

世界支离破碎,分崩瓦解,最后的最后,只剩那个声音,不断回旋着,回旋着——

"师父,我会回来的!在有间庭等我,等到春暖花开,我一定会回来的!"

梦境戛然而止,无数次惊醒的黑夜里,只有指缝间的冷风告诉他,他等的那个人还是没有回来。

苍山一劫,是文灵帝君救了他和青狸,还治好了他的眼睛。

但影儿和化作结忆灯的雪痕,连同冰棺里雪颖的真身都消失不见了。他们在苍山残迹中找寻了无数遍,却一点儿痕迹也没有找到。

文灵帝君说大劫天定,能否度过去全看各人造化,她们也许已经灰飞烟灭,再也不会回来;也许她们仍活在另一个地方,不日便会出现。

但有没有那一天,那一天又是什么时候,谁也不知道。

有间庭的花开了又谢,谢了又开,一日日如细水流过,不知不觉又到了冬天。

飘飘洒洒的雪花落满了紫竹林,仿佛还是去年,他们坐在屋里,围着火炉,一个握支笛,一个捧碗汤。

那时日子正好，他们四处去招念，走过许多地方，听过许多故事，看过许多悲欢离合。幽幽月色下，她唱着伶仃谣，提着结忆灯走在前面，他漫不经心地跟在后面，腰间青竹筒里的酒摇摇晃晃，如一首低低吟唱的童谣，长长久久，久久长长……

紫竹林里雪花纷飞，这日却迎来了一场少有的冬阳，公输阙特意离了房门，躺在院中铺了狐裘的竹椅上，沐浴着温暖的阳光。他眉眼淡淡，望着远方出了一会儿神，倦意点点上涌，墨玉般的眼眸慢慢合上，脸上还带着一丝恬然浅笑。

他有预感，今日，将会是个好梦……

远方似乎有脚步声传来，轻轻地踏在积雪上，一下又一下，发出清缈的声音。

许是故人，许是风声。

他做了一个梦，梦见影儿站在雪地里的一棵梅花树下，依旧梳着孩童的发髻，一身白袄，笑得天真无邪。

树上的一片红梅悠悠落下，化作她唇边的一抹胭脂，美丽动人。

踏过庭院，喝过忘川，那个点灯的姑娘，她回来了吗？

千魅洲之冬荣

（一）

冬荣成为太子妃，纯粹是个意外。

岁家上下原本以为这个娴静的大女儿会嫁给棋盘。

当母亲拿着嫁衣慌慌张张进来时，冬荣还在研究棋谱和自己设下的珍珑棋局，抬首便望见母亲哭丧的一张脸。

"夏……夏灵那死丫头跑了！"

一声惊雷，盛夏的一场大雨说来就来，瞬间席卷了天地。

夏灵是冬荣的妹妹，和生性恬淡的姐姐性子截然不同，她古灵精怪，眼珠子一转就满是鬼主意。

岁家乃东穆贵族，世袭侯位，在东穆拥有举足轻重的地位。

冬荣与夏灵是岁家的两位小姐，原本夏灵与太子订婚，不日便会成为满城女子羡慕的太子妃。

但在大婚正筹办的这个节骨眼上，夏灵却跑了——留下一张字条，跟岁府的一个英俊侍卫跑了。

岁府上下，顿时乱作一团。

鸡飞狗跳中，侯爷和夫人想到了自己的大女儿，咬咬牙，即刻入宫奏明圣上，以期补救。

于是，在盛夏的这场倾盆大雨中，冬荣穿上了红嫁衣，抱着心爱的棋盘，懵懵懂懂地入了宫，一夕之间，命运彻底改变。

为保颜面，岁府与东宫达成一致，对外宣称岁家二小姐夏灵忽染恶疾，不幸撒手而去，由其胞姐岁冬荣入宫，与太子缔结良缘。

一番请罪与补救的折腾后，尘埃落定时，冬荣已身在新房里，红烛摇曳，一道门隔绝了外界的喧闹，只剩她与太子陈煜。

房里极静，盖头下的她端坐着，只听到太子似乎在一杯复一杯地饮酒，沉默而压抑。

不愧是教养极好的东宫之主，即使在这种境地下，也不忘克制自己的怒火。

冬荣却叹了口气，无来由地想到一句诗，山雨欲来风满楼。

太子同夏灵自小青梅竹马，情投意合，众人都以为他们日后会举案齐眉，白头到老，却没有想到，夏灵竟然说变心就变心，痴痴迷上才相识不到一个月的侍卫。情意来得那样快，又来得那样汹涌澎湃，携着一腔远走天涯的孤勇，头也不回，只留下字条上对她"煜哥哥"的三两歉意。

陈煜手下一重，酒杯应声而碎，榻上的冬荣颤了颤。

那张俊颜已有些醉意，索性抓起酒壶，仰头痛饮，烈酒浇心头，却仍浇不灭心头那把火，他终是一声低吼，红袍一甩，将酒壶信手掷出。

只听"砰"的一声，偷偷掀开盖头的冬荣被砸个正着，鲜血顺着额角流下，她眨了眨眼，血珠滑过睫毛，流进嘴中，一片腥甜。

太子陈煜的酒登时醒了大半，踉跄上前，扶住冬荣肩头，涩声开口："太……太子妃无碍否？"

那声音发着颤，声音的主人脸色也越发苍白，点点鲜红中，没有人知道，他们眼中完美无缺、犹如神祇的太子殿下有个致命的弱点——晕血。

于是，冬荣在嫁入东宫的第一夜，被这个软绵绵的身子扑倒在了床上，说的第一句话就是：

"太医，宣太医，太子晕倒了！"

（二）

太子陈煜因悼念未过门的亡妻夏灵，借酒浇愁，在新房里喝出内伤的消息，于宫中不胫而走。

这个令众人交口称赞的完美情人，于是又多了一层悲情面纱。

一片心疼感叹中，东宫的宫女们不会知道，她们英明神武的太子殿下仅仅只是因为晕血。

这是他与太子妃之间的秘密。

冬荣守口如瓶，陈煜甚为感激。

但到底多了丝尴尬，自从新婚那夜陈煜在冬荣面前晕了一回后，见到冬荣便有些不大自然。冬荣也识趣地眼观鼻，鼻观心，不去看他，只一心专注于自己的棋盘，研究各种难解的棋局。

岁家人都说，冬荣是棋灵转世。

她爱棋如命，自小就不吵也不闹，只抱着棋盘研究，长大后轻意就能将父亲岁侯爷杀得片甲不留，甘拜下风，她自己的性子也随着棋子浮沉，在日复一日间出落得越发娴静，恬淡。

陈煜幼时经常去岁府走动，几个孩子一同玩耍，冬荣永远是最安静的一个，相比活泼俏丽的妹妹夏灵，她身上缺少了丝生气。

即使放下棋盘，按照父亲吩咐去陪客人玩，陈煜也总看见她心不在焉，从不加入他们，只自个儿坐在假山旁，拿着根树枝，在地上比比画画，一边念念有词："平位三九路，去位五六路……"

陈煜觉得有趣，问夏灵，夏灵撇撇嘴："别理她，一个怪人。"

久而久之，陈煜也习以为常了，更何况有夏灵的相伴，他也便无暇去管冬荣了。

他甚至想过，就算把冬荣放逐到一座孤岛上，只要有棋下，她也能过得怡然。

虽是自小相识，他们之间说过的话却不超过几十句，还多是些"见过太子殿下""冬荣小姐有礼了"……

如今，这样无趣透顶的女子成了自己的太子妃，陈煜只觉世事难料，造化弄人。

就这般相敬如宾地过了两个月，他们的关系在入秋时有了转机。

那天傍晚，陈煜偕冬荣前往皇后宫中听戏，走到一半，有侍从来报，附在他耳边，说是有夏灵的消息了。

陈煜登时大喜，激动地拂袖回头，只急匆匆地扔下一句，说有要事在身，叫冬荣自己去听戏。

冬荣点了点头，也不在意。

第二天，陈煜沮丧地回来了，消息是错的，他还是没能找到夏灵，他叹息着，用完膳后还没缓过劲来，一件叫他出乎意料的事情发生了——

冬荣抱着棋盒找到他，竟然一反常态地拉住他，兴冲冲地要和他对弈。

"来来来，咱们来下盘棋，这回规矩可得事先说好，省得你到时又耍赖……"

那样鲜活生动的表情，不再毕恭毕敬地唤他"太子"，而是亲切又熟稔，如晕染开的一滴水墨，叫原本素淡的一张脸神采飞扬，又带着山水般的明净温柔，仿佛镀了层光，判若两人，看得陈煜怔了一怔，好半天才回过神来。

那边冬荣已经摆好棋盘，拈起一颗白子，面带微笑地等他了。

不及多想，陈煜也赶紧整整衣裳，拿起一颗黑子，向冬荣抬手礼让道："请。"

就在你来我往的这盘棋中，有什么悄然发生了变化，陈煜中间偷偷打量了冬荣几次，心跳得格外快。

他不知道那种感觉因何而来，更不知道，昨夜他离开后，冬荣走着走着心血来潮，想起一份棋谱，差侍女回屋去拿，自己却在夜色中念念有词地转着，转来转去，竟在偌大的皇宫里迷了路。

她无意中摸到后山，竟在后山的竹林里发现了一片花海、一处小院和一个人——

一个与陈煜长得一模一样的人。

那人发间系着一根月白素带,长袍墨发,赤着脚坐在屋顶上,对月吟诗,饮酒自乐,等冬荣走近时才看清,失声道:"太子殿下?"

那个人回过头,一张脸沐在月华中,宛若谪仙。

他看见冬荣的第一眼是愕然,紧接着不易察觉地握紧手中折扇,舒眉笑开,微扬了唇角:

"是你?"

冬荣有些难以置信:"这,这……便是太子殿下的要事?"

那一夜,是冬荣从未见过的陈煜的一面,一扫平日沉稳持重的模样,灵秀、生动、洒脱不羁,还有……狡黠。

对,便是狡黠。

他邀她下棋,仿佛深谙她的棋术,说有法子破她的不败之名。

她来了兴致,问他,他得意地挑眉,说只要她遵循他的规矩,必输无疑。

她问他是何规矩,他不答,只说到时她便会知,故作神秘间,修长白皙的手指已拈起黑子下了第一步。

星月下,她步步为营,静心应对,一盘棋下得无懈可击,待到她的白子将黑子尽皆包围,一吞江山时,坐于她对面的陈煜却开口了,一双漂亮的眼眸亮晶晶的,像天上的繁星。

他望着她狡黠一笑,在风中一字一句:

"我的规矩便是棋色相反,所以,白子胜我即胜,你输了。"

(三)

陈煜对冬荣道,这是他们之间的秘密。

他说自己身为太子,东宫之主,责任重大,一生要背负的东西太多,只有偶尔回到这个小小花苑,才能纾解压力,自由自在地做回自己。

冬荣表示理解,也答应了陈煜在外头绝口不提花苑的事,末了,她像想起什么，抬头问道："就像守住你晕血的秘密一样吗？"

陈煜愣了半晌，突然"扑哧"笑出，忍俊不禁地与冬荣一击掌："当然！"

就这样，冬荣开始时不时与陈煜约在竹林见面，对月下棋，以天地为庐，草木为伴，快活无忧。

但冬荣回到东宫后，又得做回太子妃，宫里的陈煜也不似山间那样不羁，又会变回外人眼中完美无缺的太子殿下。

似乎什么都没变，但冬荣知道，有些东西已经不一样了。

他们的关系一跃千丈，再不是从前的相敬如宾，陈煜会带她去赛马，去看夕阳，会在皇后面前轻轻揽过她的腰，道一切安好，他夫妻二人情意甚笃，母后无须记挂。

陈煜做这些的时候自然而然，再不是从前在外人面前的应付做戏，他看冬荣的眼神都不同了。自从上回对弈后，他才知道，原来他心中的棋痴太子妃还有那样鲜活的一面，像是从前都不曾留意过般，她对着他一颦一笑，生动得叫他情不自禁，情不自禁地想去了解她的世界，这一了解，便越发惊喜，只觉重新认识了那个眉眼淡淡、嗜棋如命的她。

而冬荣依偎在陈煜怀中时，抿嘴淡笑，亦是欢喜。

虽然她更喜欢山间的陈煜。

许是到了山间，陈煜便完全放松自己，性格也不羁起来，一扫在东宫时的沉稳持重。

他会带她去捉萤火虫，去溪边摸鱼，去屋顶唱歌，还会在月下对弈时，狡猾地制定些乱七八糟的规矩，最后骗不到冬荣了，就嬉皮笑脸地悔棋，一副无赖之状。

"重来重来，这盘不算！"

冬荣又好气又好笑，白日里和在东宫的陈煜下棋时，想到月下他的耍赖，也难得起了小女儿心性，故意下错子，然后学他的无赖样，眨着眼睛笑闹着悔棋。

"重来重来，这盘不算！"

东宫里的陈煜却是惊愕不已，瞪大了眼看向冬荣："太……太子妃竟也会……"

冬荣笑容僵住，不知该如何应答，她忘了这是在东宫，她眼前的陈煜是不会和她玩笑的，即使是同一个人，但只要回到东宫，夜里那个她喜欢的陈煜就像是躲了起来，又或是隐藏在完美无缺的面具下，人前他始终只是温和有礼的太子殿下。

她也曾失口在东宫的陈煜面前提过竹林，但陈煜却毫无反应，她以为陈煜在装糊涂，怕走漏风声，只道他心思缜密，也未多想。

可此刻，冬荣却有些沮丧，面对陈煜惊愕的神情，她都分不清他究竟是不是在掩饰，不叫外人看出破绽。

山间不羁的他，东宫自持的他，一个会嬉笑着带她在月下捉萤摸鱼，一个会温柔地拥她骑马看夕阳西下，同样的面孔，不同的言行举止，究竟哪一个才是他的本性？

冬荣叹了口气，一时也提不起兴致下棋了，她此刻只想念竹林月下，一袭白衣的陈煜那无赖的笑脸。

虽然她答应过山间的他在外头绝口不提花苑的事，但这样处处小心，连开个玩笑也得掩饰过去，只叫她倍感索然。

一盘棋颇有点儿不欢而散的意味，冬荣道倦了，太子陈煜看着她施礼退下，手中捏着的黑子还悬而未决。

他不明所以，只隐隐觉得哪里不对，望着冬荣渐远的背影，微眯了双眸，若有所思起来……

日子就这般缓缓淌过，冬荣学会了跟不同的陈煜相处，即使偶有疑惑，她也告诉自己，不管怎样都是他。

虽然在山间才是冬荣最快乐的时候。

直到陈煜生辰那天，满城烟花，宫中摆下宴席，觥筹交错，热闹非凡。

席间却变故陡生，堂中起舞的一群姬人忽然从袖中滑出软剑，直朝陈煜掠去——

"有刺客!"

尖叫声四起,一片混乱中,冬荣眼疾手快地为陈煜挡下一剑,鲜血登时四溅,陈煜的手也被剑划伤,带出丝丝血珠。

他一脚踢翻案几,几掌逼开那些刺客,搂住冬荣向后疾退,进了侍卫们的保护圈。

冬荣脸色苍白,在陈煜怀里轻颤着身子,却还记得捂住陈煜的眼睛,不叫他见血光:"不要看,不要看,别怕,有我在,我在你身边……"

轻缈虚弱的声音里,陈煜眼眶一涩,一股暖流涌上心头,不由得更加抱紧了怀中人。

刺客在被抓后通通咬舌自尽,没留下任何线索。

但陈煜与皇后都知道,这群想要太子命的人是谁派来的!

除了六皇子陈彻,不作二人想。

他与他的母妃德贵妃,野心勃勃,跟东宫明争暗斗了数十年,殚精竭虑下只想扳倒太子陈煜,坐上梦寐以求的那把龙椅。

圣上眼见着身子一日不如一日,再不出手恐怕就来不及了,他们心急如焚,近来动作频频,甚至不惜兵行险招。

此番太子生辰,行刺之事也是谋划已久,却仍旧失败了,他们根本没有想到,陈煜与皇后早就有了提防,做下万全准备,只等他们自投罗网,还好刺客忠心,未供出他们。

这些事情通通都由陈煜去处理了,只将纷扰简单告诉了冬荣,冬荣得到陈煜对自身安全的保证后放下心来,静静养伤。

等到窗前再次出现一片做了标识的竹叶时,已是半月后。

这是约定好的暗号,一见到这片竹叶,冬荣就会悄悄去到花苑,和早已等在那里的陈煜品茗下棋,享受无忧无虑的时光。

每次竹叶都是出现在陈煜出门后不久,就像这回他连夜去大理寺查看刺客的验尸结果,找寻线索,冬荣以为这仍是陈煜在掩人耳目，不让人发现他们的秘密。

她莫名地感到欢喜，为他和她之间的小秘密。

但这回，显然天公不作美。

当冬荣提着灯笼，悄悄踏入竹林时，一场秋雨不期而至。

陈煜拉着冬荣进到屋里躲雨，两个人望着都淋成落汤鸡的对方，笑得眉眼弯弯。

却就在两个人要拥住时，一道惊雷划过夜空，那袭月白身影猛地清醒过来，还不及后退，冬荣却脸色大变，一把将他推开：

"你……你究竟是谁？"

窗外电闪雷鸣，带着潇潇寒意，冷风入屋，冷入骨髓。

冬荣盯着那双修长白皙的手，哆嗦着嘴唇摇头："你不是陈煜，你不是太子陈煜……你究竟是谁？"

陈煜的那双手前不久才被剑划过，现在还留有一道浅浅的疤痕，但冬荣眼前的这双手，却干干净净，洁白如雪，无一丝伤痕。

"我……我是……"假陈煜身份败露后，双手微颤，却并不见惊慌，反而是深深的茫然，直到又一声惊雷响起，他才猛然一震，霍地望向冬荣，眸中染了凄色：

"我是谁也不要的枯叶蝶，是被这天地抛弃的可怜虫，是棋盘上一着不该存在的废棋……"

（四）

夏灵回来了。

带着满身伤痕和一颗支离破碎的心。

那侍卫带着她远走高飞，却要日日想着怎样逃过追捕，还得时时伺候夏灵的小姐脾气，当初的情意早在现实中被一点点磨掉。

终于，在他们最后一次争吵后，侍卫将夏灵打晕卖掉，换了盘缠，亡命天涯去了。

夏灵九死一生地逃出，一路吃了无数苦头，终于像个乞儿般回到了都城，蓬头垢面地晕倒在了岁府门前。

醒来后，当她听到姐姐冬荣代替她嫁入东宫，成了地位尊贵的太子妃后，她又哭又笑，将满腔恨意转移到冬荣身上。

当冬荣与陈煜赶到岁府来看夏灵时，夏灵摔了花瓶，披头散发地闹着，像个市井泼妇，全无半点儿古灵精怪的模样。

"你凭什么抢走我的煜哥哥？凭什么代替我做了太子妃？你样样不如我，凭什么比我过得好？"

夏灵尖叫着，亮出长长的指甲，疯狂地朝冬荣扑去，眉眼狠毒地就想抓花她的脸。

却是陈煜一把扣住夏灵的手，狠狠甩开，忍无可忍地怒喝道："会有今时今日的下场，全是你自己一手造成的，你有什么资格去怪冬荣？要不是冬荣替你入宫，保全岁府与东宫的颜面，你全家上下早就受到株连，满门遭罪！你眼中只有自己，这般自私自利，不知悔改，简直叫人心寒！"

直到陈煜搂紧冬荣，离去很远后，还是能听到被关在房里的夏灵，发出的那声声撕心裂肺的诅咒。

"岁冬荣，我诅咒你，诅咒你一辈子得不到真心所爱之人！"

那样恶毒的声音，远远地飘到冬荣耳中，叫她不由自主地打了个寒战，不敢看向眸含关切的陈煜。

得不到真心所爱之人……也许，她的妹妹将一语成谶。

山间的那个"陈煜"，无论如何也不愿告知她身份，只说，她日后若还愿来找他下棋，可唤他叶枯。

她回去后就大病了一场，在宫里足足养了两个月，闭门不出。

不知道是身上的病，还是心里的伤，更不知道在逃避些什么。

陈煜衣不解带地照顾她，无微不至，但她却知道，错了，都错了，从一开始就错了……

山间的一切就像南柯一梦，竹林，月色，还有棋盘对面的他。

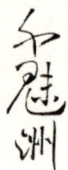

他和陈煜长得一模一样,性子却截然不同。

他会下棋耍赖,会对月畅饮,会带她去溪边捕鱼,还会拉着她上屋顶,洒脱不羁地放声歌唱,像个月华沐浴下的仙人……

太多的回忆,太多的心动,她在月下偷偷望他侧颜时的那份欢喜,是在东宫里真正的太子给不了她的。

欺骗隐瞒也好,南柯一梦也罢,她早已忘不了、舍不下,就如经书中所言,放不掉自己的爱别离与难舍弃。

在新年第一场雪纷纷扬扬地落下时,一片竹叶悠悠飘入东宫的窗棂,冬荣拿起竹叶,静静凝视了许久,终是泪湿了眼眶。

当夜,陈煜恰巧出门去莫将军府密谋大事,冬荣咬咬牙,到底在他离开后,提着灯,悄悄踏入了后山那片竹林。

少年依旧等在屋顶上,像是守过了多少年年岁岁,月光洒在他的身上,花海如昔,丝毫未变。像初见时的画面一般,纯粹,唯美,干净得纤尘不染。

他似有所觉,回头便撞上了冬荣的眼眸,四目相接中,时光仿佛静止,冬荣恍惚听见了风雪中,一朵花开的声音。

(五)

"叶枯,我叫叶枯,叶子的叶,一岁一枯荣的枯。"

"冬荣,我叫冬荣,冬天的冬,一岁一枯荣的荣。"

有样学样的对话,两个人大眼对小眼,终是绷不住,"扑哧"笑出,冰雪消融。

月下他们故人重逢,却重道了名姓,当作一切从头开始。

她说他再不许骗她,她喜欢和他下棋,和他捕鱼,和他在一起。

她不知道他是谁,但如果他说自己是叶枯,她就相信,就永远不会去追究。

她违背不了自己的本心,即使是南柯一梦,她也愿意孤注一掷,抓住生命中的转瞬即逝。

就这般，竹林相约，月下对弈，外头兵荒马乱，他们却与世无争，眼中只有彼此，在花海里度过了此生最难忘的一段岁月。

她想着，等陈煜忙完大事，她就去和他坦白一切，让陈煜休了自己，陈煜那样优秀，一定能再找到与他相配、真心相爱的女子。

她没那个福气，只有满心歉意。

但还没等冬荣寻得时机开口，一件意外发生了。

那是来年开春，圣上病重，太子党与六皇子党争夺帝位的最关键时刻，两派剑拔弩张，一触即发。

恰巧大渝使者来访，使臣好棋，礼部便投其所好，在都城举办了一场棋道大赛，进入决赛者可与大渝使臣切磋，促进两国友好交流。

这是个极好的机会，无论是太子党，还是六皇子党，都想争取到同盟国大渝的支持。

太子星夜去驿馆拜访那个使臣，探出他的口风，那使臣对什么都不感兴趣，唯一的爱好是下棋，他一生嗜棋，从未输过，若是谁能胜他一局，让他甘拜下风，他愿意应允一次谈话的机会。

这个谈话机会所代表的真正含义，不言而喻。

陈煜回去后，激动地拥住冬荣，喜不自胜。

只要冬荣能在棋道大赛上赢了那大渝使臣，为他争取到这股势力的支持，他定能一鼓作气，彻底除掉六皇子党，登上大位，冬荣也将母仪天下。

冬荣怔怔地听着陈煜的安排，心头纠缠，欲言又止。

她不能在这个关键时刻影响他，她想，等棋道大赛后，她替他赢得了大渝的支持，就坦白一切，与叶枯归隐山林。

心事重重的冬荣没有发现，陈煜一边说，一边望向窗外，有什么在眸中一闪而过，漆黑一片，深不见底。

大赛前一夜，冬荣去了竹林，告诉叶枯，叫他等她回来，她了结种种后，就回来找他，再也不离开他了。

叶枯望着冬荣，心潮起伏下竟说不出一句话，只能紧紧搂住冬荣,下巴抵着她的头顶,不住喃喃道:"我等你,等你回来……"

这一等,就是半个月。

棋道大赛上,冬荣一路过关斩将,果然毫无悬念地进入了决赛,将六皇子那边派去的棋术高手通通杀出局,最终坐上了与大渝使臣对决的位子。

那一场决赛设在都城擂台上,引来了无数百姓观看,太子妃的名号一时间传遍了整个东穆。

陈煜达到目的,重挫了六皇子的士气,志得意满,冬荣也十分欢喜,赛前陈煜曾许她一愿,说只要大功告成,便答应她一个要求,绝不反悔。

落下最后一子时,冬荣按捺住心头激荡,起身向大渝使臣施礼,不卑不亢,不骄不躁:"承让了。"

轻轻的一声,全场静了静,下一瞬,整个都城沸腾了。

一片欢天喜地中,冬荣舒了口气,遥遥对上陈煜的目光,不禁微扬了嘴角,笑得眉眼弯弯。

但当一切结束后,冬荣赶到后山时,她却笑不出来了。

后山的那片花海尽皆枯萎,一地焦土,像是才发生过一场大火般,只剩下一间摇摇欲坠的竹屋。

她跌跌撞撞地奔上前,慌乱地大声喊着:"叶枯,叶枯……"

当冬荣踏入竹屋时,她终于看见了叶枯……不,是陈煜!

那身华服坐在桌前,波澜不惊地饮着茶,抬眸一望,看向浑身发颤的冬荣,笑了笑,语调平静如许。

"不用找了,不会再有叶枯了。"

"他就是我,我就是他,确切地说,他是我苏醒在黑夜里的一重人格。"

"你难道没有发现吗?我和他从来没有同时出现过,白天是我,夜晚便是他。我幼时目睹宫中争斗,又被母后日日夜夜强调太子的身份,诸多压力下,便在一个黑夜,生出了叶枯那重人格。"

"他是我心中所有积压的痛苦与对另一种生活的向往,他偶尔会出来,而始终我是主宰。但这种情况在你出现后改变了,他一次次使我入睡,甚至想取而代之独自占有我的身体。

"我们开始争吵,各有打算,但他斗不过我。

"他归根结底只是我幼时对未来产生恐慌,极度不安下而生出来的一丝魔障,现如今,大局已定,我心中没有恐慌,没有不安,只有胜利的喜悦。"

"所以,他死了,在你赢得比赛,我彻底打败六皇子党的那一刻,就死了。"

(六)

承华三十七年,允帝病逝,太子陈煜登位,一举歼灭六皇子及其党羽,平定江山,四海归一,改年号为永昌,帝号文。

昔年枕边人登上宝位,冬荣也母仪天下,成了东穆的皇后。

诸多殊荣加身,庇佑家族,冬荣却大病了一场,恍如隔世。

那日陈煜和盘托出,她如遭霹雳,怎样也不敢相信,直抓住陈煜的手,问他手上那道疤痕该如何解释。

陈煜似早有预料,叹了口气,从怀中掏出一个盒子,取出盒中的一片晶莹的东西,轻轻贴于双手,眨眼间,他一双手就洁白如雪,无一丝伤痕,与冬荣记忆中叶枯的手一模一样。

"他一心想脱离我,总想处处与我不同,证明自己才是唯一。"

不急不缓的声音里,冬荣终于跌坐于地,痛哭失声。

原来……原来这才是全部的真相——

难怪他总是不肯告诉自己他真正的身份,难怪他和陈煜的性情截然不同,难怪每次他都在陈煜离开后才会出现,难怪她只在傍晚与黑夜里见过他,原来兜兜转转下,他们根本还是同一个人!

她爱上的,竟然只是她夫君幼时生出的,虚无缥缈的魔障!

而这丝魔障,竟然还是因为她而消失在这世间的!

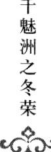

真相虽然解开了，冬荣却病倒了，在陈煜的悉心照顾下才渐渐好起来。

接下来几年，她常常去后山的竹林，将当日陈煜烧掉的花海重新种上，竹屋也重新建好。

什么都能翻新重来，唯独那个人，再也回不来了。

冬荣无数次想在心底说服自己，她爱的那个人也就是文帝陈煜，他们是同一个人，她不该再胡思乱想。

可每当与文帝对弈时，她总会失神地想起，曾经在星月下那个人耍赖的一盘棋。

冬荣对陈煜也是好的，作为一个贤良淑德的皇后，她在民间拥有极高的声望，她当之无愧。

但只有她自己清楚，她不是个好妻子。

她其至在半夜醒来过，撑着身子，小心翼翼地凑到陈煜耳边，轻轻地呼唤："叶枯，叶枯……"

她多想他回来一下，就一下，睁开眼，对着她不羁地笑，拉着她的手爬上屋顶，对着月亮放歌，在花海里与世隔绝，无忧无虑。

但直到陈煜将她搂在怀里时，她才会猛地清醒过来，知道一切再无法挽回。

她亲手杀了自己最爱的人。

她日日夜夜都能摸到他的脸，却摸不到藏在身体里真正的他。

她的叶枯，早就死了。

在秋末最后的那一夜，冬荣缩在陈煜怀里，终是放声大哭，哭得撕心裂肺，彻底接受故人不在的残酷事实。

那一年，冬荣二十七岁，往后的日子还那么长，她却觉得一生就好像已经走完了般。

她摔了心爱的棋盘，看着散了一地的棋子，决心此生再不碰棋。

只因，她曾在棋道大赛上一举夺魁，却无心害死了他。

她爱棋，却更爱他。

（七）

时光如白驹过隙，一眨眼又过去了许多年。

冬荣为陈煜诞下了两位公主，一位皇子，她对他虽无爱意，却早已在朝夕相处间化成了亲情。

这些年她也时常去看夏灵，夏灵已有些疯疯癫癫，对她的敌意却日渐消去。

毕竟是亲姐妹，在夏灵心神俱损、不堪重负，过早地结束生命时，她赶到岁府，见了夏灵最后一面。

弥留之际，她握住夏灵的手，泪如雨下。

她们轻轻说着话，闲道家常，说着幼年的趣事，夏灵笑容苍白，虚弱地嘱咐着她："姐姐你照顾好煜哥哥，他也是极苦的……"

办完夏灵的丧事后，冬荣竟然又拿起了棋盘，邀陈煜去后山的竹屋，再下一盘棋。

陈煜许多年没与冬荣下过棋，此番受邀欣喜不已，只道冬荣终于放下过往，不再执念深种。

星月下，两个人对坐，风过嫣然。

一样的花海，一样的竹屋。经年后的心境却截然不同。

冬荣拈起一颗白子，淡淡道："夏灵临终前还惦念着陛下，托臣妾照顾好您，让您喜乐无忧……"

陈煜闻言默了默，一声叹息，感慨万千。

冬荣却接着道："她还说，陛下亦是极苦的，幼时便被人虎视眈眈，不敢松懈片刻，还得忍受双生胞弟离去的残酷事实……"

声音轻轻凉凉的，却如一记重锤砸下，叫陈煜霍然抬头，煞白了一张脸。

风吹山野，天地肃杀。

冬荣依旧面不改色地下着棋，看也不看陈煜一眼，只淡淡地叙述着，在月下将掩埋多年的真相一点点揭开……

东穆皇室有个不成文的继承规矩，若妃嫔诞下双生儿，其中任何一个都无法成为储君，唯恐将来登位，因面孔相似而引起不必要的麻烦。

所以，当皇后在几十年前那个雷电交加的夜晚，诞下一对双生儿时，几近绝望。

那时六皇子尚是腹中五个月的胎儿，皇后与其母妃德贵妃正斗得厉害，她本以为先德贵妃一步诞下龙裔是个大好机会，却万万没有想到自己会诞下一对双生儿。

按东穆皇室的规矩，她的两个孩子在出生的这一刻，便失去了竞争太子的资格。

外头风雨交加，屋里的皇后抱着两个孩子，哭得万般不甘。

千算万算没算到这一点，等德贵妃诞下皇子，封为太子时就来不及了。皇后在穷途末路之际，与身边心腹对了对眼色，狠狠心，含泪捂住了小儿子的口鼻，直到那个小生命不再挣扎才松手。

尸骨被葬在了皇宫后山的一片竹林之中，皇后到底不忍心让孩子流落在外，远离自己，她命人在坟头种了一片花海，盖了一间竹屋，聊慰思念与愧疚。

就这样，皇后诞下一位龙子的喜讯传出，圣上龙颜大悦，为孩子赐名"煜"，将其封为太子，疼爱有加。

满宫烟花爆竹间，没有人知道，一条小生命曾来过，曾在母亲怀里发出过自己的第一声啼哭，却戛然而止在母亲的手下。

皇后有了太子陈煜，地位愈加巩固，却也难以忘记自己那个做出牺牲的小儿子，她为他取名"烨"，命人将他的生辰八字偷偷烧在了后山坟头。

陈煜，陈烨，双生的兄弟，命运却在出生那一刻就截然不同。

一个成了众星捧月的太子，一个却自称是魅。

陈烨被葬下时尚未死去，适时月拂大地，山间精怪出来吸收天地灵气，偶然发现了垂死的陈烨，救下了他的性命，抚养他长大。陈烨便以魅妖自居，不再见外界天日，每日在山间游荡，独自守着竹屋，看斗转星移，孤苦长大。

心里不是不恨的，同为双生儿，哥哥陈煜是高高在上的太子，他却被亲人抛弃，流落山间。

所以在陈煜大婚时，陈烨躲在窗外，想掠走太子妃，吓他一吓。但还没等陈烨有所行动，陈煜随手掷出去的酒壶，已经砸中那个替嫁入宫的倒霉太子妃的额头了。

啼笑皆非的一夜就此过去，陈烨开始留意陈煜的太子妃，那个嗜棋如命的岁家小姐，岁冬荣。

陈烨也极喜欢下棋，山间偶有狐妖兔精与他对弈闲聊，但大多数时候，都是他自斟自饮，自说自话，自己和自己下棋解闷。

那夜冬荣无意中闯入后山竹林，他坐在屋顶上回头望见她，不知道有多欢喜。

他和她下棋，和她说话，和她去做很多很多平时只有他一个人做的事情。

枯槁般的生命像一下子有了色彩，他不知不觉地爱上了冬荣，爱上了带给他无数快乐的冬荣。

但他又害怕，害怕冬荣知道真相，当他是个异类，所以他骗她，直到骗不下去，他才说，他叫叶枯。

叶即烨，是他母亲取的名，枯，则是他多年孤苦如枯槁的生命。

陈烨，叶枯，在那年冬荣去参加棋道大赛后，满心期待着她回来，却被哥哥陈煜派人烧死在了花海里，尸骨无存。

他们的事情到底被陈煜发现了，心思缜密的太子却不动声色，趁冬荣去参加棋道大赛时，杀了自己那个不该存在于世间的弟弟。

陈煜还编出一套说辞，骗过冬荣，一骗就是十几年。

他本以为，岁月还那样漫长，他总能叫她忘却陈烨，爱上自己。

但其实都不过是在自欺欺人。

他更算不到的是，幼时无心对夏灵吐露的烦恼，竟会在夏灵临

终前无意告诉了冬荣,叫冬荣一查到底,找出了全部真相。

上天果然是公平的,是你的便是你的,不是你的,纵然怎样强取豪夺,到头也是枉费心机。

(八)

皇后出殡那天,举国哀丧。

陈煜身披缟素,送了冬荣最后一程。

他想,穷尽此生,他也无法再忘却她。

那一夜,将调查来的所有真相铺开时,冬荣的嘴角却渐渐漫出鲜血,他大惊失色,这才知,冬荣早在自己下的白子上抹了毒。

浸过毒汁的白棋,在棋局游走间,丝丝缕缕地钻入冬荣体内,叫她无力回天,终能解脱。

她说,原本黑子也是要浸泡的,但她到底不忍心。他是她几个孩子的生父,是整个东穆的国君,是所有黎民百姓的希望。

她对他亦有情,是多年相伴下来的亲情。

但她唯一爱过的,只有她的叶枯,她可怜的陈烨。

风吹长发,她望向夜空,唇边含笑,眸光渐渐涣散。

她这一生下过那么多盘棋,纷纷扰扰到最后,闭上眼,却只记得一盘,一盘星月下,黑子被白子包围,她即将胜利时,执黑子的那个人却对她狡黠一笑。

"我的规矩便是棋色相反,所以,白子胜我即胜,你输了。"

千魅洲之秋游

楔子

北陆南疆有一家天命馆，住着一位天命师，他无所不能，能为上门的客人解决各种烦恼。

这次的客人有些特殊，他一身华服，看起来身份尊贵，却抱着一个沉沉昏睡的女子，脸上是几近绝望的神情。

"她不肯醒，她怎么也不肯醒……"

暖烟缭绕中，天命师苍白的手举起一只雕花茶壶，姿态优雅地沏了一杯茶，推到了客人面前："别急，慢慢说。"

茶香四溢，如梦如幻，透过氤氲热气，女子秀美的脸颊朦胧一片，静好如画。

（一）

左秋漪自愿请命，进入西园服侍被废的小太子时，一个十五岁，一个五岁。

满园萧瑟中，小太子况云坐在台阶上，伶仃的背影倍显单薄。

他一见到左秋漪眼圈就红了，想哭却又不愿哭出来，反而吸了吸鼻子，冷冷道：

"你来做什么？我不要你服侍，你快走！"

声音依旧稚气而熟悉，左秋漪一听便明白况云的用意，强压下心头酸楚,作势转身:"那奴婢当真走了?真的走了……"

果然,脚步还未迈出,那个小人儿便猛地站起,一下扑入她怀中,泪水夺眶而出:

"秋漪姐姐,我父皇死了!"

悲恸至极的泣声里,左秋漪紧紧搂住况云,哽声道:"奴婢知道,奴婢都知道,太子受苦了……"

景阳二十七年,九王爷兵临城下,夺朝篡位,杀允帝,囚太子,一番风云变幻后,东穆江山就此易主。

太子况云被软禁在西园。一夕之间,从云端跌入尘土里,所幸他的皇奶奶,九王爷的生母极力保他。九王爷目的达到,也不愿再担个残杀幼侄的恶名,便留了他一命,却是生不如死。

西园的日子艰苦萧瑟,若不是左秋漪的到来,才五岁的况云无人照料,根本熬不过一季寒冬。

况云可以说是左秋漪一手养大的,从他出生起她就陪在他身边,宫破时他们失散,左秋漪被御前侍卫赵清持救走了,一直藏在赵府,大局定下后,她毅然决定入宫陪伴况云,赵清持问她:

"你想清楚了吗?一旦踏入那个园子,你知道接下来的路会是什么,你就一点儿……也未想过我吗?"

赵府树下,年轻俊秀的新帝侍卫颤声开口,终是拉住了左秋漪的衣袖,眸含凄色。

有风拂过他们的发梢,左秋漪垂首不语,许久,才呢喃道:

"他还太小……离不开我。"

轻轻的一句话,让赵清持的手一点点松开了,他眼神有些哀伤:"我明白了,我这就去安排……"

他早该料到,却总心存奢望,奢望她能选择他一次。

他们是在宫里的澜湖边相识的,那时太子贪玩不慎跌入湖中,水性不好的左秋漪舍身去救,将太子推上岸后,自己却渐渐沉下

去,他正巧带人巡逻经过,听到太子的哭喊声,想也未想地跃入湖中,将左秋漪救了上来。

那是他第一次见到她,浑身湿漉漉的,脸色苍白,还没咳几口水,便赶紧搂住一旁哭泣的太子,柔声安抚。

他看着她,明明极瘦弱,却让人觉得有种温柔的力量。

左秋漪,他轻念着,从此便上了心。

一次次在宫中"偶遇",一次次看她含羞带笑,一次次听她哼着歌谣哄太子……

他们的关系越发熟稔,亦有些若有若无的情愫萦绕着,但每每想和她单独相处会儿,太子总会黏得跟牛皮糖似的,只叫他哭笑不得,恨不能太子一夜长大,"放过"他心爱的姑娘。

但如今,却是他要先放她走了。

临别前,赵清持送了一枚玉佩给左秋漪,他说:"我等你,无论多久,我都等。"

玉佩的含义不言而喻,左秋漪感动并内疚着,摩挲了玉佩半晌,才轻声道:"赵大哥,你是个好人。"

(二)

此后的两年里,左秋漪和况云同枕而眠,相依为命,日子虽然艰难,却也相安无事。

直到那年冬天,三皇子带人闯入西园——

他是新帝最宠爱的儿子,也是传说中未来的储君,比况云大上六岁,性子嚣张跋扈,遗传了他父亲的心狠手辣。

他早就想斩草除根,奈何有太后压着,好不容易这次皇上陪同太后出宫祈福,况云没了皇奶奶的庇佑,叫他有机可乘,直接带去了狩猎场。

说是狩猎,其实充满杀机,三皇子跨于马上,笑得阴狠:

"别说三哥不带你玩,给你和你的婢女一炷香的时间,你们现在开始跑,若被抓住了,就休怪三哥拿你们当猎物对待了。"

左秋漪心跳如雷,这分明就是残忍的"杀人游戏"!

满堂哄笑间,况云涨红了脸,握紧拳头,却是伸手去推左秋漪:"跟她没关系,你放她走!"

三皇子轻蔑一笑,一挥手:"点香。"

左秋漪一个激灵,背起况云扭头就跑,一边在雪地里没命地狂奔,一边喘息着安抚况云:"赵大哥已经去通知太后了,咱们能拖多久就拖多久。"

她跑啊跑,长裙勾破了都没有发现,天地间白茫茫的一片,冷风刺骨,背上却忽然一阵湿热,左秋漪身子一颤,这才察觉到,一直沉默的况云埋在她的脖颈里,无声无息地哭了。

才七岁的孩童透着与年龄不相符的狠劲,在风雪里咬牙流泪:"我不会忘记今天的,绝不会……"

他多想快点儿长大,长大到能够不再受人欺辱,能够夺回属于自己的东西,能够……保护他想保护的人。

太后匆忙回宫才制止了这场闹剧,雪地里却寻不到两个人的身影了,几番逼问下,三皇子才不情不愿地开口:"孙儿还没来得及追上呢,只远远瞧见他们滚下了山崖。"

不是没来得及,而是团团包围,步步紧逼,将人逼坠了崖。

赵清持一听到消息就蒙了,他立即率人在崖下开始搜救,整整找了两天两夜,才在一处石洞里发现了左秋漪和况云。

他们依偎着彼此,昏迷中相互取暖,左秋漪的长裙上血渍斑斑,触目惊心。

长在崖底的一棵歪脖子树救了他们一命,却让护着况云的左秋漪摔断了一条腿,若是赵清持再晚点儿来,那条腿就接不上了。

失而复得的赵清持再顾不上许多,抱住左秋漪又哭又笑,全无平日半点儿沉稳。

角落里的况云看着这一幕,并未为获救而感到欣喜,眸光反而

倏然冷了下来。

没有人知道他在想什么。

回到西园后，左秋漪养了三个月，直养到春暖花开，身子才算基本恢复过来。

这段日子里，赵清持得到了太后的特许，常常来园中看左秋漪，为她和况云带去各种所需。

况云从前就不喜欢赵清持，如今更甚，尤其是有一次听到他对左秋漪说："等伤养好了，你就跟我走，好不好？"

他当时躲在暗处，整颗心都被揪起来了，只听到那边沉默了许久，才终是轻轻道："他……还太小。"

瞬间松了口气的同时，却又有一股悲凉涌上他的心头，如果因为年幼能留住秋漪姐姐，那么……他还该不该长大？

想不出这个问题答案的况云，将所有愤恨指向了赵清持，在他看来，想带走左秋漪的赵清持就是罪魁祸首。

所以，那天当赵清持看见榻上的况云，委婉提出他该与左秋漪分房而睡以避嫌时，况云冷冷一哼，望向窗外正在晾衣裳的左秋漪。

"她不会跟你走的，她是我的。"

如果说这句话赵清持还能当作童言无忌，置之一笑，那么况云接下来的一句话，却叫他脸色大变，几乎是一下子拔出了腰间剑。

（三）

左秋漪听到声响奔进来时，剑影一闪，房中那张不大的床已经一分为二，况云被剑气震在了地上，墨发薄唇，素衣单薄，却没有生气，反而得意地望着怒不可遏的赵清持。

"我会叫人再送两张过来。"

赵清持收剑转身，不去回答左秋漪的追问，径直出了房门。

直到很多年后，赵清持求太后赐婚，驾着马车连夜带走左秋漪时，才后怕地告诉她，那一天况云昂首看着他，几近挑衅地说了怎样一句话。

"即便是她陪在我身边一辈子,你又能怎样?"

丞相元昭的秘密造访,已经是五年后了。

十二岁的况云正襟危坐,毫不意外,只礼节周到地为元昭倒了杯茶,举止从容,眉目间又隐显霸气,那番风华,连阅人无数的元昭也要怔上一怔,而后若有所思,更加坚定了心中某个打算。

左秋漪站在况云身后,只听到少年慢条斯理地开口,唇边带笑:

"云待元相已久,早闻叔父病重,此番元相是为储君而来吧。"

左秋漪一颤,她知道,这就是况云对她说的机会。

也许他们……真的要离开这儿了。

这七年里,赵清持从没放弃过,左秋漪头三年都以况云尚幼拒了,到了第四年,她心中内疚愈深,半推半就地竟是要答应了,却不想还未来得及向况云开口,况云就忽然病倒了。

这一病就病了大半年,始终不见好,左秋漪如何能放心走?

她衣不解带地照顾着况云,即使最后赵清持冲进屋,忍无可忍地想拉走她:"他明明就是故意的!"

她也是以指贴唇,轻嘘了一声:"别吵醒了他,我们出去说,赵大哥……是我对不住你。"

而左秋漪不知道,彼时"病中昏睡"的况云,在他们掩门出去后,睁开了漆黑的一双眼,在听到赵清持气急败坏地离去后,缓缓扬起了嘴角。

"病"装不下去了,况云索性拉住左秋漪问:"你喜欢他吗?"

左秋漪一怔,不敢直视况云的灼灼目光,垂首轻叹:"他一直在等我。"

"我是问你喜欢他吗?"

"他……他待我很好。"

况云急了:"难道我待你就不好吗?"

左秋漪哑然失笑，下意识地伸手就去抚况云的头顶，仿佛这孩子说了什么傻话般："不一样的，殿下……"

被废这么多年，只有左秋漪仍称呼况云"殿下"，平时不觉如何，此时听来况云只觉委屈不已，一下似炸了毛的猫样，破天荒地冲左秋漪发了火："别叫我殿下！"

你为什么，为什么就能叫他"赵大哥"？

后面半句终是没能吼出来，况云在左秋漪错愕的目光中，猛地钻进了被中，小猫样别扭地生闷气，任左秋漪怎样哄都不肯再出来，倒是左秋漪作势要走时，一只手闪电般从被窝抽出抓住她。

房中霎时静了下来，许久，少年才在被中闷声闷气道："你别走，再给我几年时间，我们很快就能离开这里，你相信我……"

月光透过窗棂洒进来，就在这个风轻云淡的夜晚，左秋漪得到了况云的承诺，却也终于敏感地察觉到，有什么……不一样了。

（四）

一番私会后，况云与元相便开始谋划。

只因三皇子残酷嗜杀，断不适合当储君，元相与朝中几位重臣相商，又私下取得太后的支持，做出了"光复正统"的决定——

扶持况氏嫡孙，前太子况云为帝！

如今夷帝病重，恐怕拖不了几年，他们刚好趁机培养势力，暗中联络旧臣，订下周密计划，只待那一天的到来。

夷帝驾崩之日，便是起兵之时！

况云踌躇满志，多年囚禁生涯仿佛看见了曙光，然这一环扣一环中，还需一个心腹之人，潜伏在夷帝身边，充当内应。

当又一个深夜，元相造访，于灯烛下将此事提出时，况云愣了愣，脑海中鬼使神差地蹦出一个名字。

他望了一眼左秋漪，又看向元相，终是抿了抿唇，沉吟开口："我倒有一人可用。"

"谁？"

"御前侍卫，赵清持。"

话音一落，况云身后的左秋漪颤了颤，赫然抬头。

月下庭前，风吹云动。

赵清持凝视了左秋漪许久，一声叹息："你为了他当真是不惜一切呀……"

他深吸了口气，按住左秋漪的肩头："如果这是你想要的……我答应。但你也得答应我一件事，你为他做的已经够多了，等此事一了结，我便带你走，好不好？"

左秋漪眨了眨眼，并不回答，只是任赵清持拥入了怀中，怔怔地望向虚空。

彼时他们都不知道，暗处长廊上，一道人影静静地望着这一幕，少年紧紧握住双手，一拳捶在了柱子上。

等，他只有等，等自己长大，夺回江山，将她牢牢拴在身边。

在暗中筹划间，夷帝的病渐入膏肓，在艰难地拖过了三年后，终于走到了生命的尽头。

表面平静的东穆皇朝，内里早已波涛汹涌，仿佛一触即发，元相带着抑制不住的兴奋连夜赶到了西园——

宫墙之内的风，终是要起了。

送走元相后，况云在昏暗的房中，擦拭起了一把剑，寒光映着他狠厉的眉眼。

明天，他将率兵一举攻入大殿，杀他个措手不及，并用这把剑，在夷帝灵前，当着文武百官的面，亲手诛杀三皇子！

然后元相与太后将站出，宣读一份"遗诏"，一份由赵清持替换出来，传位于况云的"遗诏"。

一切将以迅雷不及掩耳之势兴起，在三皇子一党还来不及反应时，便彻底地尘埃落定。

当夜，一直睡不着的况云，悄悄摸进了左秋漪的房间，在她床前站了许久，直到左秋漪惊醒过来，颤声唤了句："殿下？"

黑暗中的况云这才轻嘘一声，如只小猫般，钻进了左秋漪的被窝中，不由分说地搂住了她的腰。

"我今晚和你睡好不好，就像以前一样，我保证不乱动……"

黑暗中，她小心翼翼地抚过他的长发，柔声开门：

"殿下……在害怕？"

少年不答，许久，才闷声道："告诉我，明天你会等我凯旋，无论怎样，你都不会离开我，对吗？"

左秋漪怔了怔，还来不及出声，已被他拥入怀里，伴随着滚烫的热泪，叫她呼吸不过来。

"你别走，你别走好不好……"

她不知道，他心头有多害怕，他怕大事一了，她就跟赵清持跑了；他怕明日万一起事失败，他身首异处，就再也见不到她了……

也许这是他们的最后一面，有些东西如果再不说出口，就当真来不及了，至少让她知晓他的心意，这样，他才再无遗憾。

（五）

左秋漪在西园里独自等待。

外头早已乱作一团，刀剑悲鸣，只有她这里固若金汤，守着层层叠叠的侍卫。

她脸色苍白，一颗心七上八下，满脑子都是况云的身影。

不是没有察觉，但昨夜少年灼热的情意仍叫她措手不及，她心乱如麻，看着怀中人眼角的泪痕，她几乎一夜无眠。

如今等在西园里，她才尝到那种刻骨的害怕，从清晨等到黄昏，她浑身颤抖着，像熬了一辈子那么长。

终于，当暮色四合，如血的夕阳笼罩了整个西园时，那道俊挺的身影由远至近，如风一样奔向了她——

泪水夺眶而出，回过神时，左秋漪已被况云抱起，又哭又笑地转起了圈："我成功了，我成功了！"

少年已比她高出许多，一袭戎装血渍斑斑，有力的臂膀紧紧搂着她，像是一生一世也不会松开。

紧跟而来的赵清持停在门边，瞳孔骤缩，看着这一幕心头一紧。

不知从哪里传来的花香，冲淡了风中的血腥气，带来一片安详的美好。

这一年，况云十五岁，左秋漪二十五岁，赵清持二十九岁。

新皇登基，举国欢庆。

十年囚禁生涯恍如梦一场，昔时羸弱孩童，摇身一变，成了东穆的少年天子。

但当宴席上，论功行赏时，赵清持的一句："臣别无所求，只求陛下赐婚臣与秋漪姑娘。"却叫这个意气风发的少年天子愣住了，漫天烟花下，众目睽睽中，况云一时间竟找不到拒绝的理由。

他下意识地就去看左秋漪，但那道纤秀身影却低下了头，如夜风中一朵幽昙。

宴席上被敷衍过去的赵清持，对况云"再过几年"的说辞并无太大反应，仿佛早就料到是这个结果，他只深深看了一眼况云，一只手在案几下紧紧握住了腰间剑。

事实证明，人被逼至绝境，总会想着孤注一掷。

当年被囚西园的况云会，如今久候无期的赵清持同样也会。

他单枪匹马，直接去见了太后，也不知说了些什么，竟求得太后赐婚，趁况云还在睡梦中时，连夜就驾着马车带左秋漪出了城。

直到坐在颠簸的马车里时，左秋漪的身子仍颤得厉害，她知道自己欠了赵清持太多，无论怎样都该还了，可如今星夜下私奔，她脑海里竟克制不住，全是况云那张少年意气的脸。

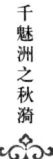

她看着他长大,陪了他十五年,朝夕相处间,早有什么融入彼此的骨髓,注定一辈子不可分割……

很多东西她不会去说,但她心中明白,她比他大十岁,即使他不介意,但她也是不愿去拖累他的。他的人生还那样长,他应当配上更好的女子,等日子久了,他对她一时的迷恋就会渐渐消散了,她会在遥远的地方祝福他……

眸中有水雾升起,左秋漪伸手去抚,只摸到一手的泪。

她从窗口往外看去,看着身后越来越远的都城,心中悲怆莫名,却只能留下最后一句,轻轻飘荡在风中的一句——

"再见了,我的陛下。"

(六)

况云率兵赶到城郊时,只看到一地鲜血,赵清持以一人一剑的姿态,独挑一群杀手。

等况云将赵清持救下时,他已经奄奄一息,左秋漪跌跌撞撞地跃下马车,扑到他身旁,泪如雨下:"赵大哥,赵大哥……"

赵清持俊秀的脸庞上满是血污,他艰难地抬起手想去安慰左秋漪,却只无力地触到了左秋漪随身携带的那块玉佩。

"这还是十年前……我在树下送给你的,原来,原来都这么多年了,可惜,我还是等不到你啊……"

赵清持眸光渐渐涣散,虚弱的语气中饱含遗憾,左秋漪一下子哭得更厉害了:"不,不!"她抓住赵清持的手贴在脸上,泣不成声,"赵大哥,我现在就嫁给你,天地为证,我们现在就成亲!"

没有红烛,没有喜服,左秋漪抱紧赵清持,对着皓月长空就地三拜,直到赵清持含笑咽了气,她仍抱着他的尸体不愿撒手,泪流不止的模样叫况云心如刀割,咬咬牙,不得已一记手刀击昏了她。

那群杀手是三皇子豢养的死士,因赵清持做了内应,他们此次专为寻仇而来。

当况云将调查结果告诉左秋漪时,她正跪在赵清持的灵堂前。

外头下着大雨,昏天暗地,萧索得叫人心慌。

"是我对不起他,是我害死了他……"仿佛失了神般,眼泪顺着脸颊淌下,那道纤秀的背影微颤着,看得况云心如针扎。

左秋漪以未亡人自居,为赵清持守了一年孝。

她被强留在宫中,况云天天都来看她,各种劝说无果后,况云终是忍不住怒道:"你就打算这样为他守一辈子吗?你明明……"

不喜欢他!

后面半句依旧是没能说出来,房中静了许久后,左秋漪忽然幽幽开口:"我今年二十六岁了。"

况云一怔,却听左秋漪接着道:"陛下风华正茂,而我……已经很老了。"

声音在房中久久地回荡,透着难言的沧桑,况云在瞬间明白了过来,绕到左秋漪身前,很轻很轻地捧起她的脸。

两个人四目相接,鼻息以对,仿佛光阴逆转,不辨流年。

"我会证明给你看的。"

况云再来时,额头都磕破了,正流着血,人却是欣喜万分。

他激动地拉住左秋漪,他说,他在太后寝宫外磕了半宿,终于求得了太后一个答允,天下之大,没有人能再阻止他们了……

左秋漪正手忙脚乱地为况云止血,听着听着,却忽然埋下了头,潸然泪下。

况云慌了,一把抱住左秋漪,语无伦次:"你别哭啊,朕以前就说过,朕以后一定会让你过上好日子的,朕没骗你,你就让朕……让朕照顾你吧……"

左秋漪摇摇头,望向况云,伸手轻轻触向他的额角:"我只是难过,这么好看的一张脸,若是日后留下了疤,可怎么办?"

声音细细柔柔的,却叫况云瞬间恍然过来,一声兴奋的尖叫,抱起左秋漪就转起了圈,笑声飘出窗外,飘得很远很远……

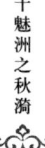

就在这一年,初登大位的少年帝王,冒天下之大不韪,娶了一个比自己大十岁的寡妇,封号左贵妃,独宠后宫。

(七)

新婚夜时,当掀开盖头,见到了眉目如画的左秋漪后,况云一下屏住了呼吸,心跳如雷。

这是他盼了好久的一个梦。只有他清楚,这份情来之不易,是历经了多少坎坷才最终换得的,没有人会比他更珍惜。

册封不久后,宫中上下就都知道,那个饱受争议的左贵妃,是当今圣上最爱的女人。

因太后压着,况云虽无法立左秋漪为后,却也没立后宫任何一个女人为后。

日子如流水般淌过,转眼又是两年过去,当左贵妃有孕的消息传来时,况云连朝服都来不及换下,激动地径直朝寝宫走去。

他在梨花纷飞的树下看到了左秋漪,她正躺在摇椅上,闭目小憩,如一幅静好的山水画。

况云轻轻走上前,屏退左右,将头埋在了左秋漪的腹部,小心翼翼地听着,眸中笑意盎然。

左秋漪睁开眼,少年独有的气息,星星点点,与漫天纷飞的梨花一样温柔,他们相视而笑。

"朕会给你,和我们的孩子……最好的一切。"

所谓世间最幸福的事情,莫过于此吧。

那时的左秋漪靠在况云胸口,唇角微扬,还没有想过后面会发生什么事情。

有句话叫树大招风,或者说,是她把后宫想得太简单了,左秋漪和况云的第一个孩子——

没能撑过四个月!

是宫中李美人送去的一碗红枣汤,左秋漪与她交好,不疑有他,谁知喝了的当夜就流产了,闹得沸沸扬扬,满宫哗然。

李美人被抓住时正在梳妆,对着镜子痴笑,仿佛早有预料,对自己的罪行供认不讳。

左秋漪悲恸欲绝,在况云怀中差点儿哭得喘不过气来,她身子刚好点儿,就在况云的陪同下去了一趟大牢,脸色苍白地问李美人:"为什么?"

李美人却笑得尖锐:"我才是应该恨的那个人!"

她几近癫狂:"你知道我为什么喜欢去你那儿吗?因为只有在你那儿,我才有机会见到皇上一面,你知道……我有多恨吗?"

直到离开地牢后,那些话还久久盘旋在左秋漪耳畔,她大口地呼吸着外头的新鲜空气,她从不知道自己身处的后宫,原来是这样可怕与绝望。

而她又是这样幸运与不幸,幸也由他,不幸也由他。

况云紧紧搂着左秋漪,身子微不可察地颤着,似乎生怕一松手,她就消失不见了。

"没关系,没关系,我们还会有其他的孩子……"

可上天从不是仁慈的,当太医诊断出,因左秋漪曾在雪地里摔断过腿,留下了病根,此次流产身体又受到极大的伤害,以后恐怕再难有孕时,左秋漪的世界几乎轰然坍塌。

她咬紧牙,默默流泪,况云慌了,再顾不上帝王威严:"哭出来吧,哭出来就会好受一些……"

但左秋漪就是不哭出声,她闷着,闷在心底惩罚自己。

她觉得冥冥中自有天意,是因为自己"背叛"了赵清持,舍不得离开况云,这是老天爷对她的惩罚,她怨不得别人。

她甚至存有一丝庆幸,庆幸这惩罚在自己身上。

这些年,流言蜚语从不曾止过,太后更是忧心忡忡,对她的厌恶从不加掩饰,无论况云怎样宠爱她,她的年龄和身份都是翻不过去的篇章。

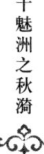

有人私下笑话，有人不解叹息。

他们是不般配的，从况云冒天下之大不韪，娶她的那天起，她就知道。

但她既然选择了，她便不后悔，纵使千万个不该、不配，她也一一受了。

如人饮水，冷暖自知。她，是真的……放不下他了。

（八）

在寝宫将养了几个月后，左秋漪终于渐渐恢复过来，她在清明节那天，去了赵清持的坟前。

坐在坟头，她轻抚着赵清持曾送给她的玉佩，闲话家常般，说到最后，她红了双眼，她说："赵大哥，也许你会怪我，但我是真的……想和他好好过日子。"

郑重地摘下玉佩，埋进了黄土里，左秋漪离开时，如释重负。

却有一道人影，在前头一闪而过，熟悉莫名，左秋漪来不及多想，叫住了那个人。

回到宫中后，左秋漪似乎有些疲倦，况云和她说话，她也听得心不在焉，经常一个人望着窗外发呆，不知在想些什么。

直到有一天，况云小心翼翼地向她提道："夕和宫的苏贵人有了，听说已经二月有余……"

他怕她敏感多想，索性先说出来，是太后一直在催促，他不得已才……

但这一回，左秋漪却打断了况云，那双素来温柔如水的眼眸望着他，定定的，许久才不见一丝情绪地道："我不喜欢。"

左贵妃一句"不喜欢"，底下人立刻心领神会地去"办差"，苏贵人的孩子当夜就没了。

苏贵人闹得呼天抢地，闹到况云跟前，况云却只叹了口气，挥挥手："算了。"

他总觉得是自己的错，不该那么快地让别人怀上孩子，刺激到她。他对她千百次地发誓，即使她终身无法生育，他也爱她如初，他想，假以时日，她一定能慢慢走出来……

但况云错了，从那以后的左秋漪不仅没有走出来，反而"变本加厉"，用太后盛怒的话来说，就是——

恃宠行凶，肆无忌惮地残害龙裔！

的确，左秋漪像变了个人似的，温柔的笑容没了，取而代之的是寒冰般的目光，叫况云看得害怕，仿佛一眼就能看到人的心底。

左贵妃的名声在宫里宫外开始传开了，那个从前总是淡淡浅笑，好脾气的温柔女子，像是一夜之间，彻底消失了。

起初也有刚烈的妃嫔不堪忍受，被强灌红花拖下去时，哭喊着咒骂："你这个变态的老女人，你不得好死，你还我的孩子来……"

但从头到尾，左秋漪的眼皮都不曾抬起过，她静静地坐在那儿，似一潭死寂的湖水。

她一次次下手毫不留情，无论对方怎样哭诉哀求，都无法融化她眼底的寒冰，终于，后宫所有女人都怕她了，没有人敢再炫耀自己怀上了龙裔，甚至有宫人私下议论，左贵妃已经"走火入魔"了，自己不能生，便要拉上整个后宫陪葬……

这一切的一切，况云不是不知道，却选择睁一只眼闭一只眼，直到再也忍不下去，在后宫又一桩"无故滑胎"案时，找到了正在园中浇花的左秋漪。

他明明是来"兴师问罪"的，却在见到她侧影的那一瞬，所有愤怒烟消云散，反而有些理亏地上前，斟酌着不知该如何开口。

"那些事情……是不是你做的？"

他用了最可笑的问法，而没想到的是，左秋漪竟然直接认了，像当年的李美人一样，干脆得连一句敷衍都不屑给出。

"是。"

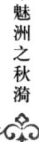

他沉默了，还没想好怎样应答时，左秋漪却忽然望向他，雪白的脸颊柔美光滑，年轻得根本不像个"老女人"，反而让他想起当年那个毅然进入西园陪伴他的少女。

　　她说："你不是爱我吗？我不能生，你希望别的女人生吗？"

　　声音轻轻袅袅，却仿佛一个魔咒，一字一句重重砸在况云心间，叫他一下子呼吸不过来。

　　他在那一瞬间就知道，他败了，而且败得彻彻底底。

　　左秋漪一口咬在况云肩头，况云闷声一哼，却忍着并不动弹，左秋漪就这样咬着，直咬到鲜血漫出。

　　那鲜血混着眼泪，模糊在他们中间，况云死死地抱住左秋漪，说什么也不放弃。

　　当夜，外头下着倾盆大雨，冷风呼啸，一下又一下地拍着窗棂，无端地叫人心慌，像极了当年左秋漪跪在灵堂的那个午后。

　　从这一夜后，况云再不过问左秋漪"残害龙裔"的事情，甚至为此气走了太后数次，宫人们个个噤若寒蝉，再看向左秋漪的目光里，就多了些意味不明的东西。

　　此后那么多年，左秋漪仗着况云，在后宫依旧只手遮天。

　　一个肆意妄为，一个心知肚明，却始终纵容。

　　牵绊已然渗入骨髓，渗入血液，密不可分。

　　这一年，况云已经年近三十，膝下却仍无一儿半女。

　　就像是跌入了深不见底的魔障，即便万劫不复，也甘之如饴。

（九）

　　太后崩前，当着左秋漪的面，拉着况云的手悔不当初："哀家只恨当年没能亲手杀了这个妖女，好孙儿，算皇奶奶求你了，留条血脉下来吧，莫再受这个妖女蛊惑了……"

　　"妖女"左秋漪淡淡笑着，在太后含恨而终、况云扑在她身上放声痛哭时，她仿佛忽然累了，走出殿门，仰头看向长空。

已是寒冬时节，天地间白茫茫的一片，让左秋漪想起十七岁时，她背着况云狂奔逃命的场景。

那时哪会想到，她会和这个孩子牵绊一生。

大殿里传来阵阵哭声，左秋漪置若罔闻，只怔怔地走进了外头的雪地中，不要任何人跟随。

她脱下自己的斗篷，又不顾身后侍女们的劝阻，一件件褪去衣裳，直到只着单衣立于雪地中。

雪花纷飞，大风扬起她的长发，那道背影微颤着，显得那样单薄而伶仃，甚至让身后的侍女们产生了一种"可怜"的错觉。

等到况云闻讯赶来时，左秋漪已经冻得脸色苍白，身子在风雪中摇摇欲坠。

她昏倒在况云怀中，意识已渐模糊："你恨不恨我？"

况云摇头，脸上落满了泪，这些年她在折磨他，又何尝不是在折磨自己？

其实他早已隐隐猜到些什么，但他宁愿自己猜错了。

他小心翼翼地维护着表面的平静，他不怕折磨，他只怕她铁了心地离去。

他知道，这一次离去，只怕他就真的……再也留不住她了。

左秋漪笑着，眸中泪光点点，抚着况云的脸："你真傻……"

"你知道吗？你其实是有孩子的，被其生母藏在冷宫抚养，现下应当已有三岁了……"

话一出，跟在况云身边的内侍总管立刻面如土色，"扑通"一声跪了下来，慌张请罪。

三年前他瞒天过海，帮一个妃嫔留下了龙裔，藏在冷宫之中，还以为逃过了左贵妃的毒手，可原来这个秘密早就被知道了！

真正震惊的是况云，他听了内侍讲的来龙去脉，再看向怀中昏过去的左秋漪时，瞬间明白了什么，眼眶一涩——

原来她到底，到底……还是不忍心他绝后的。

雪地里一场风寒，左秋漪昏睡了两天，此后身子再也没有好起来过。

况云差人四处奔走，终是寻到了世间奇株，天冥蕊，贴身揣在心口，有续命之效。

他太害怕，害怕得整夜整夜抱住左秋漪，左秋漪没有拒绝他的怀抱，也没有拒绝天冥蕊，但她的眼里再无一丝波澜。

她反而时常抚着赵清持送的那块玉佩，那块随身携带了几十年的玉佩，那块被她重新挖出的玉佩，陷入一种沉思。

况云只觉那块玉佩格外刺眼，想夺过来，却对着沉思的左秋漪，又无力地什么都说不出。

在梨花纷飞的一个午后，左秋漪叫人搬了张摇椅在树下，她躺在上面，像很多年前一样，和风微拂，闭目小憩。

只是那时，她如瀑的长发里不见星星白。

她似乎心情不错，当况云来看她时，她还能与他聊上几句，只是在况云想拥抱她时，她轻轻开口："你还不准备和我说吗？"

况云一怔，沉默地坐回去，伸手去端旁边的药碗，手却一抖，几滴汤药飞溅出来。

他若无其事地擦掉药渍，抬起头，眼圈隐隐泛红，不回答她的问题，反而道："你会好起来的，你还会有自己的孩子，你信我……"

左秋漪定定地望着他，却忽然一笑，像是倦了，挥挥手，别过头。等到许久后况云才发现，她原来已经睡着了，脸上落下了几瓣梨花，安详静好，清俊如画。

只是这一睡，就再也没有醒过来了。

（十）

"她叫左秋漪，是我的妻子，我给她服下了灵药天冥蕊，但她却陷入昏睡中，如何也不愿意醒过来……我知道，她……她是不愿再见到我了！"

天命馆里，况云神情哀伤，抚过怀中人的脸颊，眸含泪光："可我留住了她那么多次，我不信……不信这一次，是真的留不住她……"

他千方百计寻来了世间奇株天冥蕊，又跋山涉水来到这天命馆，向北陆南疆最厉害的天命师求助，只为再一次留住左秋漪。

天命师对况云道，左秋漪有很深的执念，她把自己困在执念的世界里，不愿意出来。

这说明，现实世界有她极不想面对的东西。

解铃还须系铃人，能将左秋漪从执念中带出来的人，只有况云。

皇宫里，天命师点燃了溯世香，在云烟缭绕中，开始抚琴。

况云和左秋漪并排躺在一起，紧紧握住彼此的手，意识在袅袅琴音中渐渐模糊起来——

他将进入左秋漪困住自己的地方，将她带出来。

那是一片盛大的夕阳，绚丽而凄美，暖黄的光芒笼罩着整个西园，风中遥遥传来花香。

况云几乎瞬间愣住，往事扑面而来，他双手轻颤着，怎么也不会想到，左秋漪的心绪竟然回到了几十年前，他起兵夺位，她在西园等他的那一天。

他一步步走进西园，看见她坐在里面，紧张地望着前方，像在等待心爱的情郎凯旋。

况云就这样在暮色四合中，潸然泪下。

左秋漪似有所动，一转头，便看到了站在夕阳中的况云。

时光碎成无数个片段，流光飞舞，天地间只有他们遥遥相望。

多奇妙，当年二十五岁的左秋漪，坐在西园里，等待着十五岁的况云。

而如今，却是三十五岁的况云，来到旧地，遇见了二十五岁的左秋漪。

同样相差的十岁，却在这执念中颠倒过来，况云仿佛在这时，才真正明白左秋漪当年的心境。

他一步一步走近她,眼中泪光闪烁,背后是盛大的夕阳,他逆着光,轻轻开口:

"秋漪,我来接你了,你跟我走,好不好?"

云烟缭绕的房间,天命师眼尖地看见,榻上的两个人手指动了动,他眸光一亮:"他果然能将她带出来。"

顿了顿,他却又摇了摇头,眸含叹息:"可惜,这次带出来后,她可能就要真的离开他了……"

贴在心口的天冥蕊,已经逐渐枯萎,支撑不了多久了。

但那对她,对他们,也许都是种解脱吧。

天命师最后一次见到况云与左秋漪,仍是在梨花纷飞的树下。

他们十指交握,依偎着说话,左秋漪目光迷离,声音苍白:"我一直在逼你,在等你告诉我真相,但我等不动了,只能听我给你说了……"

从哪里说起呢?就从那年清明说起吧,她在墓园撞见一个人,一个恰巧也来祭拜赵清持的人。

那个人见到她就跑,当她叫住他后,才发现那是赵清持以前侍卫队里的兄弟,还曾玩笑地向他们讨过喜糖吃,但他却不敢面对她。

躲闪是因为心虚,心虚是因为良心有愧,良心有愧是因为——

当年赵清持不是被三皇子所害,而是死于彼时得知赵清持要连夜带走左秋漪,盛怒中下了追杀令的新帝况云手中。

而偷偷来祭拜的他,就是当年派去的那群蒙面杀手之一。

"我早该想到你已经知晓了,不然你不会……"

到这个时候,况云已经没有隐瞒的必要,他呢喃着,泪水模糊了双眼。

左秋漪却淡淡一笑:"你还骗了我一件事,你总说我还会有自己的孩子……"

"可当年那碗红枣汤还是你亲自交给李美人的，里面下的东西会致使女子终生不孕，你难道还不清楚吗？"

这一次，况云是真的一震，他哆嗦着嘴皮子，与左秋漪对视了许久，终是悲怆一叹，闭上了双眸，一瞬间仿佛苍老了十岁。

左秋漪却自顾自地说着，靠在况云胸口，汲取最后的温暖。

那时在墓园难以置信的她，回去后不动声色地查下去，却不仅查出了当年血案的真相，还阴错阳差地知道了另一个秘密——

致使她滑胎的那碗红枣汤，是况云亲手交给李美人的，她终生不孕的背后，是太后同况云达成的一个协议。

"李美人没告诉我是什么，但我也猜得出大概，而赵大哥的死因更是每天都压在我心里，这么多年了，我只想你亲口告诉我……"

左秋漪咳嗽着，揪紧况云的衣袖，漆黑的一双眸水雾蒙眬，依旧是那种温柔到不可抵触的力量。

况云看出她快不行了，终是彻底崩溃，失声恸哭："我就知道，就知道这一次，我是再也留不住你了……"

他留了她那么多次，从在西园时的装病，到那年星夜下的截杀，再到太后逼他做的选择……

当年她怀上他的孩子，他欣喜若狂，却还不到四个月，太后就找到了他，残忍地逼他做出选择：是要孩子，还是要她？

太后说的那番话他永远不会忘记，她说，她绝不会允许一个比他大十岁的寡妇生下龙裔，除非孩子一生下来，那个饱含争议的母亲就消失不见！

无法言说其中的挣扎纠结，如果再来一次，况云不知道自己还会不会答应太后，达成那份不可见人的协议。

他几乎是泣不成声地跪在地上求太后，他说："我要她，我什么都能不要，我就要她……"

于是，接下来的一切就照太后的安排，残忍地发展下去。

他用一碗红枣汤，换了她一命，即使心痛不已，他也不停地告诉自己，他日后一定会补偿她，一定会……

但他却不知道，他越是想牢牢拴住她，却越是将她推得越远，直到今日一切大白，亲耳听她说，他才知道——

原来他的爱，是她生命的不可承受之重。

幼时读诗，最不喜一句：最是人间留不住，朱颜辞镜花辞树。

因为他总是千方百计地想留住她，但心底总是隐隐觉得，他留不住她，就像穿过指间的风，如何抓紧也强留不住，终归是要飞出手心，彻底离开他……

（十一）

左秋漪是死在况云怀中的，脸上带着笑，似是解脱。

临终前她凑在他耳边，呢喃着："其实我这一生，唯一爱过的人，不是赵清持，而是你……"

我永远的少年。

那个即便做错许多事情的少年，也无法叫她狠下心真正去恨，只能彼此折磨，日复一日，不得解脱，但若要再来一次……

左秋漪笑了，眸光渐渐涣散，在恸哭失声的况云耳边，轻轻说了最后一句：

"我也……不后悔。"

千魅洲之檀奴

楔子
　　一生追名逐利，虚苦劳神，最后恍然回首才发现，时光荏苒，只叹隙中驹，石中火，梦中身。

（一）
　　潘岳在九岁那年失去了母亲。
　　彼时潘府上下一片哀悼，他穿着素衣，跪在灵堂前为母亲烧纸，见到杨容姬来时，吸了吸鼻子，明明是要挤出一个笑脸，却笑得比哭还难看："喂，丫头，我娘没了……"
　　杨容姬上前拉住他的衣袖，仰头轻轻摇着："檀奴哥哥，你为什么不哭？"
　　潘岳别过头，闷声闷气："我才不哭呢，我娘最讨厌我哭，被我娘看见了会不高兴的……"
　　极力抑制着起伏的胸膛，眼眶却仍是不由自主地泛了红。
　　像明白了什么，杨容姬望了潘岳半响，忽然伸出一只小手，覆盖住了那双温热的眼眸。
　　"檀奴哥哥，你哭吧，这样你娘就不会看见了。"
　　外头屋檐上的雨水滴答坠落，伴着堂内的絮絮安抚，像一首静静的歌谣，氤氲了悲伤，温暖了心跳。

一开始还企图挣扎的潘岳，泪水无声地漫过指缝，埋在杨容姬怀里哭了好一阵后，才像反应过来，猛地抬起头推开杨容姬，顶着张惨白兮兮的小脸瞪向她：

"死丫头，真讨厌！"

这句话不知对杨容姬说过多少遍，潘杨两家是世交，他们从小就在一块玩，只有杨容姬才会叫他的小名"檀奴"，可对于这个过于早慧的世妹，潘岳真是有太多说不上来的郁闷。

他六岁作诗，是十里八乡都传颂的神童，可这"神童"有一半是被杨容姬逼出来的。

杨家只得这一个女儿，杨父把杨容姬当男孩来教养，偏生杨容姬又聪明，与潘岳跟的是同一位先生，两个人平日里便少不了比较，潘岳只能可着劲儿地学，气得对杨容姬哼哼："姑娘家不能太聪明，聪明得惹人厌！"

杨容姬也不恼，依旧成天跟在潘岳屁股后面跑，潘岳凶她，她就摇头："我一点儿也不聪明，我只想跟檀奴哥哥玩。"

后来很长一段时间，潘岳都喜欢坐在府里的桃花树下发呆，桃树是母亲早年种下的，如今已是一片灼灼之景。

杨容姬时常会来看他，潘岳却连捉弄小丫头的兴致都没了，只是倚着长廊，自己也不知道何时会走出哀伤。

那是他做梦也不会想到的一天。

午后的阳光斑驳洒下，他摩挲着母亲留下的梳妆手镜，目光怔然，有微风拂过，落下漫天桃花，他眨眨眼，忽然发现镜面上有了不寻常的变化——

几枝桃枝蜿蜒而出，凌风绽放，景象生动鲜活，花瓣艳丽得像要穿透镜面直抵眼前。而身后依旧是漫天桃花，与镜中之景截然不同，简直匪夷所思。

就在潘岳惊愕不已间，他耳边响起了一声轻笑，一回头，撞入眼帘的竟是一袭灼灼红裳，飞花中的女子明眸皓齿，笑声清脆如玉。

"这面古镜瞧着不错,我很稀罕,你赠予我好不好?"

阳光,微风,桃花,隔空对望的两双眼,时光仿佛静止一般,一切奇幻得似场梦。

这一天,潘岳在府里的桃花树下,意外地遇见了"桃花仙"。

这是彼时连杨容姬都不曾知道的秘密。

不知从哪儿冒出来的桃花仙,眨巴着眼看上了他手中的商周古镜,笑吟吟地向他讨要,还一副十足公道的模样。

"小哥,我也不白拿你的东西,你看这样是否可行,我为你达成三个心愿,待到你心想事成,你就把这面古镜送给我好不好?"

虽是荒谬异常,潘岳却还是下意识地就问了出来:"那能让我娘活过来吗?"

稚气的问题自然得不到想要的答案,桃花仙歪着头,笑嘻嘻地说愿望不能太贪心离谱,以后只要在有桃花盛开的地方,拿着镜子呼唤她,她就会出来为他实现别的愿望。

多么不可思议,留下承诺的桃花仙倏然消失,树下只回荡着银铃般的笑声,来似一阵风,去也一阵风,若不是古镜里诡艳的景象经久不散,潘岳还以为自己做了场奇妙不可言的桃花梦。

自那之后,丧母之痛渐渐放下,杨容姬见到的潘岳终于恢复了曾经的笑容,只是手边常常多了一面小巧玲珑的梳妆镜。

潘岳生得好是众所周知的,从小就是美男坯子,不足十岁已是身姿清俊,眉目如画,可杨容姬见他如此却忧心忡忡,老想将镜子夺过来,还煞有介事地劝说:"以色事人,能得几时好?"

潘岳一指弹上杨容姬的额头:"小丫头懂什么?一边去!"

(二)

桃花仙不再出现,潘岳在桃花树下摩挲着镜子,一时也没什么想要的东西,直到三年后,他遇上了生命中第一次大劫。

他和杨容姬在西郊被绑架了。

那时他们作为庙会被选中的孩子，正穿着金童玉女的戏服，坐在马车里准备前往普仁寺参加庆典，却没想到马车在中途被一伙匪徒拦截下来。

一掀开车帘，那山匪头子也愣住了："怎么有两个？"

听上去是有备而来，埋伏已久，只是不知是针对谁，潘岳心跳如雷，紧紧握住了杨容姬的手。

一片混乱中，车夫落荒而逃，匪徒们分不清人，索性将潘岳与杨容姬都蒙上眼睛，一道绑上了山。

山洞里，匪徒头子恶狠狠地问："你们两个，谁是潘家少爷？"

说来巧合，潘岳生得貌美，被指名扮了玉女，杨容姬则扮了金童，两个人恰是反串，又是孩童的年纪，穿上戏服压根辨不清。

此刻绑匪这样一问，潘岳和杨容姬都隐隐明白了什么，还不等潘岳开口，他身后的杨容姬已经冒出个小脑袋，带着哭腔喊道：

"我爹是琅邪内史潘茈，你们谁敢碰我？"

满场一愣，继而所有绑匪哈哈大笑，匪头一把揪出了杨容姬："老子碰的就是你！"

那是潘岳永远也无法忘却的一幕，绑匪们认定了"潘岳"后就不再管他，他被堵住了嘴，拼命挣扎着，眼睁睁地看着匪头按住杨容姬，将一碗黑糊糊的东西强行灌入她嘴里。

墨色的药汁顺着雪白的脖颈流下，杨容姬被呛得不住地咳，嘴里却仍是喊着："求求你们放过我，我爹会给你们很多钱的……"

潘岳听得心如刀割，嘴巴却被堵住，怎么也说不出话来，水雾一点点模糊了眼，他在心中大声呼唤着桃花仙，可是古镜没带在身上，这里也没有桃花，他根本救不了杨容姬，只能眼睁睁看着她被灌下了哑药。

是的，哑药，这群丧心病狂的山匪不知受何人指使，不仅要灌哑"潘岳"，竟还要用刀子划花"潘岳"的脸。

"早闻潘家小子皮相生得好，果然秀美得跟个女娃娃似的，可

惜可惜……"

匪徒拿着刀子发出感慨，不知是良心未泯，还是一时下不了手，竟抛了刀子，出去和其他人喝酒吃肉，决定回来再收拾"潘岳"。

就是这把遗落下来的匕首，给了潘岳和杨容姬一线生机。

当背着杨容姬下山时，天色已经全黑了，潘岳浑身都是冷汗。

他们割断了绳子，趁绑匪们喝醉逃了出来，星月迷蒙下，潘岳只在心中庆幸，还好自己"标记"了路线。

上山时他们是蒙着眼的，但他留了个心眼，偷偷将戏服上的花边撕下，一片一片地撒了一路，花边里掺了磷粉，如今在夜色中闪闪发光，正好派上了用场。

顺着记号一路下山，潘岳背着杨容姬一刻也不敢耽误，夜风拂过他的发梢，他不住数落着杨容姬，数落到最后却哽咽了：

"你不是挺聪明的吗？干吗要冒充我？真变成哑巴就好玩了，简直笨死了！"

杨容姬伏在他背上，声音比脸色更苍白，已经说不出一句完整的话，只能断断续续地嗫嚅：

"笨一点儿才好……姑娘家的……不能太聪明……惹人厌……"

这番话如今再听来只叫潘岳五味杂陈，他知道杨容姬在与他玩笑，有心宽慰他，他却笑不出来，只觉心头酸胀得不行，吸吸鼻子，湿润了眼眶："死丫头，真讨厌！"

夜愈凉，风愈急，星野之下，杨容姬在潘岳背上忽然喊了句："檀奴……哥哥。"

潘岳应了后，杨容姬又不说什么，只是用嘶哑的嗓音又接着喊了声，潘岳于是又接着应，一声又一声中，潘岳早已明白过来，泪流满面。

一个害怕以后再也喊不出来，一个害怕以后再也听不到了，哀伤就那样铺天盖地地涌来，笼罩着月色下两个紧紧贴近的身影。

不知道跌跌撞撞地摔倒了多少次，又一路喊了多少遍，直到最后杨容姬终于发不出一点儿声音，急得揪紧潘岳的衣领，大颗的泪水砸在他后背上，潘岳彻底崩溃了，一边踉踉跄跄着一边泣不成声：

"在呢，在呢，檀奴哥哥一直在呢，你别害怕，哑了也没有关系，檀奴哥哥照顾你，檀奴哥哥会照顾你一辈子的……"

擦伤的手臂渗出点点殷红，眼泪混杂着鲜血，交织成了那一夜永不可磨灭的回忆。

（三）

像做了好长一场梦，杨容姬醒来时，绑匪们已被抓到，匪巢被官府一锅端了，供出的幕后指使者不是别人，正是潘岳的后娘。

蛇蝎心肠的续弦妇，忌恨这个继子的才名与美貌，唯恐危害到自己孩子将来的利益，不惜铤而走险，却没想到事情败露，反将自己送进了大牢。

纷纷扰扰平定后，最大的受害者却是杨容姬，大夫诊治了好些日子后，终是遗憾地宣布，她声节尽毁，不可能再治好了。

当日潘岳就跪在了杨父面前，磨破嘴皮硬是说下了门亲事，一门他和杨容姬的亲事。

杨容姬急得满脸通红，冲来看她的潘岳砸枕头，不住比画着："我不想嫁给你，你快去找我父亲取消婚约……"

婚约当然没有取消，潘岳只是守在杨容姬床边，问了她一个问题："笨丫头，你相信奇迹吗？"

杨容姬蒙在被子里不理他，下一瞬，被子却猛地被人扯开，熟悉的气息扑面而来，潘岳与她鼻尖对着鼻尖：

"奇迹就是桃花盛开的时候，你能再次开口喊我'檀奴哥哥'，你信不信？"

极轻极缓的一句话，却叫杨容姬怔住了，她长睫微颤，只对上头顶那双亮若星辰的眼睛，心跳如雷。

潘岳没有骗杨容姬,哑巴重新开口说话这件事一度成为街头巷尾一桩奇谈,杨家只当祖宗显灵,热泪盈眶中,没有人知道,有一个少年为此用掉了第一个愿望。

桃花仙问潘岳,值得吗?

潘岳手抚古镜,还沉浸在杨容姬叫出那声久违称呼的欢喜中,他抬起头,唇角微扬,在暖阳下笑得比桃花还要好看——

没有比这更值得的事情了。

生死关头才明白的东西,怎么舍得失去?

转眼又是几年过去,如果说潘岳的才名是人尽皆知,那么他的美貌就是倾动全城,甚至还引来了祸事。

说来好笑,他时常喜欢坐车到洛阳城外游玩,不少妙龄姑娘见了他,都会怦然心动,拿水果来投掷他,使得他每每满载而归,久而久之便传出"掷果盈车"一说。而有个叫张孟阳的书生相貌奇丑,也学着潘岳的样子去郊游,但每次出门,妇人就往他车上吐唾沫、扔石头,回家时倒也算满载而归,不过载的都是石头。

杨容姬听后很是同情那位书生,潘岳却忍俊不禁,装模作样地掏出镜子照了又照,看得杨容姬摇头笑骂:"绣花枕头!"

彼时他们笑闹间都没有想到,那个叫张孟阳的书生会因此怀恨在心,偷偷做了件不可思议的事情。

那时一位侯爷携家眷途经洛阳城,侯爷的千金是个重达两百斤的胖郡主,却偏偏最喜美男,辣手搜罗"后宫"无数,那张孟阳赶紧抓住时机,不怀好意地将潘岳的画像递了上去,胖郡主果然一见钟情,当即命人上潘家提亲。

这简直是一门得罪不起的权贵,潘家上下愁云密布,潘父又气又无奈,指着潘岳就骂:"叫你平日出门张扬,也不知戴块面纱遮遮,长成这样怪得了谁?只可怜了杨家丫头,恐怕要辜负她了,趁早去杨家退了婚事才行。"

退婚？开什么玩笑，潘岳当即变了脸色，一夜无眠。

窗外明月高悬，桃花纷飞。

（四）

玉面潘郎病倒的消息一夜之间传遍了洛阳城。

听闻是夜感风寒，不知怎么发出了一身水痘，就连脸上也是密密麻麻，瘆得慌。

消息一传出，那胖郡主就亲自带了大夫来诊治，她只当潘岳使诈逃婚，谁知那神医看过后抚须长叹，直道可怜可怜，潘岳已是病入膏肓之相，恐命不久矣。

胖郡主仍将信将疑，掀开屏风进去一看，才和病床上的潘岳打个照面就一声尖叫，吓得转身就逃，一口气跑出潘府，扶着大门差点儿要吐出来。

"太丑了太丑了，看一眼都要做噩梦……"

潘岳究竟毁容成什么样？不仅吓跑了胖郡主，连府里送饭的丫鬟都不愿多靠近一步，唯独不顾家里劝阻来看他的杨容姬，坐在床边泪眼婆娑。

"怎么会这样？好端端的，怎么就命不久矣了……"

潘岳猛咳了几声，眨着无辜的眼睛："丫头，你不嫌我丑吗？"

杨容姬哭得更厉害了，使劲掐了下潘岳的手心："说什么胡话呢，你从前就有多好看吗？我怎么不觉得？丑一点儿好，男孩子家的不能太好看，好看得惹人厌。"

竟拿小时候的话反过来呛他，潘岳想笑，却只觉眼眶酸酸的，不禁伸出手抚向杨容姬的长发，意味不明地叹道："真是一如既往地傻啊。"

事实证明，杨容姬不但傻，满城的人都觉得她已经疯了。

杨父劝她退婚，潘父也劝她退婚，上上下下所有人都劝她再寻良配,她自个儿倒好,居然风风火火地去准备嫁衣了。

　　杨父气得要拿家中烧火棍打她,她被逼急了,直接攀上府里阁楼,作势要往下面的荷花池跳。

　　"自小相伴的情意,哪是说断就能断的?即便是做未亡人,我杨容姬此生此世也唯潘岳不嫁!"

　　这番掷地有声的话传遍了洛阳城,人人唏嘘不已,病榻上的潘岳却悄悄泪湿了枕巾。

　　婚礼筹办期间,人们常常能看到杨容姬陪潘岳驾马去城郊踏青,许是回光返照,潘岳的精神一直不错,只是从前"掷果盈车"的画面再不复存在,那些曾经口口声声喊"潘郎,潘郎"的姑娘们都躲得远远的,唯恐看上一眼遭了晦气。

　　潘岳与杨容姬却都若无其事,谈笑风生,全然不管旁人的眼光。

　　只是当马行郊区、斜阳西沉时,潘岳会郑重地问杨容姬,当真想清楚了吗?每每这时,杨容姬总会抱紧他的腰,紧紧贴在他的后背,什么也不说,只轻轻问一句:

　　"檀奴哥哥,你见过长虹贯日吗?"

　　那么美的虹光,穿日而过,盛大又短暂,即使当年懵懂如她,也觉说不出地撼人心魄,隐隐体会到人生的许多真谛。

　　潘岳不明白,杨容姬也不解释,只握住他的手,一指一指地缠绕,在风中与他相视而笑,像是一辈子也不会松开。

　　那是场全城瞩目的大婚,当一袭喜服的潘岳携杨容姬之手步出时,满场顿时发出了惊叹,盖头下的杨容姬不明所以,只当毁容后的潘岳吓到了众人,心里不禁一酸。

　　直到新房里潘岳挑开她的盖头,她缓缓抬眼,整个人却是震住了,这才明白为什么——

　　烛火映照下,那个人嘴角噙笑,剑眉星目,丰神俊美犹如天人。

　　"昨夜仙人托梦于我,说为你的真挚情意所感动,便大发善心治好了我的病，教我二人举案齐眉，白头偕老。"

这番玄而又玄的胡说杨容姬如何相信？又惊又喜中还想再问，却稀里糊涂地被潘岳抱起。

"从今日起，你便是我的夫人了。"

暖烟缭绕中，风拍窗棂，外头桃花三两纷飞，夜色中仿佛传来女子的轻笑，一场假病真心，有情人终成眷属的好戏终于落下帷幕，她也可功成身退了。

这一年，潘岳与杨容姬正式结为夫妻，从儿时的相识，到年少的相伴，再到婚后的相守，有着盛世才名、玉树之貌的潘岳一辈子也只娶了一位妻子，潘杨之好渐渐传为一段佳话，不知羡煞了多少人。

（五）

杨容姬跟随潘岳来到河阳县就职时，恰是寒冬，冰天雪地里，上下一白，草木衰败，无尽萧条。

潘岳放眼望去，眉头紧锁，杨容姬从马车里探出身子，为他披上一件貂裘，眉眼温柔。

"檀奴，这里山远地偏，安安静静，其实也是个不错的地方，一家人在一起就很好了。"

潘岳握住她的手，深吸了口气："你知道的，我想要的，不仅仅是一个河阳县令。"

冷风迎面吹来，拂过杨容姬的长发，她眨了眨眼，见潘岳又埋头摩挲起了怀里的古镜，不禁别过头，望向远山长空，微微失神。

婚后杨容姬与潘岳有了分歧。她其实并不喜欢她的檀奴哥哥当官，彼时朝堂派系纷争，错综复杂，站错哪一边都不是好玩的。

但年轻气盛的潘岳有才有貌，更有凌云之志，一心只想往官场里钻。

杨容姬总觉得他太过执拗，过趋功名，两个人在这个话题上每每不欢而散。

也不怪潘岳自觉怀才不遇，他的美貌并没有给他带来仕途上的一帆风顺，反遭小人忌恨，诬为只有皮囊的"小白脸"。

那时他在宫廷派系斗争中，辛辣地题书道词，得罪了当时"竹林七贤"之一的山涛等人，山涛就在皇上面前说："潘岳之美，并不是真美，化妆术而已，以小计即可识破。"

皇上于是听了山涛的计谋，在烈日炎炎的夏天，宣他穿冬衣上朝，当时他与杨容姬都觉得事出蹊跷，还以为有什么祸事临头。

当他急匆匆换上冬天的朝服，顶着烈日来到殿外，等旨面君时，皇上却许久都未召见他，好不容易见到了皇上，这时的他已是汗流浃背，朝服都湿漉漉的了。

谁知皇上盯了他半响，竟然哈哈大笑，只因他脸面经过汗水的冲刷，不但没有半点儿粉脂痕迹，反而愈加显得肤如凝脂，玉面粉色，皇上激动得直与身边人说，潘岳之美，果然是空前绝世。

他这才得知原委，心中说不出是何滋味，回家后就气冲冲地将自己关在了房间里。

这种事情并不是一次两次，官场复杂的地方很多，一步都行错不得，后来果真又有小人作梗，害得潘岳滞官不迁多年，如今才得到来河阳县上任的机会。

漫天飞雪中，杨容姬忧心忡忡，想起这些年陪潘岳经历过的种种事情，只觉身心俱疲。

她其实只想与他过万家灯火、平平淡淡的生活，只是不知从什么时候起，她的檀奴哥哥醉心名利，应酬的次数越来越多，陪她的日子越来越少，甚至连他们第一个孩子的诞生都没来得及赶回。

记忆里那个皎如明月的少年，不知何时起，在宦海沉浮里被磨得面目不清，身影渐行渐远。

风雪呼啸，杨容姬忽然转过身，在潘岳惊诧的目光中，伸手轻轻揉开他皱住的眉头。

她叹息着，长发飞扬，眸里隐含波光，依然是旧时的问题，却已不是旧时的心境——

檀奴，你见过长虹贯日吗？

（六）

来河阳县第一年，潘岳令全县都种上了桃花。

桃之夭夭，灼灼其华，三月春风里，满县美不胜收，潘岳名声四起，还传出了"河阳一县花""桃花县令"等雅称。

但他自己却常常醉倒在桃花树下，摩挲着古镜，一遍又一遍地问，你为什么不出来？你不是神通广大吗？你出来见我啊！

很多年以前，他初入仕途，踌躇满志，在月下唤出桃花仙，想要许下第三个愿望。

他要步步高升，要飞黄腾达，要攀上权力的顶峰，他想让桃花仙助他一臂之力。

但桃花仙竟然拒绝了他，那袭红裳依旧艳丽如初，坐在枝头晃着脚，裙摆随风舞动，对他说了年幼初见时就说过的话，愿望不可太贪心离谱，他想要的太多，她帮不了他。

他有娇妻有爱女，何苦再去官场蹚那潭浑水，搅得一身脏。

简直像疯魔了般，桃花仙越是这样说，他就越是想得到名利，最后甚至闹得桃花仙不愿再出来见他了。

可他如今怎么甘心？怎么甘心就此收手，怎么甘心只留在河阳县当区区一个县令？

风吹桃花，在又一次醉倒树下时，潘岳随手砸碎酒瓶，绯红的脸颊望向头顶枝梢，在心里做了一个决定。

赶来的杨容姬恰好看见那双眸里射出的精光，多年枕边人，没有人比她更了解他，她心下一沉，隐隐有种不好的预感。

果然，没过多久，府里就发生了一件惊天动地的大事——

桃花树下设下的阵法捉住了一只妖精！

光圈中，一袭红裳的女子被困在里面，凄唤着挣脱不得。

圈外站在法师旁的潘岳一拂袖，握着古镜冷笑不止："我果然没猜错，你哪里是什么桃花仙？不过是只被困在镜中的桃魅！"

他翻遍古籍才寻得蛛丝马迹，不动声色地请来法师，想方设法地逼出她，便是彻底撕破脸皮，不择手段也要实现自己的目的。

一番选择说得明明白白，她只有两条路，如果不愿助他，他就将她烧得灰飞烟灭。

这可怕的威胁不仅吓到了桃花仙，也吓到了赶来的杨容姬。

她难以置信地望着潘岳，身子止不住地颤抖着，仿佛在打量一个陌生人，而阵法里的"桃花仙"亦是悲愤不已。

妖魅单纯，与人类交易，以此换得寄身古镜，只有持镜之人心甘情愿将古镜送与她，她才能脱身。却没想到彼时阳光下那个纯真无邪的孩童会被功名蒙住双眼，变得如此陌生与可怕。

"给你三日时间考虑，三日后若还想不通，休怪我不念旧情！"

厉喝划破长空，惊起飞鸟四散，阵法里的"桃花仙"与阵法外的杨容姬目光交汇，同时煞白了一张脸。

潘岳没有等到第三天，因为第二天清晨，困在阵法里的桃魅就消失了，随之消失的还有那面跟了他几十年的商周古镜。

前一夜杨容姬拉着他饮酒，将他灌醉，偷了古镜，放了桃魅。

杨容姬拉着潘岳的衣袖，眸含泪光，苦口婆心地劝他不要再执迷不悟了。桃花仙说得没错，是他贪念太重，过趋功名，况且她还是成全他们这段姻缘的恩人，他们怎么能恩将仇报呢？

这些话从前潘岳就听不进，如今更是气得丧失理智，浑身发抖地一掌挥去，杨容姬立刻就红肿了半边脸。

这是他第一次对她动手，那道纤秀的身影摔倒在地，久久未动，空气仿佛凝固一般。

许久，颤着手的潘岳才回过神来，又悔又恨，痛心地望着杨容姬，嘶哑了声音："你究竟明不明白我想要的是什么？"

杨容姬颤了颤，缓缓抬起头，脸上泪痕交错，神情却是痴惘，四目相对间，她不去回答潘岳，反而开口，问了这些年问过无数遍的一句——

"檀奴，你见过长虹贯日吗？"

（七）

杨容姬的身子越发不好，自从放走桃花仙后，潘岳就更加频繁地在外面活动，便是回府，也难得去看她和孩子，只一心关注着朝堂动向，该将赌注投在哪一边。

自古党派之争就残酷无比，杨容姬劝不住，不知是心灰意冷，还是心力交瘁，在河阳县又一场大雪降临时，她的病情忽然加重，连夜咯血，那时潘岳还在外头应酬，当接到消息快马赶回时，杨容姬已是弥留之际。

跟跟跄跄地奔到床前，潘岳长睫上的雪花都还没融化，他颤抖着身子握住杨容姬的手，不敢相信，却又不得不信。

"求求你别走，我回来了，檀奴哥哥回来陪你了……"

滚烫的泪水砸在那张苍白的脸上，杨容姬笑得虚弱，潘岳却哭得撕心裂肺。

他总以为日子还有很长，总以为陪她的时间还有很多，总以为她留在他身边是理所当然的一件事，理所当然到从没想过有一天，她竟会忽然离他而去，抽身得令他措手不及，痛彻心扉。

外头大雪纷飞，像当年刚来河阳县时一样，她为他披上貂裘，对他说："檀奴，这里山远地偏，安安静静，其实也是个不错的地方，一家人在一起就很好了。"

大风呼啸中，潘岳不管不顾地奔入雪地，奔到桃花树下，血红了双眼，疯狂地大喊着：

"出来，出来救救她！我还有第三个愿望，求求你救救她！"

凄厉的声音回荡在夜空中，潘岳不会知道，早在杨容姬放走桃花仙时,她就替他许了第三个愿望。

大雪纷飞的黑夜里没有光,没有桃花,没有回应,泣不成声的潘岳终是跪在雪地里,五指绝望地深深插入雪中。

"檀奴,你见过长虹贯日吗?"

她在临终前依然这样问他,他泪如雨下地摇头,那双渐渐涣散的眼眸便望向虚空,仿佛瞧见了什么,露出了最后的一笑。

古钟悲鸣,灯灭茶凉,窗外一道身影一闪而过,风里依稀传来女子的叹息。

这一年,潘岳三十二岁,在河阳县纷飞的大雪中,失去了挚爱的发妻杨氏。

许是没有母亲的呵护,又许是上天的惩罚,不久他们的幼女潘金鹿也病逝,儿子亦于襁褓中夭折。

从此世上只剩他孑然一人,无妻无后。

他并未续弦,也未纳妾,只在无尽的思念中,写下了三首流传千古的《悼亡诗》。

如果历史在这里止步大概还算仁慈,遗憾的是几十年后,宫廷纷争剑拔弩张,潘岳卷入八王之乱中,遭人陷害,连累潘氏宗族满门抄斩,应验了妻子杨容姬一直以来的担忧。

连潘岳自己都没想到,行刑前一夜,死牢外闪过一袭红裳,他眼前一花,抬头便看见了故人。

空气中弥漫着浓郁的桃花香,女子明眸皓齿,周身荧光飘洒,笑得一如当年。

"小哥,别来无恙。"

(八)

"他一生醉心功名,虚苦劳神,我劝不住他,唯一能做的只是希望他能有个好结局,官场风云难测,若日后他陷入绝境,盼桃花仙能救他一救，让他不至于落得身首异处的下场。"

山崖上大风猎猎，一袭红裳的桃花仙掏出古镜，叹息着将杨容姬放走她时，替潘岳许下的第三个愿望娓娓道来。

两鬓斑白的潘岳穿着囚服，跌跪在地，老泪纵横。

世事一场大梦，人生几度秋凉。

那声"檀奴哥哥"仿佛还回荡在耳畔，他忽然想起多年前他问她，究竟明不明白他想要的是什么。

如今浮沉一世，恍然回首，他才发现，其实不明白的人是他自己，那个站在旧时光里，倚廊浅笑，轻轻唤他"檀奴哥哥"的小姑娘，其实看得比谁都清楚，所以才会用心良苦地替他布下这样一条后路。

可惜明白得太晚，一切都太晚了。

远处青山苍茫，浩浩长风，天地间他却无儿无女、无妻无家，满门尽灭，时光荏苒，只叹隙中驹，石中火，梦中身。

檀奴，你见过长虹贯日吗？

她一次次这样地问他，从年少夕阳中驾马，到雪夜弥留阖目，只因他不记得的幼年时光里，他们有一次山中采花，落下一场大雨，在山洞里避雨时，外头雨过天晴，天边出现了一道绚丽虹光。

那时他在她身边睡着了，而她却被那道虹光深深吸引，震撼得说不出话来。

那样盛大而短暂的美丽，让人挪不开目光，只觉一生之中美好之物太多了，而清风拂山岗，天霁花如烟，他在，她在，他们共同拥有当下的点点滴滴，还有什么不知足的呢？

"你如今还不明白她的意思吗？"

风声飒飒中，桃花仙一声叹息，跪在崖边的潘岳已泪流满面。

红袖一拂，荧光飘洒中，一道长虹横跨山崖，穿过天际，撼人心魄。

"长虹贯日,长虹贯日……"

呢喃着泪水落下,迟来大半生的感悟,他终于明白,透过霞光,往事历历在目——

当年以为他毁容命不久矣时,城郊驾马,她环住他的腰,在暮色四合中轻轻问他;

初到河阳县,他心有不甘,愁眉紧锁,她为他披上貂裘,在冰天雪地里又问他;

放走桃花仙,他勃然大怒,一掌挥去,她摔倒在地,抬头泪痕交错,依然问他;

直到弥留之际,他握住她的手,她笑容苍白,目光里饱含眷恋与不舍,仍旧在问他;

……

几十年来,哪一桩哪一次不是在提醒他?

他在,她在,生命中有那么多美好的"长虹贯日",珍惜眼前人,珍惜眼前事,学会放下与拥有就很好了,不是吗?何苦执念深种,在浮沉一世中不得解脱,错过那么多本应相守相依、举案齐眉的美好岁月。

为了追逐遥不可及的天上明月,而放走了掠过生命的人间飞鸿,他的傻姑娘才不傻,自作聪明的一直是他。

时至今时今日,他所能忆起的最快乐的时光,竟然是幼时和她嬉闹,打翻墨砚,挨了先生的训,两个人一起罚站在午后光影下,他只觉丢人,她却拉起他的衣袖,仰起小脸,微眯了双眸:

"阳光真好,就这样一直站着也不错呢,檀奴哥哥,你说是不是?"

千魅洲之荀容

(一)

荀容是陈国最好的雕骨师。

她眉眼淡淡,一双巧手轻轻抚过那些或光滑,或细长,品貌不一的骨头,精心雕琢下,就能将它们变成雇主所需要的各种物件。

比如,一把牛骨梳,一座玲珑骨盏,一枚瓷白的骨坠……她做过那么多生意,上至达官贵族,下至平民百姓,只要付得起酬劳,并有足够的胆识,都能在深夜提灯,穿过重重街巷,避开种种喧嚣,绕到南郊的一处静谧小院,成为她骨斋的座上客。

她不喜人多,每每深夜才开门纳客,且每夜只做一个人的生意,来骨斋的主顾也得遵守她的规矩,不仅要提前预约,随从还不能一起跟进去,只能与她单独面对面,在幽静的小屋,昏暗的灯盏下,紧张而又兴奋地提出心中所求。

有趾高气扬的宫中贵人,起先不将荀容放在眼中,既不预约,也不愿单独面见,吃了荀容几次闭门羹,叫怀着同样目的来找荀容的另一位贵人抢了先机,从荀容那里得到了一支骨簪。

两位贵人的命运立刻变得截然不同,得到骨簪的那位不久就蒙受皇恩,升为宫中宠妃;另一位则被抢尽了风头,不得不再次来到骨斋,老老实实地低下头,恳求荀容的相助。

小院被夜色笼罩,月下的骨斋散发着神秘而诡谲的气息,却是再阴森可怖也抵不过人们心头疯狂滋长的欲望。

吃了几次闭门羹的冯贵人，小心翼翼地踏入骨斋，终是在烛火摇曳中，见到了那位传说中的雕骨师。

她浑身罩在斗篷里，脸色苍白如雪，秀美的五官显得十分温柔，唯独一双眼睛清清冷冷，如深不见底的幽潭静渊，说出来的话更是叫冯贵人大惊失色。

"什么？要我放血，还要用寿命做代价？"

荀容面不改色地点头，幽幽道："否则贵人以为现在的李妃头上那支骨簪是怎么做的？一根骨头，滴上你的鲜血之后，把你舍弃的寿命封印在其中，才能换来你剩下岁月里皇帝的恩宠。"

从不曾得过皇上宠爱的女子，不愿老死宫中，为了荣华富贵毅然舍弃了十年寿命，托荀容做成了一支骨簪，自此命途改变。

阴风阵阵，乌鸦鸣叫，从骨斋出来的冯贵人脸色惨白。迎上来的婢女吃惊不已，冯贵人连忙做了个噤声的动作，嘴里虽疼得吸气，眼中却满是豁出去的兴奋。

不过几滴血和二十年的寿命，替她换来圣上无尽的恩宠，简直是再划算不过的买卖！

风拍窗棂，呜咽作响，主顾离去的小院一时寂静无比，只有树上几只寒鸦叫个不停。屋里的荀容看着托盘里的那杯鲜血，久久地，露出了一丝嘲讽的冷笑。

她举着灯盏进了屏风后，取出榻上包袱里的一架古琴，痴痴凝视着，眸中波光闪烁。

纤手轻轻抚过古琴的一丝一弦，眷恋得仿佛爱入骨髓，她将脸颊贴在琴上，泪水滑过嘴角的笑容，屋里响起她声如梦呓的呢喃：

"夷香，你等等我，我不会让你孤单的……"

（二）

在入冬时分，宫中有两位贵妃疯了，都是新近才得宠的，却不

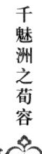

知为何，忽然像中了邪似的，疯疯癫癫地吵了起来，拿着刀子叫嚣着要去切对方的手脚，叫得满宫骇然，而喜新厌旧、正好腻了的皇上更是大感嫌恶，随手将她们打入了冷宫。

与此同时，皇后却在半夜请进了一位身着斗篷的客人。

"姑娘好本事，轻而易举便完成了本宫的测试，以冯、李两位蠢妃为题，叫她们一朝得宠，一朝又万劫不复，本宫这才算真正见识到了何谓翻云覆雨，佩服不已，再不敢疑心姑娘的能力。"

皇后娘娘的巧笑倩兮中，斗篷里的苟容一直眉眼淡淡，垂首不语，仿佛那个设局下圈，在雕骨上做了手脚，先是以媚香让皇上着迷，后又以澜香让两位贵妃迷失心智，按照她错误的指导一步一步走入歧途的人不是自己。

这本来就只是皇后出给她的一道题，随手指了两个不得宠的贵人，看看她究竟有没有能力通过考验，结果自然不出所料，苟容在短短一个月内就证明了自己的实力。

夕和宫中，皇后握住苟容的手，凑在她耳边细声嘱咐："王爷能否回心转意就拜托姑娘了。"

苟容点了点头，冰冷的手心动了动，从唇齿间溢出的声音无一丝起伏："是，娘娘请放心。"

一笔真正的交易这才刚开始。

皇后口中的王爷是皇帝的胞弟，四王爷褚怀，皇后旧时的情人。

皇后要苟容做的，便是入得王府，接近褚怀，使褚怀回心转意，重新爱上自己。

他们的情人关系在两年前破裂，是因为一位宫廷琴师。

那琴师是个眉目如画的男子，抚得一手好琴，在宫廷宴席上被褚怀一见倾心，疯狂地迷恋上了。

后来琴师无故失踪，皇后和褚怀也为此闹翻了，这些年无论皇后怎样做都无法和褚怀重修旧好，无奈之下，一个名字闯入了她的视野，那便是刚来都城不久，传说中有神秘力量的雕骨师，苟容。

千百条路都行不通的皇后,终于孤注一掷,将全部希望都押在了这个罩在斗篷里、不爱说话、不能见日、眼神清冷的奇人异士身上。

宋临阁是皇后安排在荀容身边的带刀侍卫,说起来是保护荀姑娘的安危,实则荀容心知肚明,这不过是一种变相的监视。

荀容也不在意,只搬到了皇后指定的一处小院,将自己在南郊的器具都挪到了一间黑屋子里,照常雕骨,静等皇后的安排。

她不喜阳光,不爱说话,成天对着一堆骨头雕雕琢琢,这可苦了奉命不得离开寸步的宋临阁。

他当了这么多年的带刀侍卫,还从没见过这么奇怪的人——竟然还是一个长相秀美的姑娘。

宋临阁个性开朗,爱说爱笑,离了兄弟们来办这古怪的差事,简直是煎熬,他终是在小黑屋里憋不住,对着专心捣鼓一堆骨头的荀容主动开口道:

"荀姑娘似乎不爱笑?"

荀容正在雕琢一尾蛇骨,欲将它做成一条腰环,闻言头也不抬,声音淡淡:"我为什么要对你笑?你又不是他。"

那语气不温不火,并无鄙夷或是不满,有的只是不加掩饰,理所当然的直白,直白到叫人哭笑不得。

宋临阁摸了摸鼻子,咳嗽了几声,没话找话:"他……是谁?"

他本来以为荀容不会回答,却没想到荀容一怔,放下了手中的蛇骨,望向虚空,在昏暗的烛火中幽幽开口,声如梦呓:

"他是我的先夫,我是他的……未亡人。"

(三)

在小院住了半个月后,皇后的安排终于来了。

允帝大寿,宫中大摆寿宴,烟花满天,热闹喜庆。

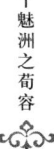

皇后安排荀容在宴席上抚琴贺寿，穿着当年琴师最爱穿的月白素衣，散下一头琴师也曾散下的乌黑长发，抚出一曲琴师最得意的作品，那首当年叫褚怀惊为天人的《拂香》。

　　种种安排滴水不漏，皇后胸有成竹，果然，当寿宴上荀容登台，素衣墨发，纤手轻挥，于月下抚出那首熟悉的曲子时，原本寂寥饮酒的四王爷褚怀眸光一亮，身子激颤，腾地站了起来。

　　在所有人惊愕的目光中，褚怀情难自已地迈开步子，俊颜微醺，踉踉跄跄地奔上前，一把抓住荀容的手腕，激动得语无伦次：

　　"夷香，是你吗？夷香，你回来了是不是……"

　　满堂大惊间，乐曲歌舞戛然而止，暗处的宋临阁亦是心头一紧，他未料到四王爷会有这样大的反应，一双眸不由自主地就去关注荀容的表情。

　　她今夜脱下斗篷，散了长发，清瘦的身姿换上了素衣。他这才发现她竟是极高、极瘦，长发包裹的身子如风中弱柳，一张脸更是苍白如雪，叫人无来由地便起了怜惜之心。

　　此刻月下风中，荀容长发飞扬，不惊不乱，对上褚怀的一双眸清清冷冷，像是能看到人的心底去。

　　她轻启薄唇，缓缓勾起一个凄凉的笑。

　　"不，王爷认错人了，奴家唤作荀容，不是王爷口中的人。"

　　寿宴上一闹，仿佛故景重现，允帝挥挥手，像当年把夷香赏赐出去般，又将荀容赐给了自己最疼爱的胞弟。

　　宋临阁作为暗卫，自然跟着荀容进了王爷府。

　　一切都在皇后的安排当中，有条不紊地进行着。

　　悠远的琴声响了一夜，东方既白时，褚怀终于沉沉睡去。

　　那是两年来，这个未曾展颜的王爷第一次安心睡去，像夷香还在一般。

　　他醒来后，握住荀容的手，贪恋地一寸一寸打量着她的脸庞。

屋外已近黄昏，夕阳透过窗棂洒在他们身上，散下的长发替荀容遮住了那些温暖的光芒，她只看着褚怀眸光痴痴，喃喃地对她道：

"你明明长得一点儿也不像夷香，可为什么？为什么你身上却有夷香的气息？那久违了的，本王夜夜都想梦到，夜夜却都抓不住，虚无缥缈的气息……"

褚怀将头埋进了荀容怀中，深深呼吸着，在暮色四合里，一点点搂紧她的腰肢，下了一个决定。

他说："本王要娶你，明媒正娶，不是小妾，不是宠姬，而是叫你做陈国的王妃。"

声音在屋里很清晰，一字一句，清晰到屋顶上的宋临阁也听得明明白白。

他按紧腰边剑，不知为何，一股难以言喻的情感涌上心头，叫他无端地堵得慌，只想快点听到荀容拒绝，推开褚怀。

所幸，在下一瞬，荀容的声音淡淡响起，依旧不温不火，不带一丝情绪。

"如果王爷在漫漫余生里只想对着一个相似的影子，而不是自己真正深爱的那个人，那就娶吧，荀容悉听尊便。"

（四）

"你当真……当真能把夷香雕出来？"

在按照荀容的要求，连人带一干器具搬到王府的一处小院后许久，褚怀都仍不敢相信，仍要不停地追问。

荀容眼波定定，也没有不耐烦，每次都是看着褚怀紧张而又期盼的模样，淡淡答道：

"奴家是陈国最好的雕骨师，王爷当信奴家。"

没过多久，褚怀就弄来了荀容所需的几样材料——

一只白鹿、一匣深海鱼胶、一瓶雪莲凝露和自己的一缕长发。

荀容对褚怀道，给她一月之期，她必定还他一个夷香。

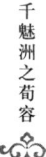

褚怀欣喜若狂，传令下去，府中上下都不得去打扰苟容，苟容的地位仅次于他。

但褚怀却也是谨慎的，宋临阁藏在暗处，亲眼看着他倒了一颗药在苟容手心。那是补药，也是毒药，一个月发作一次，需按时服用下一颗才能保命。

即使深陷情伤，褚怀也洞若观火，除了自己，他不相信任何人。

宋临阁差点儿出声制止，但理智禁锢住了他的身体，他双手微颤，到底只能眼睁睁看着苟容拈起药，无甚表情地吞了下去。

他绝望地闭上了眼眸。

有时候他真的怀疑苟容不是个正常的女子，甚至根本不是个正常的人。

他看着她将褚怀送来的那只白鹿杀了，放干了血，将鲜血混在了凝露里，然后亲手将鹿肉剔得干干净净，只留下一具完整的骨架和一双冰冻起来的鹿眸。

她做这些事时利落干脆，连鲜血溅到了脸上也不在意，完全没有一丝寻常女子该有的害怕。

那双白皙修长，看起来本该抚琴对弈的手，却在月下握着刀子，手起刀落，将白鹿骨架一一分离开去，按照大小依序摆好。

他在暗处甚至依稀看见，她埋头挑挑拣拣，最终在地上摆出了一个人的形状！

那些选好的骨头抛进了药炉里，在特制的药水中漫长地浸泡，直到泡得洁白光亮才被捞出，开始正式打磨。

但后面的步骤宋临阁看不见了，因为苟容端着满满一盆捞出来的骨头，进了最里面的小屋，将门窗关得严严实实，并明确表示：独门秘术，闲人止步。

这闲人，除了指王府中的人外，自然还有躲在暗处的宋临阁。

每到那时，他就只能守在院中角落，倚月吹风，摇头苦笑。

但一颗心却是奇异地安定，像是知道，她在，他在，他们在同一处地方,沐浴着同一轮月,没有什么比这更好的了。

如今,眼睁睁看着荀容吞下毒药,面不改色,宋临阁心中异样的感觉愈加浓烈,他发誓从没见过这样的奇女子。

她对一切都无所谓,不骄不躁,不喜不悲,永远淡然着眉眼,连生死都能置之度外,只有提到"他",那个她所谓的先夫时,她眼中才会流露出一丝难得的情感……

好奇心过盛的一品带刀侍卫宋临阁承认,自己在这一刻,动的不仅仅是好奇心了。

荀容每天都是深夜工作,白天睡觉,睡到黄昏时就起身,裹着斗篷独自出门,一个人去郊外的湖边抚琴。

有了王爷的默许,府中没有人敢拦她,也没有人敢跟着,褚怀自然也不怕荀容一去不回,他甚至渐渐摸到了一些她的古怪性子。

所有人中,唯独宋临阁,他这个形影不离的暗卫,除了荀容深夜雕骨时不得打扰外,其余时候能够跟随她去任何地方。

这让宋临阁觉得很庆幸,也陡然发现,自己竟早已不知不觉地爱上了这份任务。或者说,是爱上了一份独一无二的神秘,一个想解也解不开的谜团。

(五)

已是隆冬时节,大风猎猎,郊外冰天雪地,湖面更是结了一层厚厚的冰。这样冷的天气里,人人无不是想着在家围炉暖酒,却只有荀容这个疯子才会每天雷打不动地到湖边抚琴。

宋临阁说出这话时,埋怨是假,语气里倒含了七分笑意,更夹杂着一丝不易察觉的宠溺与欢喜。

欢喜这黄昏中的静谧时光,欢喜这琴声缭绕的荒郊野外,无人打扰,只有他和她的白雪天地。

他曾对荀容说过,要她下次服药时偷偷藏下一颗,交给他,他认识不少江湖奇士，或许能够找到解药，让她不再受控于四王爷。

但苟容意料之中地拒绝了，淡淡道与他毫无干系，徒留宋临阁无限怅惘。

如今再次在湖边看夕阳西下，宋临阁旧话重提，末了，摇头苦笑，叹苟容是个既不怕冷又不要命的疯子。

年轻俊朗的带刀侍卫以为自己将心思藏得很好，湖边抚琴的人却背影一顿，幽幽叹了口气："你莫要喜欢我，我不会喜欢你的。"

直言不讳，一语戳穿。

声音清清冷冷的，依旧是淡漠出水的凉薄，却叫宋临阁猛地咳嗽起来，差点儿从树上跌下。

明明极伤人的话，从苟容嘴中说出来就是那样理所当然，理所当然得叫宋临阁哭笑不得，又无从辩驳，只能摸摸鼻子，抱紧剑偏过头，假装没听见。

天地间白茫茫一片，夕阳笼罩，抚琴的苟容微微侧首，余光瞥向树上的宋临阁。

风吹衣袂，长发撩动，那一眼里，有不解，有怜悯，更多的是……叹息。

一个月很快过去了，当褚怀满心忐忑地来到苟容院中，看到了那道熟悉的背影时，眼眶一热，激动得简直不能自持。

两年了，七百多个日日夜夜，他从来没有想到还能见到夷香，见到那个他魂牵梦萦的人。

骨架是用白鹿之骨重新组合拼起的，鹿眸嵌入眼眶，再以掺杂了鹿血的凝露作为填充骨架的血肉，最后以鱼胶使其严丝合缝。

每一个环节都无懈可击，凭借苟容出神入化的雕骨手艺，当真是有化腐朽为神奇的力量。

重塑后的夷香，依旧穿着一身月白素衣，依旧散着一头乌黑长发，依旧眉目清俊，站在那儿就好似一幅画。

但他却不会哭,不会笑,不会说话,也不会吃饭,按荀容的话来说,不过一个雕像而已,终究不是真人。

但荀容说,只要有亲近的人陪在夷香身边,每日与他说话交流,让他吸够天地之灵气,久而久之,他便能像常人一样行走说话。

褚怀听得眸含热泪,抱紧一动不动的"夷香",欣喜若狂。

暗处的宋临阁更是震惊莫名,他从不信怪力乱神,此番却也不得不叹服了。

只是,当褚怀搂着"夷香"出了院落后,身后的荀容望着他们远去的背影,眼神倏冷,比之平时更要冷上几分,冷得如刀尖上的锋芒,叫人不寒而栗。

宋临阁打了个哆嗦,却见荀容转眼间又恢复如常,脸上依旧是一贯的淡漠。

他目视着她进了屋,关上门,隔绝了一切喧嚣。

院中寂静无声,只有雪花纷飞,悄然融入大地,白茫茫一片。

宋临阁抬起头,若有所思地看着天空,眨了眨眼,一层霜落于长睫,凉凉化去,静静湿润了眼眶。

心头隐隐有股不安的感觉,他忽然很想知道,当年究竟发生了什么事情,叫四王爷和皇后彻底反目?而那名唤作夷香的宫廷琴师,又在其中扮演着怎样的角色?

天地寂寂,自然没有人来回答宋临阁的疑问,但不要紧,他深深地明白,只要是有迹可循的东西,都能查出来。

回头望了眼紧闭的房门,他呵出一口冷气,拍拍肩头的雪花,不禁想到,这场寒冬究竟何时才会过去?

(六)

按照皇后的计划,褚怀对着那个"夷香",朝夕相处下来,接着就该慢慢爱上她了。

是的,褚怀不会知道,他所搂着的那个"夷香",会一天一天

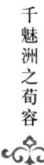

地发生变化,他会一点点变成皇后的模样,而同时,褚怀也将日积月累地吸入那摄人心魄的香,被不知不觉地迷惑,无声无息地忘记真正所爱,最终痴痴爱上怀中的"皇后"。

褚怀根本不会想到,以鹿骨雕成的"夷香"体内,其实流淌着一半皇后的鲜血。

这场神不知鬼不觉的局,正是苟容答应皇后,让褚怀回心转意的办法。

如今已成功一半,剩下的只等时间来验证。

苟容不用再整夜忙活,闲下来却更爱去湖边了,她见不得阳光,每次去都将自己罩得严严实实,脸上还遮着材质特殊的面纱。

她弹的曲子宋临阁都会哼了,就是那首寿宴上的《拂香》,旋律悠悠,在风雪中飞得很远很远。

因亲眼见证过苟容雕骨塑人的神奇,宋临阁禁不住好奇地问道:"苟容做雕骨师以来,雕过最好的作品是什么?"

苟容抚琴不语,良久,才轻轻开口,望向冰封的湖面,宛若自言自语:"有两件,一件是这架古琴,还有一件,是……"

许是风雪太大了,后面的话宋临阁没有听清,大风乍起间,竟掀开了苟容的面纱,阳光直直一照,灼在她雪白的肌肤上,刺得她痛呼出声。

不及多想,宋临阁立马翻身跃下,飞掠到苟容身边,一把将她护入怀中,替她挡去直射的阳光。

天地间像刹那静了下来一般,只有漫天风雪,静得能听到彼此的呼吸和心跳。

宋临阁伸手为苟容戴好面纱,呼吸急促间,耳垂已尽染绯红,苟容一双眼眸清清冷冷,似笑非笑地望着他:

"多谢了,只是……还不撒手?"

宋临阁身子一颤,这才回过神来,赶紧撒手转过去,心跳如雷间,却是有什么在脑海中一闪而过,呼之欲出,又无从捕捉,那些能串起来的东西叫他冥思苦想,在风雪中微微蹙了眉头。

一转眼便到了荀容和皇后约定的日期,皇后去普华寺上香祈福,支开婢女,进了后院厢房,见到的人自然是褚怀了。

他望向她的目光果然不再是仇深似海,而变回了从前的情意绵绵,迎上去的皇后鼻头一酸,几乎不敢相信自己的眼睛。

有多久他没有这样看过她了,她深爱的四王爷又回来了,荀容果然本事滔天,没有骗她!

而另一头的王府里,宋临阁看了一眼门窗紧闭的小黑屋,思前想后,终是按紧腰间剑,几个飞身,消失在了院子中。

这是他第一次"擅离职守",但他心里隐隐不安,多年培养出的直觉告诉他,有些东西如果再不解开,恐怕就来不及了⋯⋯

(七)

皇后失踪了。

从普华寺回宫后一切如常,甚至还陪皇上用了膳,却在沐浴的水池里消失了。

是真真正正地消失。

伺候她沐浴的宫女不过出去取个玉勺,转头回来就看见,缭绕的水雾间,皇后的身影越发缥缈,似起了一阵白烟,等到宫女奔上前一看时,水池里已经空空如也,皇后不知所踪!

整个皇宫顿时一片大乱,更有宫女侍从私下议论,皇后平素吃斋念佛,又刚从普华寺回来,此番莫不是羽化登仙了?

所有人中,唯独在宫中阁楼调查完卷宗,收到消息的宋临阁,出来时第一反应不是别的,而是——

皇后被调包了!

他撞见过荀容玩这种障眼法,以骨头混合凝露鱼胶,雕成的小猫,栩栩如生,还会喵喵叫,却被荀容随手掷入了药炉里,白烟腾

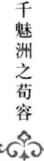

起后,转眼化得干干净净。

　　他有理由相信,皇后失踪一案也是此等原理,水池里应该是荀容雕成的"假皇后",她不是无缘无故地失踪,而是悄无声息地在水中化开,化成了一阵白烟,彻底散去。

　　也许真皇后在普华寺就已经被调包了,对,就是普华寺里,皇后与四王爷褚怀约见的那间禅房!

　　所有线索贯穿起来,一切浮出水面,他终于知道荀容的目的了!

　　她是回来复仇的!

　　马不停蹄地带人赶到普华寺,宋临阁一间间禅房找去,心急如焚,却始终没有找到皇后的踪影,他心头狂跳,猛然醒悟过来自己中了荀容的圈套!

　　王府,人一定早已转移到了王府,所谓的障眼法是故意要让他识穿的,不过是想让他中计,拖延搜救的时间!

　　来不及多想,宋临阁一马当先,侍卫队兵分两路,一路继续留在普华寺搜寻,一路跟着宋临阁前往王府。

　　时间刻不容缓,侍卫队被宋临阁远远甩在身后,他快马加鞭,率先赶到了王府,也不再隐瞒,亮出腰牌,径直朝荀容居住的后院走去,却在门口迎面撞上了抱着古琴,正要出府的荀容。

　　她竟然还有心情去湖边抚琴!

　　宋临阁心绪激荡,脱口而出:"我知道你是谁了!"

　　荀容"哦"了一声,看向宋临阁,神色如常,仿佛对他的到来并不意外。

　　"这一切都要从那个叫夷香的宫廷琴师说起,当年允帝将他赐给了四王爷,他被强扭入府后,宁死不从,九死一生地从王府逃脱,行踪却被皇后派去的杀手率先找到,被乱剑刺死在了屋中。四王爷赶去时,只剩一片废墟,他连夷香的尸骨都未捞到一块,悲恸欲绝,回去后就大病了一场,与皇后彻底决裂⋯⋯"

　　宋临阁这段日子用尽所有人脉,暗中调查,终是找到了当年参与行动的其中一个杀手,从他口中得知了两年前那桩机秘任务。

"但其实没有人知道,那琴师当时已有一个未婚妻,而你口口声声说的先夫,正是逝世于两年前,那个最擅长弹奏《拂香》的宫廷琴师……"

声音戛然而止,宋临阁难以置信地瞪大了眼眸,在荀容冷如幽潭的面色中,一点点倒了下去。

"你太吵了,我要和夷香去湖边抚琴了,抚最后一曲……"

斗篷扬起,女子的身影缥缈远去,宋临阁不甘地睁着眼,那渐行渐远的背影,亦成了他失去意识前望到的最后一眼。

如果没记错,今天刚好是她毒性发作的又一个周期,她有没有服下新的药?

(八)

大风猎猎,白雪纷飞,天地之间,一片肃杀。

哀婉的曲子在空中飘荡着,像在诉说一个情深不悔的故事。

宋临阁带着侍卫队赶来时,那曲《拂香》已经奏到尾声。

风雪中那道背影,伶仃而单薄,散下的长发还像两年前一样漆黑如墨,透着主人家遗立于世的孤傲。

宋临阁的声音在发颤:"我该叫你荀容,还是……夷香?"

"她"到底还是没能对他下狠手,只将他弄晕而已,但他后面的话却没有说完,他其实真正想要说的是,真相根本不是表面显露的那样!

他越查越心惊,一个大胆的猜想浮现在脑海中……

他一醒来就跟赶来的侍卫队将王府翻了个底朝天,却还是没能找到皇后以及四王爷的踪影,只怕找到也已经来不及了。

他们就像人间蒸发了一般,彻底消失在了这个世界上,他们的下落只有一手操纵这场局的荀容知道——

哦,不,确切地说,是扮成荀容的夷香知道!

"我查过你的卷宗,你来自沅水一带,是白巫族的后代,白巫族最擅长一些稀奇古怪的巫术。我派去沅水查探的人飞鸽回报,两年前有男子抱着死去的未婚妻去求老族长,同老族长达成了秘密交易,与其交换了雕骨的本事,尔后改头换面,背着一架古琴来到了都城,开始自己的复仇计划……"

种种怪异叫宋临阁不得不怀疑,"荀容"平日罩在斗篷里,看不出身形,但那夜"她"在寿宴上抚琴,脱了斗篷,着一袭月白素衣,他才陡然发现,"她"竟是极高极瘦,甚至与他不相上下,他还从没见过哪个女子有这样高,疑窦就此种下……

后来他百般试探,更是发现了不少蛛丝马迹,他不动声色,直到那日湖边抚琴,大风吹开了"她"的面纱,他跃下树护在"她"身前,不经意触到了"她"的前胸,他心跳如雷,转过身时却有什么在脑海一闪而过,一个大胆的猜想浮出水面……

虽然"她"极清瘦,但总归是个女子,即便不甚丰满,但胸口也不可能平成那样,再联系起平时的细微末节,种种迹象全都表明,"她"不是个女子,至少不是个正常的女子。那么,"她"究竟是谁呢?为什么褚怀一见到"她"就激动不已,说"她"虽然长得一点儿也不像夷香,但"她"身上却有夷香的气息……

"我顺着所有线索查下去,发现当年那群杀手完成任务后,直接撤退,根本没有放火烧毁一切。但四王爷赶过去时,面对的却是一地废墟,尸骨都未捞到一块,这说明,在杀手撤退后,有人放了把火,把一切烧得干干净净,那么是谁呢?是谁一把大火将竹屋烧了,毁尸灭迹?是谁在那场追杀中,瞒天过海地活了下来?当年究竟发生了什么?"

"一切都和我的猜测越发吻合,我终于明白为什么了,如果我没有猜错……那是因为两年前,死了的人不是夷香,而是荀容,你才是真正的夷香,你没有死!"

"砰"的一声,弦断音止,抚琴的背影一震,缓缓回过头来,依旧是清清冷冷的一双眸,面纱却被唇角溢出的鲜血一点点染红。

宋临阁大惊,泛着泪光奔上前:"你果然没有服新的药,你大仇已报,生无可恋,早就抱着必死的决心是不是?"

"荀容"抬手止住了宋临阁的脚步,"她"笑得虚弱,将断了弦的琴抱进怀中,眷恋地一寸一寸轻抚着,声若梦呓:

"你真的好吵,为什么要来打搅我和夷香最后的时光……"

直到这个时候,他仍不肯相信她死了,仍要装作她还在的样子,他宁愿两年前死的是自己,而他的荀容还在,他就是"她",那个会蜷在他脚边,安安静静听他抚琴的荀容——

他此生唯一深爱的女子。

(九)

夷香时常会想,如果当年自己没有在宫宴上抚琴,叫四王爷褚怀看上,囚入府中,那么一切会不会不同?

但答案他永远都无法知晓,他只能在无边清寒的夜晚,抱紧怀中的古琴,一寸一寸地摩挲着。

那把古琴,那把她留给他唯一的念想。

当年从王府九死一生地逃脱后,他和等候在外头的荀容会合,开始亡命天涯。

他们没日没夜地逃,逃到最后以为终于摆脱了,便隐姓埋名,在竹林安家,过了一段粗茶淡饭,却无比快乐的生活。

但山雨欲来风满楼,就在那一天,皇后派的杀手找到了他们,追到竹林,发生了叫他至死也难以忘却的一幕。

荀容把他打晕,换上了他的衣裳,把他推入了竹屋的地下酒窖,一片混乱中,那群杀手赶到,看到的就是荀容抱起琴,想要跃窗逃跑的背影。

他们都不知道荀容的存在,包括褚怀和皇后,夷香一直将荀容保护得很好,即使怎样都没有透露过他还有个这样的未婚妻。

所以那群杀手根本未疑心有他，直接将扮作夷香的荀容拦截下来，乱剑刺死。

等到清醒过来的夷香从酒窖里爬出来时，只看到了荀容惨死的模样，血肉模糊。

杀手们即刻回去复命了，荀容用自己的性命代替了夷香，夷香再也不用担心追杀了，他可以有很长很美好的未来。

但当时抱着荀容尸体、哭得撕心裂肺的夷香却只有恨，他恨褚怀，恨皇后，却更恨荀容——

难道她以为，没有了她的余生，他还能美好快乐吗？

他一把火烧了竹屋，然后抱着荀容的尸体离开，回到了生养他的家乡沅水。

他在心中立下血誓，他要复仇，要让那些恶人得到报应。

他找到了白巫族的老族长，用自己那把名动天下的伏羲琴做交易，换得了白巫族的雕骨禁术，从此他不能见日，只能裹紧斗篷，活在黑暗中。

宋临阁曾问过他，他最好的作品是什么，他说有两件，一件是那把古琴，还有一件，其实不是别的，而是——

他自己！

他忍受换脸削骨的痛苦，将自己雕成了荀容。

但他极高的身材无法改变，男子之躯也依旧保留，只是揽镜自照时，看着镜子里那张和荀容一模一样的脸，他会痴痴地笑，他不断对自己说，镜子里的"她"就是荀容，荀容就是"她"。

他一直骗自己，荀容还没有死，她还活得好好的，一直陪在他身边，就像那把琴一样，日夜陪伴着他，不离不弃。

他抱着古琴，来到陈国都城，化身神秘的雕骨师，开始处心积虑，一点点设局，一步步接近仇人，以"荀容"的身份，替"先夫夷香"报仇！

所幸，一切都在他的掌握中，除了唯一的意外——

皇后安插在他身边的暗卫宋临阁。

他曾想过大事一了,就解决宋临阁的性命,但竟下不了手。

那个善良而正直的带刀侍卫,每次在树上都偷偷看他,还以为他不知道。

他心中好笑,抚出的琴音却是饱含唏嘘。

他提醒过宋临阁,不要喜欢上自己,他是不会喜欢他的。事实上,宋临阁不是不要喜欢他,而是根本不能喜欢他!

因为他是个男人!

即使一直欺骗自己,但他心里清楚,他的苟容再也回不来了,不管他怎样扮作她,那个安静地听他抚琴的女子都永远回不来了,留下的只是他这具为复仇而活,苟延残喘的躯壳。

所以在湖边抚琴时,风吹衣袂,长发撩动,他望向宋临阁的那一眼里,有不解,有怜悯,但更多的,却是……叹息。

中了他巫术的褚怀神志不清,被他的说辞彻底蛊惑,他说,他做的那个"夷香"还不完善,要想"夷香"真正复活,需用——

另一个人的命来换。

这另一条命用谁的,自然不用他多点拨。

不久就到了皇后和他约定的日期,褚怀按照他的指示,等在了普华寺的禅房里,见到了满心欢喜的皇后。

这场局到这里,终于能够收网伏诛!

褚怀把昏迷的皇后带到了他身前,他眸如寒冰,将皇后泼醒,被堵住嘴的皇后吓得脸色惨白,呜呜直叫。

他把刀子递给早已丧失理智的褚怀,看着他上前。他裹着斗篷,抱着古琴,站在黑暗中,笑得残忍而快意。

"夷香,你看到了吗?他们在自相残杀呢,害死你的那个皇后,要被她最爱的人亲手杀掉呢,夷香你看见了吗?"

他抚摸着古琴,恍惚间又把自己当成了"苟容",痴痴问着。

天知道他等这一天等了多久,处心积虑,步步为营,只为让她泉下安息,不再孤单寂寞。

因为那些曾害过她的人,都会下去陪她,一个也不会少!

包括现在冷宫中,那两位曾在宫宴上帮褚怀开口,要求陛下将他赐给褚怀的冯贵人、李贵人!

他走出地下密室,将门彻底锁上,头也不回地走了。

里面的褚怀在发疯,他们将在这个谁也找不到的密室里,自相残杀,自生自灭。

一个被爱人亲手杀掉,一个疯癫冲血而死,相拥而亡。

多好,他抱着古琴,喃喃着,只觉自己当真善良,至少让一对"有情人"能一起下地狱。

(十)

夷香是死在宋临阁面前的,他搂住古琴,眸光涣散,唇边却含着笑,带着无尽的解脱。

白雪纷飞的天地间,宋临阁嘶声恸哭,多年来第一次有种失去的感觉。

他失去了"荀容",还是"夷香"?他不知道。他只知道,他失去了那个在烛火摇曳间,眉眼淡淡,理所当然地说着"我为什么要对你笑"的人。

眼高于顶的他对宫廷众人向来不屑一顾,二十几年来,他第一次遇到了值得他敬佩的人,虽然只有数月相处,却好像多年老友一般。他失去了知己,也失去了唯一想要了解的人。

他想,这大概将会是他此后许多年,甚至一辈子都解不开的一个心结。

千魅洲之白霜

楔子

传闻云岭有片千霞林,林中有座古墓,墓里住了一对恩爱夫妻,一个唤作白霜婆婆,一个唤作赤叶先生。偶有附近山民误入林中,被毒蛇猛兽咬伤,得其夫妇救下,施以妙手,不仅伤口愈合如初,身上其他旧疾也一扫而光,堪称妙手神医。

久而久之,白霜赤叶的名号传得愈来愈远,有商贾权贵不辞辛劳,千里迢迢赶来求药问诊,却无奈他二人神出鬼没,常使求医者无功而返,如此一来,千霞古墓更添神秘。

(一)

洛无衣要带白霜离开古墓时,赤叶追了出来,一头红发在风中飞扬,俊逸的面庞满是焦急,他嘶声喊着:

"白霜你疯了吗?你难道真的要和他走?"

与洛无衣同骑一匹马的白霜,再三回头后,终是跃下了马,轻盈地奔向赤叶。

他们一个白发红裳,一个红发白衣,相似的眉目俱是一样绝美,对望而立的场景就如一幅画。

风吹林间,竹叶纷飞。

还以为白霜回心转意,赤叶正要流露出欣喜之色时,白霜的一番话却叫他呼吸一滞,如坠冰窟。

她拉着他的衣袖,眸光闪动,轻声唤他:"哥哥。"

"我和无衣见过他师父后,很快便会回来,哥哥不用担心……"

轻柔的声音中,赤叶身子一颤,蓦地拂袖大怒:"别叫我哥哥,我才不是你哥哥!"

他咬牙切齿,望向白霜身后跨马而立、眉目俊秀的洛无衣,握紧了双拳。

早知他会带走白霜,那么在白霜救回他的那天起,他就该不惜一切代价阻止的!

白霜救下洛无衣的时候,他正在林中与一群恶狼相斗。

鲜血模糊了眼前,洛无衣骑的骏马被咬破喉咙,群狼将他团团围住。他只手撑剑,两条腿已毫无知觉,就在他以为自己将要葬身狼腹时,一袭红裳从天而降,白发胜雪,衣袂飞扬。

美得就像一道霞光,映亮了他彼时沾满血污的双眸。

当驱散狼群,洛无衣倒在白霜怀中时,白霜万万不会想到,他对她说的第一句话竟是——

"芷儿,芷儿你居然没死,你可知我寻你寻得好苦?"

那时的洛无衣仿佛认出了白霜,一副如遇故人的模样,紧紧扣住白霜的肩头,激动不已。

白霜一愣,却是赶紧摇头:"你认错人了,我从未见过你。"

而洛无衣却依旧激动着,甚至抬起满是血污的手,动情地想抚向白霜的一头白发,他喉头微动,轻颤着身子,哽咽了声音:

"芷儿,你为谁……为谁……白了头?"

艰难地说出这句话后,洛无衣便再也支撑不住,头一栽,昏倒在了白霜怀中。

彼时暮色四合,夕阳昏黄,白霜在树下怔怔地抱着洛无衣,久久没有回过神来。

她耳边还不停回荡着他那句"为谁白了头",这是第一次有人问她这样的问题,她答不上来,心头却升起一股奇异的感觉,直到赤叶寻来时,她还在想那个"芷儿"究竟是谁,与她有什么关系。

好奇的种子就这样埋下,在此后生根发芽,于千霞林的万丈霞光中,演变为了缕缕情丝。

(二)

洛无衣在古墓里住了四个月,始终不愿离开。

他最初一直缠着白霜,整天整天地叫她"芷儿",深情款款的模样直叫赤叶都掉了一地鸡皮疙瘩。

"臭小子你少装疯卖傻,伤好了就赶紧滚,你再叫声芷儿试试,信不信老子把你扔出去?"

赤叶生得俊美妖冶,红发白衣,翩然出尘,脾气却很火暴,与温柔腼腆的白霜截然不同。

对于白霜赤叶的传说,洛无衣早有耳闻,但真到了古墓,他却发现,一切和他想象的完全不一样。

白霜更是在他问及此事时,绯红了脸道:"我们不是夫妻,赤叶是我哥哥……"

这话每次一出口,赤叶都会气急败坏:"谁是你哥哥?"

尔后拂袖而去,仿佛受了多大的委屈。

对于白霜赤叶的关系,洛无衣虽觉奇怪,却也未想太多,他只是在很久之后,才终于接受了白霜不是芷儿的事实。

那时他和白霜常常坐在古墓后山的一片花海中,看夕阳斜沉,白霜好奇,他便向她讲述了自己与芷儿的故事,不外乎是有情人历经坎坷,却未得眷属,最终天人相隔的凄惨结局。

白霜不谙情事,心思至纯,每每听得难过不已,总是柔声安抚洛无衣,想方设法地逗他开心,让他走出伤痛。

许是白霜的目光太过温柔,许是后山的景色太过美丽,不知从什么时候起,洛无衣竟像真的放下了过去,能够在绵延的花海里,与白霜相视而笑,如获新生。

他开始每天清晨在花海里舞剑,回去时便给白霜带一束鲜花,或是亲自下到小溪里摸鱼,让白霜尝尝自己的手艺。他还教她唱江南的小曲儿,陪她并肩坐在月下看星星……

那段朝夕相处的日子,白霜感到从未有过的充实与欢快。

当洛无衣有天半夜,避开赤叶,悄悄叫醒她,带她去后山捉萤火虫,试探着牵住她的手时,她一颗心忽然跳得厉害。

两个人在漫天萤火下望着彼此,发梢飞扬,纠缠在了一起,有什么在夜风中柔软化开,带着醇酒醉人的芬芳。

等到赤叶有所察觉时,白霜和洛无衣已经情根深种。

赤叶勃然大怒,第一次冲白霜发了雷霆怒火:"你懂什么?他不过是看你长得像他的旧情人,拿你当替代品罢了!"

洛无衣急着辩解:"绝不是这样,前尘往事我已放下,我是真心爱着白霜的。"

白霜也道:"哥哥,我信他,我信无衣是真心待我……"

两道身影紧紧依偎着,握住的双手像是一辈子也不会松开,赤叶胸膛起伏着,怒极反笑:

"很好,很好……那白霜你问问他,他不是爱你吗?你看看他愿不愿意为了你一辈子留在古墓?"

辛辣的厉喝中,白霜脸色微变,望向赤叶的目光中,甚至都带了些乞求的意味,而洛无衣也没有立刻回答,似乎有些怔忪。

就在这沉默的片刻,赤叶冷笑不止,忽然一拂袖,狠狠将洛无衣推出了古墓,机关一按,墓门轰然一声合上。等到白霜反应过来时,已经扑了上去,隔着墓门大声唤着"无衣"。

洛无衣也在外面不停拍打着,却无论他说什么,赤叶都不为所动,反而拉起白霜,不由分说地将她拖进了古墓深处。

这一夜仿佛格外冷,大风呼啸,伴随着几声惊雷,一场秋雨滂

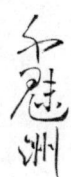

沱而下。

白霜心跳如雷,却被赤叶死死按住手脚,她在赤叶怀中拼命挣扎着,泪水夺眶而出,雪白与赤红的长发交缠着,赤叶声音嘶哑:

"白霜你别这样,世上只有我们是一心一意地为着彼此的,其他人都不能相信。就让那个臭小子知难而退自己离开,你也赶紧忘了他,否则迟早有一天会后悔的……"

下了一夜的大雨敲打着三个人的心,当墓门第二天打开时,白霜几乎是踉跄着奔了出来。

她一眼就看见了跪在古墓外,只手撑剑,脸色苍白,浑身湿漉漉的洛无衣。

他居然没有走,就这样在古墓外的风雨中跪了一夜!

白霜轻颤着双手,水雾模糊了眼前,她再也忍不住地扑上去,一把拥住了那副摇摇欲坠的身子。

"无衣,我知道,我就知道你不会和哥哥说的一样……"

洛无衣眨了眨眼,雨水滑过长睫,他额头滚烫,像是发了烧,无力地靠在白霜肩头,手却紧紧回抱住她,声音虚弱而坚定:"我想好了,我想了一晚,终于想好了……"

站在白霜身后的赤叶,眉头紧皱,神色复杂地望着这一幕,不期然地对上洛无衣决绝的目光。

他声音不大,却认真而笃定,清楚得叫人难以置信,为之一震。

他说:"我想好了,我愿意留在古墓,一辈子也不离开。"

外头的世界虽好,怎么也不及有她的这一方天地。

(三)

洛无衣对白霜道,他乃名剑山庄的大弟子,师父对他恩重如山,他想带她回一趟名剑山庄,将事情原原本本地告诉师父,让师父替他们主持大婚,正式结为夫妻,然后他们就回到古墓,长相厮守,再也不分开。

白霜听得感动不已，偎入洛无衣怀中，笑着点了点头。

那时的白霜当真是欢喜至极，无论赤叶如何劝阻，她都铁了心要和他走。

一路山水跋涉，风餐露宿，白霜却丝毫不觉得辛苦，反而与洛无衣骑在一匹马上时，感觉两颗心是从未有过地贴近。

她哼唱着他教的小曲儿，时而眉眼含笑，时而又担心地回头问他，师父会不会不喜欢她？

望着白霜那副患得患失的模样，洛无衣好笑又酸楚，伸手抚上她那头雪白的长发，对上那双盈盈若水的眼眸，只觉整个胸口都是暖暖的。

他贴在她耳边，气息灼热，带着宠溺般的温柔。

"不会的，我的白霜这么好，不会有人不喜欢的。"

因着这句话，接下来几天，白霜嘴角都噙着笑，像个单纯而有些傻气的孩子。

但许是水土不服，天气也渐渐寒冷起来，自从离开古墓后，白霜像受了风寒，身子越发虚弱，额上更是时常一阵阵地冒冷汗。

洛无衣担心不已，夜宿客栈时，火急火燎地请来郎中看病，那乡野郎中看了半天，什么名堂也没看出来，倒是白霜忍不住笑了，在郎中离去后，一戳洛无衣额头，偎入他怀中，一副小女儿娇态：

"无衣你傻了，你莫不是忘了'白霜赤叶'的名号？"

轻轻柔柔的声音里，洛无衣一拍脑袋，这才想起，白霜自己就是个神医，他还给她去请郎中，这不是鲁班门前耍大刀吗？

两个人大眼瞪小眼，绷不住笑作了一团，笑过后洛无衣搂着白霜，下巴抵着她的头顶，温声问她到底有没有事。

白霜摇摇头，水眸盈盈，只叫洛无衣放心就好，身子却又往他怀里缩了缩，像是格外怕冷。

洛无衣只注意到白霜手脚冰冷，却没有发现，她低垂的眉眼微微颤着，仿佛在极力忍耐些什么，更没有发现，她长睫生霜，呵气

成冰,垂下的白发似乎又长了许多。

他们就这样搂着彼此,外头风拍窗棂,呜咽作响,房里却是烛火摇曳,一室静谧。

恍惚间白霜抬起头,望着洛无衣俊秀的侧颜,缓缓扬起了嘴角,竟希望时间永远停在这一刻。

当"名剑山庄"几个大字出现在眼前时,洛无衣深吸了口气,拉紧白霜的手下了马。

他从没那样紧地拉过她,拉得她手心都有点儿疼了,白霜奇怪地看了眼洛无衣,还以为他和她一样,紧张接下来的会面。

而当白霜日后被关在铁笼里,回想起这一幕,却只觉心口一丝丝地抽疼,才发现,自己是那样可笑与可悲,自作多情得荒唐,他紧紧拉住她的手,不是因为在乎,而是因为——

猎物即将落网的忐忑与兴奋,他只是……害怕她逃走。

"人来了!"

随着一声尖叫,踏入山庄的白霜还未反应过来,一个铁笼已经从天而降,"哐当"一声,将她牢牢地困住了。

一切发生得太过突然,突然得白霜脸上的笑容还僵在嘴边,那句在心底想了一路的"师父"还来不及喊出。

等她回过神时,已听到洛无衣叫出那声"师父",慌乱的一张脸竟不敢看她。

埋伏已久的中年男子大步走出,看着笼中的白霜如释重负,一拍洛无衣的肩头:

"无衣,做得好,不枉为师等了你四个月,你总算将白霜婆婆骗出古墓,来为芷儿看病了!"

如一记重锤狠狠砸下,白霜身子剧颤,瞬间变了脸色,几乎都要站不住了。

等了四个月、骗出古墓、为芷儿看病……

她什么也听不见了,只有这些词不断回荡在耳边,将她的心一片片撕碎。

假的,原来一切都是假的,他不过在骗她……

"白霜,白霜你听我解释!"

洛无衣像是慌了,双手抓住铁笼,神色急乱,他想触向白霜的身子,白霜却向后一避,瑟瑟发抖,抬起的双眸已泛了红,她就那样看着他,没有哭闹,只是张了几次嘴才涩声问了出来:

"芷儿……芷儿……是谁?"

轻轻的一句话,却叫洛无衣蓦地安静了下来,动作僵在半空,他望着白霜,眸中是深深的愧疚,一时竟不知该如何开口。

"芷儿……是我的师妹,名剑山庄的大小姐,闻人芷。"

(四)

闻人芷在两年前得了一种怪病,明明是活泼俏丽的少女,却总是莫名陷入沉沉昏睡中,一睡就是好几个月,醒来后又恢复如常。

这可急坏了闻人庄主,他遍寻名医都无果后,打听到了千霞林的白霜婆婆,却也得知了她轻易不给人看病的古怪规矩,于是他派出最器重的大弟子洛无衣,要他无论如何都将白霜婆婆带出古墓,即使是坑蒙拐骗,威逼利诱,也要将人带回山庄来给闻人芷看病。

这的确从一开始便是一场骗局,只是狼狈的开场叫洛无衣都始料未及。

他居然在林中迷了路,还遇上一群恶狼,若不是白霜及时相救,恐怕他真的要葬身狼腹。

原本的计划被彻底打乱,他本来想着若好言好语请不出白霜婆婆出手,大不了就直接把人绑了,待到日后再登门请罪。可在见识到白霜骇人的武功后,洛无衣知道这招行不通了,当时他脑中一片混乱,倒在白霜怀里后,心思急转,竟然鬼使神差地脱口而出:

"芷儿,芷儿你居然没死,你可知我寻你寻得好苦?"

在看到白霜露出不解的神情时,洛无衣知道自己成功了。

他用一个拙劣的谎言,成功骗取了白霜的好奇与信任,也让自己有借口能赖在古墓,从长计议,徐徐图之。

但他没有想过,白霜竟真的那般天真,不仅对他的一番鬼话深信不疑,甚至还想方设法地开导他,叫他最后都不忍再装下去了。

他不知从何时起,对她有了愧疚和别的情愫,他几番想开口说出真相,那次半夜叫醒她去捉萤火虫就是最好的机会。但他却在鼓足勇气牵住她手的那一刻,心头微荡,对上她盈盈若水的眼眸,竟一句话也说不出了。

漫天萤火下,他们相视而笑,夜风抚过他们的发梢,天地间是那样朦胧与静谧,美得就像一个梦。

如果说一切都是假的,那么唯一真的,大概就是他对她的情了——朝夕相处,不知不觉间,他竟是真的……爱上了她。

所以才会在大雨中跪了一夜,下定决心,他日后愿意为了她一辈子留在古墓。

千万句假话中,这一句却比黄金还真,是他平生第一次有了想要守护的人。

但在这之前,他还得带白霜回一趟名剑山庄,治好他的小师妹,给师父一个交代才行。

他在客栈时放飞了一只信鸽,将情况略略说明了一番,他想着一回到山庄就向白霜坦承一切,求得她的原谅,并请她出手搭救他的小师妹。

可他万万没想到的是,师父居然没有听他的,而是布下埋伏,给他来了一个措手不及。

当看到白霜像猎物一样被困在铁笼里,露出那受伤的眼神时,他心如刀割,慌乱地抓住铁笼,刚想向她解释时,却听到她颤着声问了一句:

"芷儿……芷儿……是谁?"

一句话便将他彻底打入万劫不复的境地。

是啊,从一开始就是他欺骗了她,还有何颜面求得她的原谅?

他到底将事情弄砸了,不管是有意还是无心,他都真真切切地伤了她。

如果能再给他一次机会,他愿意做一切来弥补自己的过错。

铁笼前,洛无衣跟跄跪地,声泪俱下。白霜却缩在笼中一角,长发包裹着纤秀的身子,久久未动。

洛无衣一颗心如沉谷底,终是绝望地闭上了眼眸,却就在他痛苦万分时,一阵清寒之气迎面拂来,一只手抚上了他的脸颊,带着熟悉而微凉的触感,他赫然抬头,难以置信。

白霜就那样望着他,眼眸依旧至纯至善,未染一丝怨怼,她轻启薄唇,声音有些发颤:

"你当真……当真……不会再骗我?"

洛无衣反应过来后,欣喜若狂,猛地站起,一把抓住白霜的手,重重点头:"不会,不会,我一定不会再骗你了,等治好小帅妹后,我就带你回古墓,我们一生一世也不分开了!"

白霜也跟着点头,眼中笑出了泪花,两双手在笼前紧紧相握着,就像来时一样。

(五)

白霜被放了出来,诊治这便开始。

闻人庄主起先还有些忌惮她那高深莫测的武功,打算给她铐上手链脚链,却被洛无衣坚决地反对了,而闻人庄主也上前试探了一番,发现白霜如今身子万般虚弱,根本不像身怀绝世武功的人,只怕连庄中的厨娘都打不过。

他这才放下心来,领着白霜进了闻人芷的房间,白霜一进去却就要将门关上,闻人庄主大吃一惊,白霜却神情淡然:

"救人可以,但得依着我的规矩来,诊治过程中,谁也不准进来窥探。"

在白霜的坚持下，闻人庄主只好作罢，派人守在了门外。

从清晨到黄昏，这场诊治显得异常漫长，等到房门打开时，白霜满头冷汗，脚步无力，直接倒在了迎上去的洛无衣怀里。

"醒了，芷儿醒了！"

奔进房里的闻人庄主欣喜莫名，所有人都团团围住了大病初愈的闻人芷，唯独洛无衣站在门外紧紧搂住白霜，声音微哑："是不是耗费了太多精力？你脸色怎么这样差？身子怎么这样冰……"

白霜惨白着脸，仰头望着洛无衣虚弱地笑，垂下的一头白发在风中微荡，仿佛一夕之间又长了不少，已然拖到了地上。

"无衣，我们可以回古墓了吗？这里太冷了，恐怕要下雪了……"

白霜轻声呢喃着，洛无衣应声点头："等向师父辞行后我们就出发，我先送你回房休息。"

说着他揽过她的腰就要离去，房里却忽然传来女子的尖叫，一片骚乱：

"大师兄，我要大师兄！大师兄在哪里……"

洛无衣脚步顿僵，与白霜对视了一眼，无奈叹息。

闻人芷从小就爱慕着洛无衣，这个刁蛮的大小姐，缠起人来简直可怕，洛无衣有苦难言，素来只拿她当妹妹。

他对白霜道，等安抚好了闻人芷的情绪，他就去找她，她只管放宽心，好好睡一觉。

白霜点了点头，也未多想，便独自回了房。

那一觉睡得格外香甜，梦里满是后山的花海，白霜梦见她和洛无衣回到了古墓，而哥哥赤叶也不再反对，他们三个人站在花海里，看霞光万丈，笑得无比欢畅。

白霜是被冷醒的，像破碎的美梦一样，梦醒时分，她没有看见洛无衣，没有看见哥哥，没有看见古墓的夕阳余晖，她只看到了一个大铁笼——

冰冷、牢固、森然得让人窒息的铁笼。

在睁开眼的那一瞬，白霜如坠冰窟。

无数个声音在她耳边回荡，交织得她呼吸不过来。

"等治好小师妹后，我就带你回古墓，一生一世都不分开！"

"大师兄，我要大师兄！大师兄在哪里……"

"你懂什么？他不过是看你长得像他的旧情人，拿你当替代品罢了！"

"你当真……当真……不会再骗我？"

白霜蓦地按住心口，身子蜷缩在地上，长睫生霜，奇长的白发蜿蜒一地。

她艰难地喘着气，面无血色，直到有脚步声走近，停在了笼前，她赫然抬头，映入眼帘的正是洛无衣那张神情复杂的脸。

白霜像溺水之人抓住了救命稻草般，拖着孱弱的身子一点点爬了过去，颤着手抓住了洛无衣的衣角，苦苦哀求：

"无衣，无衣我好冷，我们快点儿回古墓好不好？你说过的，你要带我回去……"

洛无衣居高临下地望着白霜，胸膛起伏间，眸中染了凄色，他缓缓蹲下身来，似有不忍，放柔了声音，却笑得无情而讽刺：

"白霜，你为什么永远那么天真呢？你还不明白吗？我又骗了你，我怎么可能跟你回古墓、为你待在那个鬼地方一辈子呢？我不过是想骗你为我师妹治病，你却那么傻地当了真……"

声音轻轻绵绵的，却像一把把利刃，狠狠割在了白霜心头，割得她鲜血淋漓，瞪大的眼中噙满泪水。

她摇着头，颤声道："我不信，不信，你明明说过的，你再也不骗我的……"

洛无衣像听烦了，猛地发狠拂袖，一把掀开了白霜。

"我说你就信吗?你是真傻还是装傻?你恐怕还不知道吧?其实我和师妹早有婚约,只等她这次醒来便完婚,到时你就离开名剑山庄,独自回你的古墓去吧!"

"千错万错的确是我设计骗了你,但你哥哥都教你人心险恶,叫你千万不要相信我,你却偏偏不听,落得今日的下场也只能怪你自己太蠢!"

声声厉喝中,白霜被掀翻在地,身子微颤着,半天没有爬起来。

当洛无衣察觉不对,上前抓住铁笼,有些慌了地唤着白霜时,那张被长长白发遮住的脸终于抬了起来,缓缓而木然,似瞬间苍老了十岁,如枯槁般的一双眼眸望着洛无衣,喉头一腥,竟是一口鲜血喷溅而出,污了满脸。

"白霜!"洛无衣失声出口,眼眶刹那便红了,他没有料到白霜会有这样大的反应,心跳如雷,不由自主就哽咽了:

"对不起,是我对不起你,我早该告诉你真相的,你是那么好,我想过要爱你,可我放不下芷儿,真的放不下……"

这一次,白霜却再也没有看洛无衣一眼,她只是艰难地撑起身子,仰头望向窗外,神情恍惚,嘴角喃喃着:"我要回家,我要回家……"

窗外寒风呼啸,飞鸟悲鸣,随着远处传来的阵阵钟声,今年冬天的第一场雪终于落下,悠悠染白了整片天地。

(六)

白霜被放出来时,几乎只剩半条命了。

她身子罩在斗篷里瑟瑟发抖,冷得长睫生霜,外头冰天雪地的,寒风迎面扑来,像做了一场梦一样,恍如隔世。

洛无衣亲自将她送出了名剑山庄,他身上还穿着来不及脱下的喜服,在雪地里红艳艳的,晃花了人的眼。

今日正是他与闻人芷的大婚之日,送走白霜后,他就要回去准备准备，待到良辰拜堂成亲了。

白霜骑在马上，身后的名剑山庄一片喜庆，门前的红灯笼随风飘荡，昭示着晚上那场盛大隆重的婚礼。

将白霜送下山道后，洛无衣深深看了她一眼，好半天才开口："请务必……珍重。"

说着勒马回头，扬鞭而去，只留下一记衣袂飞扬的背影。

过往的画面纷飞如雪，在白霜眼前碎成了无数块，她揪紧胸口，吃力地呼吸着，神情痛苦。

来时花铺满路，去时已荒芜，萧索的天地间，终究只剩下了她一个人。她干涩的眼眶已再流不出一滴泪，只是木然地掉转头，向来时路行去。

风雪中，那场不真实的梦终是被抛在脑后，渐行渐远。

当天色渐渐暗下来时，白霜身后忽然传来了阵阵马蹄声，她回头一看，瞳孔骤缩。

竟是一群黑衣人，浩浩荡荡驾马而来，一副要堵截她的模样。

"快点儿追上去！别让她跑了！"

声音夹在风雪中，白霜瞬间明白过来，勒紧缰绳转身便逃。

心跳如雷中，她不敢去猜，不敢去想，但当那群黑衣人穷追不舍，将她逼至了悬崖边时，她才从他们口中得到了她最不愿相信的那个事实——

洛无衣又骗了她，他根本就没想放她离开。

他们是名剑山庄的弟子，奉命出来捉拿她，要将她带回去关进地下室里，做闻人芷一辈子的药庐。

许是洛无衣有过于心不忍，起初才会放她走，但转头便后悔了，在他心中，终究是闻人芷的安危胜过了一切。

耳边似乎都能听到从名剑山庄传来的鞭炮声，那里现在一定觥筹交错，欢喜热闹，而洛无衣正在和他心爱的师妹拜堂成亲，说着

千魅洲之白霜

最动人的情话,就像曾哄骗她一样,执子之手,与子偕老。

多荒唐,大梦一场,浮屠一醉。

想通所有关节的白霜不再惊慌,反而在风雪中凄凄一笑,回首看了看万丈深渊。

退一步,粉身碎骨,却是鱼死网破,到底留份不可欺的尊严。

黑衣人中有弟子看出白霜所想,叫了一声"不妙",一箭射去,白霜肩头鲜血喷涌,身下的骏马嘶鸣,她从马背上跌了下来,重重地摔在了地上。

黑衣人一下全围了上去,不给白霜任何退路,白霜拼命挣扎着,牵动了肩上的伤口,鲜血几乎染红了她的白发。

她从未这样绝望过,她不想再被关起来,做一个不见天日的猎物,她要回家,回古墓,再也不涉足外面这个可怕的世界。

这里除了给她一颗遍体鳞伤的心和一份支离破碎的情,别无仁慈。

白发飞扬,撕心裂肺的哭喊划破长空,凄厉得叫人不忍耳闻。

"哥哥,哥哥救我!哥哥带我回家……"

血染雪地,寒风呼啸,就在一片混乱中,一袭白衣踏风而来,赤发飞扬,翩然若妖。

赤叶,赤叶来了!

一股强劲的冷风向黑衣人袭来,也不见空中那俊美妖冶的男子有何动作,只听得飒飒两声,所有人都只觉双腿一麻,吃痛地跪倒在地。

白霜泪如雨下,被赤叶一把拉入怀中,踏风而去,皑皑大雪中,她双手紧紧勾住他的脖颈,再也不愿松开。

"哥哥,哥哥……"

她凄声唤着他,满心的欢喜与委屈交叠着,有什么再也忍不住,一股脑地汹涌漫出,浸湿了赤叶衣襟,白发红裳,赤发白衣,两道身影在风雪中交缠着,似要融入彼此。

赤叶紧搂住白霜，哽咽了喉头，狠狠骂道："痴儿活该！"

大风吹得衣袍鼓鼓，冰天雪地中，两道身影转眼消失在了天边。

（七）

白霜在古墓里足足养了大半年才恢复过来，一头白发不再及地，只堪堪过了脚踝，长睫也不再生霜，身子也有了暖意，却唯独一颗心空荡荡的，像是再也填不满了。

她时常一个人坐在后山的花海里发呆，一坐就是一整天，对前来看她、忧心忡忡的赤叶，她总是靠在他肩头，淡淡浅笑：

"哥哥，再给我一段时间，我能把他忘了。"

他们并肩看花海如烟，霞光万丈，和白霜梦中的场景一样，只是少了一个人。

那个人是她心头一道抹不去的伤疤，说不得，碰不得，一触就鲜血淋漓。

平生不会相思，才会相思，便害相思。

她懵懂多年，不谙情事，却只经历了一次，就足够让她体无完肤，铭刻终生。

暮色四合中，赤叶终于按捺不住，双手扣住白霜的肩头，定定地望着她，一字一句："白霜，你别再叫我哥哥了，你明明知道我们不是这样的关系，我想……我想……照顾你，做你的夫君，就像外头凡世说的举案齐眉，白头到老，好不好？"

白霜怔怔地听着，心乱如麻，望着赤叶期许的目光，她扯了扯嘴角，玩笑般地嘀咕道："可是哥哥，我已经白了头啊。"

遥远记忆里，仿佛有个声音传来："你为谁白了头？"

风吹花海，赤叶泄气地哼了一声，没奈何地将白霜拉入怀中，揪着她的白发磨牙道："傻丫头。"

洛无衣再次出现在古墓前时，几乎只剩一口气了。

他像是从血水里捞出来一样，全身上下伤痕累累，森然见骨。

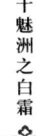

事实上，他也的确经历了一场大战，以一人独挑名剑山庄上下的代价，与师门决裂，彻底脱离了关系，才得以日夜兼程地赶来，见上白霜最后一面。

当浑身血污的洛无衣倒在白霜怀里时，白霜恍惚间觉得，又回到了一年前的初见，夕阳树下，他问她为谁白了头。

那些毫不留情的伤害，那些被风雪掩埋的真相，终是在洛无衣紧握住白霜的手，拼尽最后的气力中，彻底揭开。

他的确骗了她一次、两次、三次……然而最深的一次，却是她被蒙在鼓里，若他不来，可能一辈子都不会知道的一次。

从来雾里看花，水中望月，假假真真，看不透的始终是自己。

他当初为什么忽然出尔反尔，不愿同她回古墓？为什么临时改变主意，答应和闻人芷成亲？为什么宁愿忍受着撕心痛楚，也要亲自送她离开名剑山庄？

一切的一切，只是因为他想保住她，因为他与他那老奸巨猾的师父，做了一笔交易。

当时的白霜哪里会想到，在她为闻人芷诊治时，洛无衣的师父却透过另一扇密门全程窥探着。

他原本只是不放心闻人芷，却未料到会看到那样一幕——

白霜坐在床头，割破了自己的手腕，对准闻人芷的唇，喂了她足足几大碗的鲜血。

那血中带着股幽香，飘入闻人庄主的鼻中，叫他一下神清气爽，精力充盈。

他直到那时才意识到，白霜神医的名号，靠的竟是她身体里的鲜血，难怪她不准人窥探！

若他没猜错，她的血不仅能医百病、解百毒，还能使功力大增、延年益寿，简直是无价之宝，一具活动的药阁！

发现了这个秘密的闻人庄主兴奋不已，当下不动声色，等白霜睡着时，趁机又将她关进了笼中。

愤怒不已的洛无衣前来理论，却被师父的一番话震在了原地，他也才知道白霜血液的秘密。

难怪她救完闻人芷后满头冷汗，几乎都要昏厥在他怀中；难怪她轻易不肯救人，她不是脾性古怪，而是她哪有那么多鲜血去喂啊！

她离开古墓后身子已是万分虚弱，一路跋涉跟着他来到了名剑山庄，还来不及喘口气，便被当作猎物一样关进了铁笼，尔后更是为了他，割腕放血，不惜损耗自己的身体。

洛无衣愈想心口愈堵，而师父接下来的话，却叫他蓦然抬头，瞬间煞白了一张脸。

"我绝不可能放她走，她的血大有用处，不仅能为芷儿疗伤，还能为为师增进功力，她这辈子都休想离开名剑山庄一步了！"

仿佛从那一刻起，洛无衣才真正认识到他师父的为人，平时满口仁义道德的名剑山庄庄主，实际上竟是那样心狠手辣的伪君子。

洛无衣骇然不已，只想赶紧带着白霜离开山庄，但闻人庄主却一声叫住了他，在他身后慢条斯理道：

"你以为就凭你一人能将她安然无恙地带走？"

倏地转过身，洛无衣对上那双熟悉又陌生的眼睛，第一次觉得，抚养他长大的师父是那般可怕。

他心跳如雷，再顾不上许多，扔了剑"扑通"一声，跪在了师父面前，几近哀求：

"师父，求求您，您要怎样，怎样……才肯放过白霜？"

（八）

一场大婚，换一份自由，再公平不过的交易。

洛无衣浑浑噩噩地接受了这场交易，从房里出来后，他握紧双拳，硬生生地将眼中热泪逼了回去。

既然要有一个人被这山庄困住，那么就由他承受吧。千错万错都是他的错，是他一开始骗了她，是他将至纯至善的她带到了这人心险恶的江湖。是他害了她,他不再奢求能和她长相厮守了,只求她平平安安,回到属于自己的地方。

当站在铁笼前,狠心说出那些无情决绝的话时,洛无衣看着蜷缩在地上的白霜,一颗心简直千疮百孔,痛苦难言。

伤她一分,他更痛十分,尤其是看她在他面前口吐鲜血时,他几乎按捺不住要砸破眼前的铁笼,冲进去立刻救了她,远走天涯。

可理智牢牢禁锢了他的脚步,等到他出来时,滚烫的热泪终于止不住地流下,他靠在墙上,一拳拳打去,直打得血肉模糊。

他多恨,恨人心的卑鄙,恨自己的没用,更恨她当初为什么要救他!他宁愿当时就葬身狼腹,也好过如今伤人伤己的绝望无助。

终是挨到了那一天,风雪猎猎,亲自将白霜送下山道时,洛无衣心头暗暗松了口气,他甚至一句话都不敢和她多说,生怕让她看出破绽。

头也不回地驾马狂奔后,他一口气回到了名剑山庄,身上的喜服在风中红得刺眼。

当天色渐渐暗了下来,到了拜堂的良辰时,他却忽然发现不对,宾客里竟然少了好些师弟。

闻人芷在他的追问下,不小心说漏了嘴,他一瞬间如遭雷击。

连喜服都来不及脱下,他便驾马狂奔而出,赶到崖顶时,堪堪看到了一地鲜血,他几乎目眦欲裂。

他发了疯地扑到了悬崖边上,所有师弟都上前死死拉住他,他那时还真的以为白霜坠下了悬崖,永远消失在了他的生命中。

婚礼被彻底搞砸,他昏睡了几天几夜,醒来后人如枯槁,心如死灰,他唯一庆幸的就是赤叶救走了白霜,没让他抱憾终身。

因师父言而无信在前,他便也不需要遵守什么交易了,索性彻底与师门撕破脸皮,整日如同行尸走肉。

他被囚禁在了山庄一处院落里,很长一段日子中,只看得到头顶四四方方的一片天。

闻人芷来劝他，将庄主的话转告他，什么时候他想通了，愿意迎娶她了，什么时候就放他出来，依旧做他风风光光的大弟子。

他听了后，除却冷笑还是冷笑。

他开始计划逃跑，半年里跑了七次，最远的一次都跑下了山道，最后还是被捉了回去，被盛怒的师父抽个半死，足足两个月没能爬起来。

那时他真的万念俱灰，只想着干脆死了算了，一了百了，好过这样无止境的折磨。

当发现他吞下毒药企图自尽时，闻人芷终于崩溃，抱着他哭得花容失色："大师兄，我放你走……放你走……"

在萧索深秋的一天，他以一人独挑山庄上下的代价，终是换得自由，与名剑山庄彻底决裂。

浑身无一处不在痛着，而当他跨马奔出山庄时，他却从心底感到自己活了过来。

吾心归处才是家，他日夜兼程，朝着千霞林的方向前进着。

等我，一定要等我！

他知道自己撑不了多久了，只想临死前回到她身边，向她亲口解释一切，不留遗憾地离去。

（九）

洛无衣的尸体被洗净，与白霜并排躺在古墓的床上，他们双手紧握，像曾经在漫天萤火下一样，生死不相离。

白霜仰面朝上，望着眸含悲怆的赤叶，泪水滑过眼角，唇边却带着笑：

"哥哥，我准备好了，我当真不后悔，你莫再劝我了……"

白发缭绕，红裳如霞，此刻的白霜美得惊人，却深深刺痛了赤叶的心，他缓缓抬起手，努力咽下热泪，让声音听起来不那么发颤："好，你既然心意已决，要将自己的百年元丹化出，以此救活

他，我便也不再相劝了，只希望黄泉碧落，以后你莫再做个痴儿了。"

红豆生南国，春来发几枝。愿君多采撷，此物最相思。

白霜在闭上眼的那一刻，想起赤叶曾说得不错，今生这般痴情，大概是因为她的真身本来就是一颗红豆吧。

她和赤叶在古墓里相伴了百年，他们不是夫妻，亦不是兄妹，恐怕洛无衣绞尽脑汁，也绝不会想到，他们某种意义上，甚至可以算作是一个人。

因为他们本来就是一颗双生红豆，你中有我，我中有你，相依相偎，不分彼此。

所以才一个是白发红裳，一个是红发白衣，气质迥然，眉目却出奇地相似。

他们在古墓里修行了百年，吸收千霞林的灵气为生，若离开千霞林太久，就会流失神元，身体越发虚弱，冰冷入骨，直到长睫生霜，彻底变为一具冰雕。

正因如此，当白霜要跟洛无衣走时，赤叶才会那样激动地奔出来，嘶声喊着：

"白霜你疯了吗？你难道真的要和他走？"

你为了他竟连命都不顾了吗？

赤叶五脏俱焚，当时恨不能时光倒流，从一开始就不惜一切阻止白霜救下洛无衣。

天知道他有多爱她，他们相伴了百年，可她却总是叫他哥哥，从不愿回应他的情感。

他心中苦闷，却也安慰自己，想着若一直这样下去也挺好的，至少他能陪在她身边，永远和她在一起。

但洛无衣的出现打破了这一切，赤叶这才知道，原来白霜不是不谙情事，只是一直没有遇到那个让她"谙情事"的人。

白霜离开后,他就一直守在古墓,却怎么也没有等回她。直到有一天,他独自在看落日时,喉头忽然一腥,一口鲜血喷溅而出,他才赫然醒悟,白霜出事了!

他们是一颗双生红豆,彼此之间有着感应,意识到白霜处境不妙后,赤叶也顾不上许多了,立刻动身出了古墓。

一路风尘仆仆,所幸他及时赶到,在冰天雪地里救下了白霜。

看到她遍体鳞伤的模样,他心疼得都要说不出话来了,他那时就在心底暗暗发誓,以后绝不会再让她受到一丝丝伤害。

他想照顾她,想做她的夫君,想和她白头到老,但她却对他说:"可是哥哥,我已经白了头啊。"

"傻丫头,就不能说说谎,哄我开心也好啊。"古墓床前,赤叶伸手抚向白霜的脸颊,语气中饱含眷恋与不舍。

即便多么不愿,这场百年相伴,也终是要走到尽头了。

水雾模糊了眼前,赤叶凑到白霜的耳边,对着沉沉昏睡的她说了最后一句话:

"总笑你是痴儿,而我……又何尝不是呢?"

滴答一声,泪水坠落,浸湿了那头白发。

(十)

像做了好长的一场梦,白霜醒来时,恍如隔世。

当记忆渐渐清晰地展开在脑海中时,她猛地按向了心口,那里依旧温热如初——

赤叶……赤叶没有取出她的神元!

白霜乍然变色,赶紧探查身旁洛无衣的呼吸,却是绵长而均匀,洛无衣俨然已经活了过来!

还来不及欣喜,白霜便猛地意识到了什么,她慌张地跌下床,跟跟跄跄地四处寻去:

"哥哥,哥哥你在哪儿?哥哥……"

没有，没有，哪里都没有那道赤发飞扬的身影了！

一口气奔到了后山，在绵延的花海里也没有找到赤叶时，白霜终是瘫倒在地，一下捂住了嘴，泪水夺眶而出："哥哥！"

就像小时候玩捉迷藏一样，她宁愿以为是哥哥在逗她玩，他就藏在这片花海里，等着她去找到他："哥哥你别躲了，你快点儿出来，哥哥你在哪里……"

空旷的天地间，只回荡着她的声声凄唤，而那个朝夕相伴的身影却始终没有出现。

耳边依稀有声音从遥远的地方传来，像是在她昏睡时，有人贴在她的耳边，低声笑着，含着无限的眷恋与不舍：

"总笑你是痴儿，而我又何尝不是呢？你愿意为了他牺牲一切，我却也愿为了你灰飞烟灭……愿君多采撷，此物最相思，能怪得了谁呢？"

大风猎猎中，白霜终是明白她永远地失去了什么。

"哥哥——"

凄厉的哭喊划破长空，花海绵延，残阳如血，久久地回荡在万丈霞光里。

很多年以后，千霞林的传说有了变化，传闻林中有座古墓，墓里住了一对恩爱夫妻，一个唤作白霜婆婆，一个唤作无衣先生。

有人看见他们携手登顶，沐浴在夕阳中，男子长身玉立，女子纤秀动人，一头白发随风飞扬，染了昏黄的金边。

千魅洲之浮晴

（一）你是不是可以娶我了

浮晴来找赵灵修时，是承德四十七年的深秋。

华灯初上，风中飘着木叶的清香，她站在晋阳王府门前，望着门口摇曳的红灯笼，微眯了眼。

原来灵修哥哥是个小王爷吗？

原来今夜是他大婚的日子吗？

得出的两个结论并没有影响她，门口拦着她不准她进去的侍卫也没有击退她，她反而将手背在身后，歪头冲侍卫嘻嘻一笑："小哥哥，你拦着我也没有用，我总有办法进去的，你信不信？"

侍卫小哥一挥手，满脸不耐烦："去去去，哪里来的小姑娘，别瞎凑热闹，我家小王爷大婚没有请柬一概不许进！"

浮晴被粗鲁地驱赶也不恼，依旧嘻嘻笑着，只是边走边嘀咕着："我有请柬的……"

她摊开手心的一枚玉环，望着内壁镌刻的"灵修"二字，眸光变得柔和起来："灵修哥哥说了，等我长大了，就会回来娶我，可他没来，我便只好来找他了。"

说着她握紧玉环，脚步轻快地走到墙角一处阴影下，以手作哨，仰头对着夜风中枝叶飒飒的一棵大树笑道：

"阿龙，载我一程，我们去晋阳王府逛逛。"

赵灵修偕新娘走出时，脸上是挂着笑的，但心里却空洞洞的，无悲亦无喜。

外头烟花漫空，觥筹交错，这场举朝瞩目的大婚，街头巷尾无不议论，只是不知到头究竟成全了谁，晋阳王府？大将军府？还是朝中那些择风向而动的明觉暗羽？

多稀罕哪，总之不会是他。

当尖叫传来时，大红喜字下的赵灵修仍晃着神，牵着新娘的手，却都要忘了该怎样拜堂。

乘巨蟒而来的女子，一袭杏黄的衫子，明眸皓齿，长发飞扬，在满堂的尖叫混乱间，如入无人之境，径直停在了他的身前。

夜风猎猎，蛇尾摆动，掀开盖头的新娘只看了一眼，便一声惨呼，被近在眼前的巨大蛇头吓得昏死过去。

而那巨蟒身上的小姑娘却眉开眼笑，晃着脚上的铃铛跳了下来，轻快地几步走到他面前。

"灵修哥哥，我等了你三年，终于及笄了，如今不再是小妹妹了，你是不是可以娶我了？"

摊开的手心里是一枚晶莹剔透的玉环，"灵修"二字清晰可辨，赵灵修只望了一眼便明白过来，对上眼前那双漆黑的瞳孔，一刹那，仿佛喧嚣尽退，天地间只剩下他们两个人了。

"你愿意跟我走吗，灵修哥哥？"

那是赵灵修后来回想起时都觉得不可思议的一幕，他竟然像受了蛊惑般，望着眼前伸出的那只白皙修长的手，怔了怔，没有动弹，却也没有……拒绝。

于是眼前那张俏丽的脸笑了，一把拉过他，在众人的惊呼中，飞旋上巨蟒，扬长而去。

夜风迎面拂来，宴席一片狼藉，持刀握枪的侍卫们没有一个敢靠上前，只能惊恐地相互推搡。

"快……快拦着啊，小王爷要被妖女掳走了！"

身后是混乱不堪的局面，耳边是少女脆如银铃的笑声，一切猝不及防，像个荒谬至极的梦，却又是那么——快意酣畅。

赵灵修心跳如雷，扭过头，月下俊秀的脸庞似幅画，望向身旁驭蟒而行的少女，眼眸亮晶晶的，终是对她说了今夜的第一句话。

"你是……浮晴对吗？"

（二）鸟语花香，细碎入眸

遇见赵灵修那年，浮晴只有十二岁，脚上戴着铃铛，一袭杏黄的衫子，独自在山岚间采花。

阳光洒在她身上，她耳边忽然传来一记好听的声音，一回首，便对上一张俊眉秀目的少年面孔。

"小妹妹，我与车队走失了，不慎滚落山崖，迷了方向，你能为我指下路，或者带我下山吗？"

浮晴眨了眨眼，至今还记得那天风中飘着的花香，以及耳畔溪水潺潺不息的流动声。

她望着少年半天没动弹，入了迷般。多神奇，那是她见过的第一个外人，还是一个长得这样好看的外人，她新奇又欢喜得不知如何是好，直到少年伸出五指在她眼前晃了晃，她才回过神来，亮了眸光，笑道："我不能带你下山，但我能带你去见我师父。"

说着她以手作哨，山林间传来窸窸窣窣的声响，不一会儿，一头巨大的蟒蛇便摇头摆尾地出现在了蓝天下。

"看，阿龙能带我们去找师父。"

少年一回头，吓得疾退几步，脸色瞬间变得惨白，把浮晴看得咯咯直笑："阿龙这么可爱，也会把你吓着呀？山外的人胆子真小。"

说着她拉过少年的手，不由分说地带着他上了蟒背，迎风而行。

那一天的阳光真好，鸟语花香，细碎入眸。

缘分大抵就是从这时候开始的吧，山中将近半年的时光，朝夕相处，采花捕鱼，那是浮晴有生以来最快乐的一段日子，赵灵修同样如此。

浮晴的师父叫穆崖子，是个精通奇门遁甲之术，天文地理无所不能的高人，隐居在山中，不问世事。

浮晴继承了他一身文韬武略的本事，却又有着与世隔绝的天真烂漫，就像幽谷中的精灵一般，是赵灵修从不曾见过的一种少女。

他舍不得离开，浮晴也不愿放他走，穆崖子便设下阵法封了山路，让一对小儿女过一天是一天。

直到半年后，赵灵修终于提出要下山了。

"我母亲的寿辰就快到了，我得回去了，但我还会再来的，如果你和穆爷爷愿意，我到时把你们接出来，好不好？"

情窦初开的少年比任何人都舍不得离开，郑重地许下承诺，并得到了穆崖子的答允。

老人夜观天象，自知时日无多，唯一放不下的便是一手带大的小徒儿："我便不必了，你到时把浮晴带走吧，她正好也需要另一个人的照顾了，如果是你，我会很放心。"

就这样，留下信物，订下婚约，天高水长，依依话别。

浮晴在山里等了三年，等到草木衰败又兴起，等过秋去又冬来，等到……师父在一个寻常的黄昏撒手而去。

老人阖目前的最后一句话是："不必等了，星盘错乱，事有变故，切记不可下山去寻，便同阿龙在山中好好过日子。"

浮晴将师父火化，乘着巨蟒，将骨灰撒向山间每一处角落。

她看着朝升夕落，云海浮沉，终是起身拍拍衣裳，召唤出巨蟒："阿龙，师父不在了，我更想他了，一个人在山上好孤单，我们不如去找他吧？"

（三）如蜜丝甜，如饮酒醉

风掠长空，叶落花飞。

山洞里，听了浮晴的描述，对着她饱含期待的目光，赵灵修顿了顿，仍是缓缓地摇了摇头。

"对不起，浮晴，我还是想不起来……"

大婚那夜浮晴将他带走，巨蟒载着他们直奔城郊，躲过身后追兵，寻到一处偏僻山洞暂避安身。

浮晴叽叽喳喳，不知疲倦地缠着他回忆往昔，末了，她问他为什么后来没有回去找她，他望着她，一时不知该如何开口。

只能说幸运的是他还认得那枚玉环，不幸的是往事他大部分都忘却了。

"不久前我生了一场大病，可能是烧坏了脑子，醒来后记忆七零八落的，许多人和事都不大记得了，倒是还依稀记得你的名字，浮晴。"

生起的火堆映亮了山洞，浮晴一双眼眸忽闪着，回头一指守在洞口的巨蟒。

"那灵修哥哥还记得阿龙吗？"

巨蟒听到呼唤，扭动着身子转过头来，恰与赵灵修四目相对，赵灵修愣了愣，咽了下口水，摇摇头："没印象了。"

巨蟒一哼，昂头摆尾，表示不满。

浮晴不气不馁，继续比画着补充："你以前问我为什么要给它取名'阿龙'，我说因为阿龙长得那么威风，总有一天会化身为龙，带我飞上云霄的。"

赵灵修听得依旧茫然，火光映照着浮晴期待的脸庞，她又凑近了点儿："那时你还笑我呢，说我骑在阿龙身上，就是龙女了，谁也不敢欺负我。"

说到这儿，赵灵修望向洞口的巨蟒，若有所思地点了点头，浮晴正要露出喜色，他却反应过来般，摆摆手："不是，我是说，我认同这个观点。"

是啊，谁敢欺负一个驾驭巨蟒的少女呢？

浮晴听着一下泄了气般,这回真有些恼了,屈起手指敲了敲赵灵修的脑袋:"灵修哥哥,究竟你怎么样才会想起来啊?"

她挨得很近,身上散发着少女独有的馨香,眸如点漆,肤白胜雪,赵灵修心跳如雷,不由得往后退了退。

"或许,你多给我讲些以前的经历,做些以前做过的事情,可能我就会慢慢想起来了……"

他话音还未落,便被浮晴一把扑倒了,伴随着一个无比雀跃的声音:"我知道了!"浮晴在他头顶语气欢快地道,"我们以前一起做了好多事情呢,比如采花,比如捕鱼,比如爬到树上摘野果……"

"反正你们王府的人一时找不到这儿来,我们可以有很多时间来做这些事,我相信你总有一天会想起来的。"

"外头有条小溪,灵修哥哥,我们明天就去捕鱼,好不好?"

一连串轻快的话语像银铃般响荡在赵灵修耳畔,他神志一点点清明,对着浮晴一双亮晶晶的眼眸,一时间,好像风掠山岚,月笼洞壁,天地间静悄悄的。

有什么在心中柔软而又无声地泛开,如蜜丝甜,如饮酒醉。

仿佛一下子没有烦恼没有忧愁,不用去想追兵,不用去想联姻,不用去想未来困在晋阳王府四四方方一片天下的囚笼生活。似乎只要他点点头,就能牵起眼前的少女,自由自在地奔跑在山岚间,做一场永远都不要醒来的梦。

(四)躲得了一时,躲不了一世

看朝阳升起,望繁星满天,赵灵修在山间与浮晴共度了半个月后,身体开始有反应了。

是之前留下的病根,只有好好养着才不会复发,晋阳王府有专门的药供给他,他离不开那里。

于是在又一次手脚发冷、浑身颤抖、即使被浮晴紧紧搂住都无济于事的时候，赵灵修知道梦要醒了。

他哆嗦着抬起头，苍白着脸，语不成句："浮晴，让……让我……回去吧。"

火堆旁，浮晴满脸泪痕，抱住他的手又紧了紧，摇摇头："不，灵修哥哥你别走，我会想到办法治好你的，我们回菩提山吧，师父在那里留下了不少灵丹妙药，一定能彻底医治你的病，你相信我……"

说着浮晴摸向腰间的瓷瓶，那是她从菩提山带出来的各种救命的丹药，以备不时之需，可是这一回，却怎么也倒不出来了，瓷瓶早已空空如也，再多的药也填不满赵灵修日渐孱弱的身体。

浮晴有些慌乱，泪水簌簌而下："没了，药没了……"

她把赵灵修搂得更紧了，深吸口气，发颤的声音带了丝急迫："灵修哥哥，我们明天就动身，明天阿龙载我们离开，我们回菩提山，对，回菩提山……"

仿佛害怕失去他一般，浮晴在他头顶翻来覆去地念叨着，赵灵修见她这副模样，一时都不忍开口："浮……浮晴，你听我说，没用的，我的药只有晋阳王府有……"

他心底无比清楚，早在很久以前他便由不得自己了，一只牵线木偶即使躲得了一时，却躲不了一世，纵然回了菩提山又能怎么样呢？有太多事情浮晴永远不会明白，她是山间的精灵，天真到不食人间烟火，永不知道——

他注定是逃不脱晋阳王府的，或者说，是逃不脱自己的宿命。

巨蟒载着两个人很快动身，一路披星戴月，风餐露宿，赵灵修的身体越来越差了，差到浮晴都要割开手腕，喂他喝自己的血。

是的，浮晴从小就是被药材浸泡长大的，任何灵丹妙药大概都没有她的血滋补，可赵灵修的身体像个无底洞，永远填不满，最后浮晴支撑不住，虚弱地一头栽倒在了巨蟒身上。

她醒来后，赵灵修第一次冲她发了火。

"我说了不喝就是不喝，你何苦强行喂我？"

"你有多少血？你能喂我一辈子吗？别天真了，我的身体只有王府才能源源不断地滋补。"

"你以为回到菩提山就能安枕无忧吗？你知道王府和将军府的势力有多大吗？我们被找到只是迟早的事情，你根本不会懂，我的命运从出生那天就已经被注定。

"山里的半年只是我偷来的时光，如果那时没有离开，说不定不久你和师父就会遇到危险，你从来不曾真正见识过晋阳王府的行事风格，你不知道外面有多少事情是你想象不到的。

"师父的星盘不是已经算到了吗？他不是叫你别下山吗？是我不该，当年不该向你轻许承诺，那时不知天高地厚，以为能由着性子来，挽住什么就能是一辈子，是我错了。

"你快送我回去吧，别再和我有任何瓜葛了，记住你师父的话，不要下山，不要再来找我，我们注定不会有结果的。"

这是赵灵修病情发作之后，撑着孱弱的身子，第一次一口气说了这么多话，决绝而又不留余地，是无数个日夜的辗转深思。

他多么清楚，浮晴在王府向他伸出手的那一刻，是他入了魔障，又一次可耻地没有拒绝，他总是贪恋那一点点自由与温暖，但却很快又会如梦初醒，知道一切该回到原点。

远处有猎犬的声响传来，大队人马在丛林间若隐若现，是晋阳王府的追兵赶到了！

"怎么……怎么会这么快追来？"浮晴回首，脸色大变。

巨蟒一直将痕迹掩饰得很好，但她不会知道，他们走了一路，赵灵修便留了一路的记号。

他腰带上的檀木串珠能散发出特殊的香味，一路行来，两百零九颗串珠被他一一撒落，王府经过训练的猎犬一闻便能循迹找来。

举起如今只剩下不到十颗串珠的腰带，赵灵修一时不忍对上浮

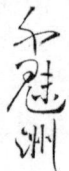

晴难以置信的目光，于是他绝望地闭上了眼睛。

"浮晴，对不起，我不是不信你，我只是不信我自己能摆脱……早已注定的宿命。"

（五）第二次伸手，你会拒绝吗

浮晴觉得，赵灵修和她记忆中的模样不太一样了，她不知道三年来究竟发生了些什么，她只知道，从前的灵修哥哥，是永远不会把她推开的。

所以当追兵越来越近，赵灵修不断催促她离开时，浮晴眼里委屈地泛起了泪光。

赵灵修不忍看她，也顾不上那么多了，脸色苍白地从巨蟒身上滑下，按住胸口喘着气地去推蛇尾。

"阿龙，快，快带着浮晴走，不然被抓到了就完了，我也保不住你们！"

颇通人性的巨蟒仰头晃了晃，不顾浮晴的泪如雨下，摆尾扫过林间，带着小主人乘风离去。

"灵修哥哥！"

撕心裂肺的呼唤响彻长空，当蟒背上的那点身影越来越小，直至彻底消失在眼前时，赵灵修才按着胸口，双腿一软，无力地跌跪在地。

身后是越发靠近的猎犬声，晋阳王府的人马上就要过来了，他没有勇气挣脱，终究是亲手把自己又送了回去。

比起浮晴的天真无畏，有时候他真痛恨自己的太过清醒，或者说是……太过懦弱。

长风拂过衣袂发梢，一低头，泪水坠入泥土，转瞬即逝。

再见了，我的龙女，只愿你回到属于你的地方，再也不要卷进这肮脏俗世，能在山间自由自在，平安喜乐到老。

赵灵修被带回了晋阳王府，躺在床上休养了一个月，来看他的老王妃泪眼蒙眬，握住儿子的手心疼不已。

"才多长时间，人就瘦了一大圈，还不知道大婚那日能不能挺住……"

因上次的意外，将军府的那位掌上明珠受到了极大的惊吓，昏死过去后躺在床上也是休养了很长一段时间，等她和赵灵修的身体都养好后，两个人便会在来年开春再次举办婚礼，晋阳王府也将正式把准王妃迎入门。

这是当今圣上钦赐的一桩姻缘，谁也不可能改变，赵灵修形容枯槁，唯一所求的大概只是——

"父王能不能放过……浮晴？"

面对整个王府里他唯一还怀有感情的生母，赵灵修语带哀求，王妃却拭了拭泪，黯然道："你知道的，你父王做的决定，我从来是插不上话的，你只能祈求那位姑娘，别再犯傻，自投罗网了……"

赵灵修的心一下沉了下去，靠着床头一动不动，神情木然地望向窗外，半天没有说话。

他胸口又开始隐隐作痛了，这种痛刻入骨髓，他不希望浮晴万劫不复，这种事有他一个人就够了。

但也许老天最爱瞧见些悲欢离合，越怕什么就越来什么，在半月后的一个深夜，赵灵修最不愿见到的事情发生了。

床头不知何时多出来的一道身影纤秀依旧，熟悉的少女气息扑面而来，他几乎一眼就能认出，惊呼出口："浮晴！"

有泪水落在他手背上，少女长睫微颤，是他从未见过的楚楚可怜："灵修哥哥，我想来想去还是放不下你，阿龙不准我来，我就和它生气绝食，它也是拿我没办法。

"我在菩提山炼制了十余种药，这回全都带来了，你信我，一定会有用的。

"师父的星算盘也有不准的时候，我没日没夜地重新推算，可

我的星算盘大概也坏了,所以我把它扔了……

"我什么都不怕,什么都不在乎,只要能和你在一起,灵修哥哥,你能跟我走吗?"

如果一个姑娘第二次向你伸手,问你跟不跟她走,你会忍心拒绝吗?

这像梦一般的场景就活生生发生在赵灵修眼前,他颤抖着身子坐起,望向月光中那只白皙修长的手,有什么翻天覆地般涌上胸口,叫他泪水滚滚而落。

但他连抱一抱眼前心爱的姑娘都不能,他唯一能做的就是伸出手,狠狠地推开她,嘶哑了喉咙:

"你快走,府里有埋伏,就等着你和阿龙自投罗网呢,我说了要你别再下山,你怎么这样傻呀?"

(六)星盘上,显示的只有死路一条

赵灵修没有骗浮晴,当巨蟒背负着他们游弋到院中时,警铃大作,灯火通明,埋伏好的侍卫鱼贯而入,将他们团团围住。

赵灵修伸手去推浮晴:"快放下我,快走!"

浮晴摇头,伏身贴在巨蟒背上,泪水伴着轻抚,是孤注一掷般的决绝:"好阿龙,全靠你了,带我们冲出去吧。"

巨蟒昂头摆尾,吐着猩红的蛇芯,在如雨飞箭中搅起一院狂风。

却是屋顶上忽然拥出大批侍卫,从四面八方手持一张巨大的网,从天而降,成犄角之势,将扭动的巨蟒整个罩住。

网上有特制的药粉,即使是再强悍的飞禽走兽也敌不过,巨蟒躁动不安,在网里拼命挣扎着,却力不从心,身子很快瘫软下去。

浮晴在蟒背上慌了神:"阿龙,阿龙!"

一声浑重的长笑由远至近,是这场瓮中捉鳖的策划者——晋阳王赶到了。

他锦衣华服,气度不凡,在众侍卫的簇拥下,眸中精光大射:

"妖女，凭你有怎样的本事，也难逃过我晋阳王府的天罗地网！"

没有人比赵灵修更了解他父王的手段，网中的他手脚发冷，终是在蟒背上绝望地闭上了双眸。

冷风呼啸，不知不觉，寒冬竟然已经悄然来临。

这一年的第一场雪来得格外早，早到赵灵修望向窗外时，长睫微颤，都不由得有些恍惚。

天地间白茫茫一片，他披着斗篷，提着灯盏，在地牢里见了浮晴一面。

晋阳王没有立刻处死浮晴与阿龙，不是他仁慈，而是他想将他们的死发挥最大的作用——

祭天祈福，扬声立威，在春暖花开的那场大婚上，震慑满朝。

这是晋阳王府的意思，也是大将军府的意思，龙椅上的那位天子可能做梦也不会想到，他不仅一手促成了两家的联姻，更一手催发了两家的狼子野心。

当声威到达顶点时，宫墙之内将掀起一股狂风骤雨，白雪被鲜血染红，皇城的天都要变了。

但这些暗潮翻涌的谋划并不是赵灵修最关心的，他唯一关心的只是地牢里那个本该自由奔跑在山间，却因他而深困囚笼的少女。

如果说多年来他早已被驯化，一颗心麻木苍凉，深深臣服于自己的宿命，那么这一回，他想试着反抗一下，即便如蚍蜉撼树，铤而走险，也要为了心爱的姑娘不惜一试。

"浮晴，你的星算盘是如何预言的？"

阴暗潮湿的地牢里，赵灵修带去的那盏灯是唯一的光源，映亮了四目相对的两张脸。

他幽幽问起，角落里的少女却恍若未闻，抿紧唇不发一言，直到他漆黑的双眸望到她受不了了，她才闷闷开口："是个死劫。"

遇上他，沾染他，下山找他，每一次推算的星盘上，显示的都

只有死路一条。

"可是我不怕,我不能没有灵修哥哥,即便是刀山火海我也要闯一闯。我多么想做灵修哥哥的妻子啊,我好不容易长大了,如果不能嫁给灵修哥哥,孤零零一个人又有什么意思……"

摇曳的灯火下,两条泪痕漫过浮晴的脸颊,她纤秀的身子微微颤动着,如瀑的长发包裹着肩头,仿如暗夜中受伤的精灵,赵灵修再也忍不住,伸手一拉,将她一把扯入了怀中。

浮晴的脑袋撞上了赵灵修的胸膛,那里跳动的一颗心温热而深情,一下又一下,模糊了浮晴的视线。

喉头滚动,赵灵修轻抚过浮晴的长发,一字一句都从唇齿间溢出:"傻姑娘,别哭,听灵修哥哥说……"

"不管星算盘上是个什么样的结果,我都不会让你有事,纵然是个死局,我也一定要让它绝处逢生!"

(七)为自己活一次,死在心爱的姑娘身旁

地牢一别后,赵灵修再也没有去看过浮晴。

他身子一天天好转,表现得也是一天比一天顺从,仿佛变了个人似的。

晋阳王妃只当他想开,握住儿子的手,喜极而泣,却没有发现,深藏在他眼底的那抹冰冷。

赵灵修开始经常出入将军府,隔着一道屏风问候他的未婚妻,温言软语,常常讨得那位大小姐心花怒放。

见此情景,不管是晋阳王,还是大将军,都满意地点头,渐渐放下心来。

慢慢地,他们商讨一些重大事情时,也会让赵灵修参与,毕竟马上就要亲上加亲,即便是两只狡猾谨慎的老狐狸,面对自己的儿子与女婿时,推心置腹也不算过分。

就这样,冰雪消融,初春的脚步慢慢来临。

赵灵修手持令牌，再一次踏入了关押浮晴的地牢——

而这一回，晋阳王与王妃俱不在府上，或者说，连同朝中百官，都一起陪着陛下去了皇家狩猎场，赵灵修以身体不适为由，中途打道回了府。

换作从前，晋阳王一定没这么好说话，但今时不同往日，马车上，他也只是让赵灵修吃了一颗药，便放心地让他离去。

"修儿莫怪父王谨慎，多吃点儿药总是保险些。"

赵灵修面上温顺，策马而去时，心中却冷笑不已。

他精明一世的父王错了，如果一个人蓄意已久地想要反抗，那是什么药都再也无法控制的了。

他从前安于宿命，如今才知道，没有自由与爱人，单单留条命有何意思？

他的命，他不稀罕了，自古以来，光脚的不怕穿鞋的——

这就是他最大的筹码！

地牢里，当浮晴见到赵灵修时，身子一颤，恍如隔世。

但赵灵修却没那么多时间向她解释了，只是一边将身上的披风脱给她，一边在她耳边简明扼要道："等下什么也不要说，什么也不要问，跟着我，听我的安排就行了。"

说着他已经推开地牢的门，对守卫一亮令牌，面色淡淡道："父王要我把人带走，他另有安置。"

一路畅通无阻地出了王府，直到巨蟒背负着二人行到城郊时，浮晴仍觉得这一切太不真实，像场随时都有可能醒过来的梦。

但赵灵修却是松了口气，一拂袖，望向长空哈哈大笑，笑到眼泪都要流出来了。

"你放心，我在狩猎场送了一份大礼给他们，一时半会儿他们是回不来的……"

两只老狐狸不是想要龙椅吗？他便助他们一臂之力，把处心积虑搜罗来的证据塞入了陛下的马鞍中。

当然，他这点儿小伎俩是不足以扳倒他们的，但足以给陛下敲响警钟，让两只老狐狸惹上麻烦，焦头烂额之下，无暇分身去顾及逃脱在外的浮晴，为他的救人计划争取一点儿宝贵的时间。

而这些已经足够了，足够保证他的姑娘安全无虞。

"那灵修哥哥呢，你是不是跟我们一起走，不再回王府了？"

浮晴听得心潮起伏，拉住赵灵修的衣袖，眸光饱含期待。

赵灵修揽她入怀，深情一叹："不回去了，天高海阔，我终是自由了。"

浮晴一愣，紧接着一声欢呼，勾住赵灵修的脖颈，欣喜得像个孩子一般。

巨蟒也兴奋地游弋着，在初春的草木清香中，奔向家的方向。

赵灵修紧紧抱住浮晴，望向远方，悄然湿了眼眶。

他在两只老狐狸那儿伪装了那么久，取得了他们的信任，只是为了这一天。

红丸为毒，白丸为解，他的乖巧让他每次都能多讨要一些白丸，少吃一些红丸，那些多出来的便被他偷偷藏起，积少成多中，终是能够他挥霍一段无人打扰的好时光。

带出来的白丸能维持多久？一个月？两个月？三个月？还是半年？

不重要了，重要的是他终于能为自己活一次，纵然是死也要死在外面的一方广阔天地，死在心爱的姑娘身旁。

当然，在此之前，有个秘密他不能带到黄泉之下，一定要对浮晴说了。

（八）以山神为媒，以天地为聘，拜堂成亲，正式结为夫妻

春去夏至，晋阳王府的人果然没有找来，皇城的那些纷纷扰扰，赵灵修大概能猜测到，但他不去想，他只知道，与世隔绝的菩提山里，他与浮晴过了四个月很快乐的日子。

他们以山神为媒,以天地为聘,拜堂成亲,正式结为夫妻。

但快乐生活的背后,是赵灵修日渐虚弱的身体,浮晴没有注意到,因为他每天都在笑,她只当他的身体在王府里彻底调养好了。

当山中第一片秋叶落下的时候,浮晴怀孕了,赵灵修抱着她在溪边转圈,笑声传遍了整个山谷。

他们依偎在巨蟒身上,每天黄昏的时候都会去到山顶,一同看飞鸟相还,夕阳漫天。

赵灵修多么希望时光能慢点儿,再慢点儿,但当最后一颗药也没了的时候,他知道自己大限将至了。

他大概……看不到孩子的出生了。

那是山中再寻常不过的一天,赵灵修穿戴整齐,早早便叫醒了浮晴。

"今天不看夕阳,我们去看日出,你说好不好?"

浮晴睡眼蒙眬地点头,赵灵修好笑地刮了刮她的鼻子,将她抱上了巨蟒的背。

一路上她在他怀里昏昏欲睡,他怕她冷,把她裹得严严实实,下巴抵着她的头顶,温柔地和她絮絮叨叨。

前一夜的果子酒中,他放了不少"料",足以保证浮晴到了山顶都晕晕乎乎,但一路上又都能听明白他的话。

这样的情景最适合告别,以及……倾吐深埋心底的那个秘密。

"有件事我是骗了你的,我不想带到黄泉之下,也不想让你一辈子都蒙在鼓里。"

怀里的浮晴颤了颤,想睁开眼皮,却又无力动弹。赵灵修将她又裹了裹,深吸口气,继续道:"其实我不是生病失忆了,说出来也许你不会相信,更不愿相信……"

"其实真正的赵灵修……早就已经死了。"

"我是他的双生弟弟,从出生起就被藏在王府,不为人所知的'煞星',赵灵甫。"

是怎样一段往事呢？赵灵修，不，赵灵甫现在回想起来，都会觉得像场梦，一场噩梦。

同时出生的两兄弟，命运却是天壤之别，只因当年算命的一句"天生煞星，克六族至亲"，便让他的生父晋阳王动了想要掐死他的念头，如果不是他的母亲——晋阳王妃极力阻止，恐怕他早已不存在于这个世间。

当然，即便后来活了下来，却也活得像个影子，躲在暗处见不得光的影子。

他是晋阳王府最大的忌讳，连他的亲生哥哥都不知道他的存在，小时候两个人不小心在假山下撞上时，还将不知情的赵灵修吓了一跳。

那次不小心，让他挨了父王好一顿鞭笞，在父王心中，他只有一个儿子，而他，是早该被掐死的祸害。

这样的命运他原本以为会是一辈子，但他没有想到，哥哥赵灵修，在失踪半年回来后，掀起了王府的轩然大波——

他爱上了一个姑娘，一个求而不得的姑娘。

那时晋阳王府已经有意与大将军府联姻，是绝不允许出现任何纰漏的，即使是晋阳王最疼爱的大儿子，也不会有任何转机。

于是赵灵修心如死灰，一病不起。

他病得很厉害，厉害到赵灵甫都忍不住想去看看他，第一次，他对这个从小众星捧月的哥哥，生出的不是羡慕，而是同情。

他去求母亲，冒着被惩罚的危险，悄悄摸入了哥哥的房间。

那张同他长得一模一样的脸，昏睡在帘幔间，嘴里不停念着胡话，他凑近，只听到了："浮晴，浮晴……"

到底是怎样的一个姑娘呢，能让哥哥心心念念至此？

好奇与心驰神往是从那时候就种下了，他那时天真地以为，哥哥最后总是能反抗成功的，能娶回自己心爱的姑娘，让他也远远瞧上一眼。

但他错了,他低估了父王的铁石心肠,也低估了哥哥的决绝。

赵灵修在寻常的一天走了,带着满腔遗恨,离开了这个身不由己的世间。

他哭了一宿,半夜从噩梦中惊醒,直到那时才骇然发觉,连哥哥都反抗不了自己的宿命,他又能如何呢?

父王找到他,第一次露出不是厌恶的神情,而是种让他毛骨悚然的笑意,他说:"修儿,从今天起,你便是父王的修儿了。"

他很害怕,但他想到了哥哥的结局,知道自己反抗不了。于是带着满心悲凉与认命,他被从暗处提到明处,神不知鬼不觉地做了哥哥的替身,穿上喜服,从此像只牵线木偶,注定以"赵灵修"的身份,走完自己终将受囚的一生——

可是,大婚上,浮晴出现了,乘巨蟒而来,一袭杏黄衫子,哥哥至死都念念不忘的浮晴出现了。

她向他伸出手,问他:"你愿意跟我走吗?"

(九)以他的死换她的生

"我那时像受了蛊惑一般,情不自禁,你就像道突然出现的火光,让我拼着被烧尽的危险也想要去追逐……"

山顶上,有金灿的朝阳一点点升起,云海翻涌,赵灵甫抱着泪流满面却无力动弹的浮晴,痴痴看着,唇角微扬。

"说到底,我是太贪心了吧。"

做了晋阳王府二十年见不得光的影子,看见一点点温暖与自由,便迫不及待地想要抓住,用另一个不属于自己的身份,贪恋地沉浸在梦中,自欺欺人地不愿醒来。

但梦终究只是梦,后来日渐孱弱的身体到底无情地唤醒了他,不是什么遗留下来的病根,而是被自己的亲生父亲——晋阳王下了奇毒。

为了控制一只听话的木偶,总是需要用点儿手段的,而对于他这个早该被掐死、天生克六族至亲的"煞星",晋阳王是没有任何怜惜与不忍的。

"我一直懦弱地活着,从来没有想过要反抗,直到遇见你,我才知道,外面的一方天地是多么广阔……"

他也奢望过海阔天空的那种生活,但心底终究太清醒,如果不是父王对他一再相逼,甚至想要浮晴的命,他也许还不一定会下定决心,走上一条曾经连想都不敢想的路。

"从初春到深秋,有妻有家的一段美好时光,多么划算啊,我已经很知足了。"

山风掠过长空,吹动着赵灵甫的衣袂发梢,他低头为怀中的浮晴拂去泪痕,在她额头上深深一吻。

"而我最庆幸的是,你的星算盘,终究被改变了……"

死局逢生,以他的死换她的生,从此菩提山中,他的龙女,能如他所祈愿的那般,驭蟒自由行在天地间,同他们的孩子,平安喜乐到老。

真是……再划算不过,再圆满不过。

"唯一遗憾的是,你能叫我一声灵甫哥哥……就好了。"

风掠山岚,灿烂的朝阳下,赵灵甫仰头痴痴地望着,鲜血一点点漫过唇边,落至浮晴泪湿的长睫上。

千魅洲

之玉面

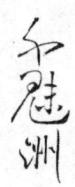

如果深爱的人变了模样，变了身份，不再用曾经深情款款的那张脸对你微笑，你还能认出来吗？沧海桑田，今夕何夕，你能否透过外面的皮囊，触摸到里面的灵魂以及皮囊下的那颗心？

（一）天大地大，除了跟着他，她还能去哪里

晨风徐来，柳枝拂动，一夜的春雨柔柔地润了大地，远处山峦翠峰，裹上一层清新的湿意，白云高卧，鸟儿掠过长空，留下声声清啸。

山谷间，荀连裹着一袭黑斗篷，疾走几步后，终是忍不住回过身："你还要这般跟我到几时？"

他身后还穿着脏兮兮的红嫁衣的锦烟，被他吓了一跳，手一抖，不自觉地就低了头，喏嚅道："可……可我没地方去了……"

荀连的脸遮在面罩里，看不出是何神态，只露出一双不耐烦的眼睛："你不是琅山蝶族吗？回你的琅山去，我接下来要去的地方叫云岭，那儿终年积雪，万丈寒冰，跟着我保不齐活活冻死你！"

风声飒飒，吹得嫁衣飘扬，锦烟被喝得后退一步，抬头间红了眼圈："不，我不能回去，我已经回不去了，从替小姐出嫁的那天起，他们就不想让我活着回琅山了……"

发颤的泣声中，荀连一怔，眸光变得复杂起来，周遭寂寂，山谷风吹，半晌，他一声叹息，转过了黑斗篷。

锦烟是被荀连从大火里救下的，彼时她正要被活活烧了来为她的"夫君"殉葬。

她的"夫君"是狼族少主，身份尊贵，可惜生来却是个病秧子，都没撑到婚礼举行的一天就去了，那原本和他订下婚约的二小姐怎肯嫁过去殉葬，于是哭哭闹闹中，便有了"替嫁"一说。

一场纷扰里，锦烟成了最无辜的牺牲品。

她以蝶王"干女儿"的名义，被套上嫁衣，堵住嘴，捆绑着，连同几大箱价值不菲的嫁妆，被一起抬到狼族，命如草芥地替二小姐"消难"。

架起的火堆上，烈焰熊熊燃起，锦烟惊恐地瞪大了眼，手脚却被死死捆住挣脱不得，她大声呼喊着求救，眼泪绝望地溢出。

火舌吞噬中，她身上的红嫁衣鲜艳如血，有那么一刻，她以为自己就要这样被活活烧死，做个可怜的殉葬"新娘"——

却是在最危难的关头，裹着黑斗篷的荀连从天而降，如神祇降临，从大火中救出了她！

那一定是锦烟这辈子都难以忘却的经历，她被黑斗篷一卷，贴在那个温暖的怀里，一片混乱中，荀连带着她飞上了天，大风掠过她的耳畔，她浑身颤抖着，劫后余生地泪流不止。

可以说，是荀连给了她第二次生命，天大地大，除了跟着他，她还能去哪里？

（二）人生天地间，忽如远行客

一路跋山涉水，风餐露宿，锦烟居然也跟了下来，没喊过一句累。

荀连停下，她就停下，在他不远处歇息；荀连走她就走，默默地跟着，怯生生的模样倒让人生了怜意。

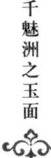

久而久之，荀连冰山般的态度也像稍有融化，仿佛默认了她的跟随，偶尔还会跟她说上几句话。

锦烟印象最深刻的是，她有一次问荀连要去那云岭做什么，荀连说在找一样东西，她心生好奇，不由得问是什么东西，荀连却沉默了。

月光如水，树影婆娑，微涟倒映着他们的身影，不知过了多久，荀连才低低一叹，像是自嘲般地笑了笑："人生天地间，忽如远行客。"

那语气含着太多的寂寥，听得锦烟心头莫名一颤，但荀连却不再开口，只裹紧黑斗篷，起身上路。

那一路格外寂静，锦烟跟在后面也不敢说话，她只是忽然觉得，原来一个人的背影，也能够那样孤独，仿佛天地之间，孑然一身，随时随处消失了都没人知道。

那一瞬，锦烟心头忽然弥漫出一股难以言喻的哀伤，月光之下，她凝视着荀连的影子，有些念头就那般暗暗生出，如初春抽芽的枝丫。

她想陪着他，想让他不再一个人，不管他去哪里，她都愿意追随，哪怕不说话，就这样静静地跟在身后。

做了决定后，锦烟再看向荀连的目光便不再躲闪，而是充满温柔的笑意，常常都看得荀连一愣。

原本一切都相安无事，却在即将抵达云岭前，荀连冲锦烟发了火。

荀连性子的确有些怪，不好亲近，但那样大发雷霆，还是第一次。

因为在山洞歇息时，锦烟趁他睡着，竟然揭开他的面罩，想要看看他的脸！

荀连梦中陡然惊醒，一把抓住锦烟的手，目光凌厉。

那是多么可怕的眼神啊，锦烟吓得瑟瑟发抖，从没见过荀连身上散发出那样可怕的气息,她哆嗦着嘴皮:"我……我只是……"

只是按捺不住内心深处的蠢蠢欲动,想看一看你真正的模样,想离你更近一些……

仿佛看穿锦烟的想法,荀连手一紧,将她狠狠摔在了地上,严厉的声音在山洞里响起。

"我与你非亲非故,不过是随手搭救,你用不着感恩戴德,更别企图窥伺我的内心,这辈子我都不会再相信任何人!"

锦烟颤抖着身子,眼中已有泪光涌起,她苍白着脸摇头:"不……不是的……"

"不是什么?"荀连厉声打断,猛地站起,一步步逼近地上的锦烟,眸中染了凄色,"世上哪有什么值得信任的人?最好的朋友都会背叛你,至亲爱人也会转眼就翻脸。人生遍布荆棘,稍不留神就会血肉模糊,我流浪了太多年,什么都看透了,你以为我还会相信你吗?"

夜风呼啸,拍打着山洞四壁,凛冽得叫人避无可避。

"滚,别再跟着我,我独生独死,独行天地间,不需要任何人的陪伴!"

斗篷一扬,荀连扔下这句近乎无情的话,头也不回地出了山洞,消失在了茫茫夜色中。

锦烟煞白了脸:"不,别扔下我……"

夜风拂过荀连的发梢,他不理身后的凄唤,只是脚步决绝,孤独赶赴自己的归宿。前头就是云岭雪山,皑皑白雪,这场不在计划之中的相伴相随,也是到了该说分别的时候……

(三)他再不信人,因为不信,则不伤

"出来,别再跟了!"

白茫茫的雪地里,大风呼啸,裹着黑斗篷的荀连蓦然转过身,冲着树后一道躲闪的身影一声低吼。

枝头微颤,树梢上的积雪簌簌落下,不多会儿,锦烟怯生生地露出身子,嘴唇已被冻得苍白,长睫上还凝着未化的霜,红衣白雪,倒别有一番动人的美。

他们遥遥对望了许久,到底是荀连先开了口,他深吸口气,仿佛做了某个决定,语气中都带了丝难以察觉的冷笑。

"好,你不是想看看我的真面目吗?我便让你瞧瞧……"

宽大的黑斗篷猛地一扯开,"啪"地扔在了雪地里,俊挺精壮的身躯蓦然露在了外面,锦烟抬头间猝不及防,一下绯红了脸,却是眼尖地瞥见荀连手臂上,布着一片银光闪闪的鳞甲,她张张嘴,有些吃惊道:"你……你是龙族的?"

荀连嘴角一扬,露出一个冷笑,他并不接话,只是站在雪地里,仍旧一件件脱着,直到白色的单衣贴身,他才伸手,缓缓揭开了面罩——

只听到一声抑制不住的尖叫,风雪四飘!

锦烟捂住嘴,浑身颤抖,一双眼睛瞪得大大的,吓得惨白了脸。

那是怎样的一张脸啊?坑坑洼洼,皮皱眼歪,翻唇龅牙,世间一切形容丑的词语用在那张脸上都不为过,简直……简直活像只癞蛤蟆!

果不其然,荀连愈加冷笑,笑里却带了莫大的悲凉,他嘲讽地直视着锦烟,一字一句,近乎残忍:

"龙子身,蛤蟆脸,见过了这样的我,你还想要继续跟随吗?"

声音在雪地上空久久回旋着,如一记记重锤,狠狠敲在锦烟的心上。

荀连再次转身离去,这一回,锦烟没有跟上。

风雪中,荀连嘴角明明漾着笑,却有什么扎在他眼里,酸涩得想要落泪。

多少年了，即使孤独一个人，也比听到那样惊恐的尖叫好。

他再不信人，因为不信，则不伤。

风愈大，雪愈深，荀连深一脚浅一脚，裹着黑斗篷，向云岭深处前行。

他要找到隐居在苍穹之顶的神巫千姬，借助她的浮石镜找一个人，那个人，他已经找了很多很多年。

叫荀连没有想到的是，在几天后的行路中，他不小心踩到一处深埋雪地的阵法，被震伤鲜血直流时，却有一道熟悉的身影蓦然出现，如霞的红嫁衣奔到他眼前。

荀连捂住受伤的胳膊，抬头愕然："你……你没有走？"

是的，出现的不是别人，正是荀连以为早就被吓跑的锦烟。

风雪中，她手忙脚乱地扯下衣角，替他包扎着伤口，眉眼间满是担心与关切，倒叫荀连愣住了。

锦烟来自琅山蝶族，法力虽然低微，却沿袭了蝶族的医术，阵阵荧光中，那伤口果然一点点愈合，锦烟却满头冷汗，力竭地倒在了荀连怀里。

"我只怕你不自在，怕你再赶我，所以，所以离得更远，不敢叫你发现……"

她脸色苍白，望着难以置信的荀连，声音虚弱地解释着。

直到锦烟彻底昏过去，抱着她的荀连依旧没有回过神来，风雪中，那道孤绝的背影久久没有动弹，仿佛与皑皑白雪融为一体。

（四）荀连，寻脸，敖玉用这个化名已经找了很多年

"你……想听一个故事吗？"

山洞里摇曳的火光中，荀连对锦烟道，锦烟揪紧双手，心跳如雷地点了点头。

那个低哑的声音依旧那样好听，却带着无以言说的哀伤，在山

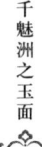

洞里缓缓响起——

"我其实不叫荀连,我是西海龙王敖闰的三太子,敖玉,我一直在找一个人,不,确切地说,我在找一张脸……"

荀连,寻脸,敖玉用这个化名已经找了很多年。

他跋山涉水,不辞辛劳,辗转一处又一处地方,不过是在找一张脸,一张他自己的脸。

事情要从很多年前说起,那时的他还是西海龙王的三太子,相貌俊美、文韬武略、地位崇高……几乎可以说是天之骄子,众星捧月。

他还有个未婚妻,乃乱石山碧波潭万圣龙王之女,万圣公主,也是生得花容月貌,才情家世都与他无比匹配。

原本一切都很美好,但在大婚前不久,发生了一件意外。

有个人找到了敖玉,要他帮一个忙,那个人叫九渊,真身是只癞蛤蟆,与敖玉结识多年,以兄弟相称,私交甚好。

说起九渊,模样当真是丑到惊天动地,敖玉第一次见到时也吓了一跳。

那时敖玉在西海上吹笛,夜风拂面,远处有歌声相和,绵绵传来,醉人不已,宛如天籁之音。

接连几夜敖玉都在原处吹笛,那歌声也飘了几夜,两个人一奏一唱,相互和应间,隐隐生出知己之感,终于,在第七夜,敖玉带上美酒,一曲完毕后,以千里密音,对着歌声传来的方向高喊道:

"伯牙子期,莫过如此,远处的朋友请现身,与吾相见,把酒同欢,月下畅聊。"

海浪拍打着礁石,风声呼啸,不知过了多久,一道绿影才从水面上升起,徐徐向敖玉靠近。

当月光下那张脸完全现出时,敖玉差点儿惊呼出口,那样美妙的歌声竟然是出自那样一张脸,可以说天底下从未见过那般丑陋之颜，连向来不以貌取人的敖玉都被吓到了。

事后回想起来，九渊仍旧摇头笑得苦涩："不怪兄弟，这也正是我一直离群索居、避不见人的原因。"

癞蛤蟆九渊，生得奇丑无比，却是胸有沟壑，才识过人，更别提他的歌喉了，他拥有着世间最美妙的歌声，任是谁听到都会深深着迷，醉在其中。

但一切都毁在那张脸上，他没什么朋友，直到遇上敖玉。

敖玉并不嫌弃九渊的模样，时间久了看着也习惯了，反而被他的才识与品性打动，与他称兄道弟，引为知己。

九渊很是感动，也将敖玉当作真心朋友，两个人时常月下对饮，谈古论今，交情日笃。但这份情谊却鲜有人知，因为九渊怕自己的模样引来非议，一直独自隐居，不曾见过生人，与敖玉的结识纯属偶然，所以西海见过他模样的人也就只有敖玉。

日子一直这样风平浪静地过着，直到敖玉大婚前不久，九渊找到了他，头一回露出了难以启齿的模样，他想让敖玉帮他一个忙，敖玉欣然答允，却万万没有想到，九渊提出了一个令人匪夷所思的要求——

"三太子，能借你的脸用一天吗？"

敖玉当时说不出是什么心情，倒是九渊慌了，连连摆手："不不不，我没有别的意思，只是借一天，一天就好。"

（五）冬之夜，夏之日，百岁之后，归于其室

那一定是个万分哀伤的故事。

九渊爱上了一位姑娘，一位多年听他唱歌，与他用海螺传信的姑娘。

那是天上的一位仙子，每年春分时节会路过西海，提着花篮，来到人间布春，洒满春光。

她在一次无意中听到海面上传来九渊的歌声，惊为天籁，提

着花篮驻足听了许久,可怎么也找不到唱歌的人,布春时间刻不容缓,她跺跺脚,捡起海边的一个海螺,留下了自己的心意。

当仙子离去后,躲在暗处的九渊才缓缓现身,他捡起海螺,将它贴在耳边,在徐徐的海风中,听到了里面温柔如水的声音。

"你唱的歌真好听,希望来年布春,我还能在这里听到你的歌声。"

那大概是九渊第一次落泪,他在海风中站了许久,听着耳边海螺里一遍遍传出的声音,感觉心口某处都融化了,留下一片氤氲的暖意。

此后一年九渊都怀揣着那个海螺,时不时就拿出来听一听,说不清都听了多少次,迎面拂来的海风中,他心中也开始有了一种隐隐的期盼。

第二年春分时,仙子如约而至,果然又听到了海面上传来的歌声,她还见到了留在海边的那个海螺。

"我叫九渊,如果你愿意,每年春分我都会在这里为你唱歌。"

声音低低柔柔,一字一句仿佛风铃摇曳,仙子捧着海螺,几乎要醉倒在其中,有什么伴随着那个约定,一并萦绕在心头,成了只属于他们两个人的美丽秘密。

"我叫辛妍,认识你真好,明年我还会来,来这里听你唱歌。"

海螺就这样年复一年地传递着,九渊和辛妍有了一种心照不宣的默契,他们仿佛久别重逢的故人,以海螺为信,进行着一次又一次的浪漫交流。

"九渊,我也爱读《诗经》,最喜'冬之夜,夏之日,百岁之后,归于其室'一句,你能将它编成一首歌吗?"

"辛妍,谢谢你带来的花,它和你的笑容一样美。"

"九渊,我在天上的日日夜夜,都盼着布春这一天,因为等到这一天，我就能听到你的歌声了。"

……

九渊其实一直以来以四海为家，因为相貌的缘故，他从不在一个地方过多逗留，但自从认识了辛妍后，他便留在了西海，避开人烟，躲在海底，等待着一年一次的相会。

直到有一年，海螺里开始传出辛妍羞涩而灼热的情意——

"九渊，我喜欢你，让我见见你好吗？"

起初九渊愣住了，心头涌起一股难言的情愫，因为他也在年复一年中深深爱上了辛妍，爱上了那个美丽善良的仙子，但随着海螺里一遍遍传出的声音："让我见见你好吗？让我见见你好吗？让我见见你好吗？"

九渊颤抖着，却陷入了深不见底的恐慌当中，他抚上自己丑陋的脸颊，一颗心如坠海水，浮浮沉沉，压迫得他呼吸不过来。

他爱辛妍，他当然也想堂堂正正地走出来，不再躲在暗处，而是与她面对面，在温柔的海风当中，牵着她的手，亲自唱歌给她听。

可是，可是……他不能，他这副模样怎么见辛妍？

他怕吓到她，怕她嫌恶他，怕她逃得远远的，从此再也不出现，再也不用海螺与他通信，用柔柔的声音告诉他，她很喜欢他，很喜欢他的歌。

九渊抱住头，蜷缩着身子，失声恸哭。

他太害怕，害怕失去她，苦涩的眼泪也无法改变他是只癞蛤蟆，是只丑陋的癞蛤蟆的事实。

无法言说其中的挣扎，如果再来一次，九渊不知道自己还会不会找到敖玉，像抓住救命稻草般，无助可怜地对他提出："三太子，能借你的脸用一天吗？"

用一天，就用一天，在春分时节，辛妍提着花篮来到西海的那一天，用这张完美无缺的脸，在海风中对着她唱歌，对着她吟出

"冬之夜，夏之日，百岁之后，归于其室"，不让她所有的期盼破灭，让她一直在心底保有那份美好的幻想。

他将在那天牵着她的手，告诉她，他也很喜欢她。

这是种欺骗，是种彻头彻尾的欺骗，九渊比谁都清楚，可他做不到以真正的面容去见辛妍，更不忍心打破辛妍的所有幻想。他宁愿保全这一天，然后远远躲起来，永远不见辛妍，抱着这美好的回忆了却残生。

他多么明白，他这丑陋的癞蛤蟆和辛妍那美丽的瑶池天仙，有着云泥之别，是永远不可能的，能有一天的美好回忆，他已经该心满意足，没有资格再奢求更多。

用漫漫余生的痛苦追忆，换取相见的一天，夜深人静时，陪伴身旁的只有摩挲过无数遍的海螺，与穿过袖间凄寒的风。

这的确是个饱含欺骗的行径，却更是个满载哀伤的故事。

敖玉至今还记得他当时的复杂心情，那是种说不上来的又叹又怜，胸腔里有什么堵得难受不已，他颤声问九渊："值得吗？"

九渊捂住脸，许久，泪珠从指缝间淌出，他喉头滚动，嘶哑着声音："值得不值得，谁又说得清呢？"

敖玉与九渊相识那么多年，从没见过他那种绝望的神情，那是种连最冷漠的人都会为之动容的悲怆，悲怆里却又含着小小而又卑微的希望，叫敖玉一句话都说不出来，喉头哽咽，只想成全眼前这个可怜人抛却所有尊严的祈求。

敖玉答应了九渊，在婚礼前不久，他和九渊换了脸。

换脸后，敖玉在龙宫里闭门不出，佯称身体不适，掩人耳目，只等着九渊和辛妍相会一天后，偷偷回来将脸换回给他。

但九渊再也没有回来。

敖玉闭门好几天，谁都不见，挨到大婚前夕，宫人要给他试喜服了也不出来，一切的一切终于兜不住了。

最后是龙王强硬地一脚踹开门，万圣公主也闻风赶来，一群人围在床前，敖玉避无可避，裹住全身的被子就那样被猛地掀开——

尖叫四起！

那当真是敖玉此生最不愿记起的一幕，他就像个怪物般，颤抖着跌下床，被众人团团围住，蓬头散发，狼狈不堪。

他语无伦次地解释着，他说自己就是敖玉，他只是和别人换了张脸，可是没有人相信他，龙王扼住他的脖颈，将他狠狠摔在地上：

"一派胡言，毒物，快交出我儿！"

他口吐鲜血地爬起，挣扎到万圣公主腿边，万圣公主却尖叫着向后闪躲，眼神里满是嫌恶：

"不，不，你这恶心的丑八怪绝不是三太子，快说，你把三太子藏到哪里去了？"

至亲的父王、昔日的恋人、从前的属下，整个龙宫上下都没有一个人相信敖玉，他百口莫辩，直接被当作谋害三太子的人关进了水牢，择日问斩。

那大概是敖玉一生之中最漆黑而绝望的时刻，他几乎要疯了，无论说什么都没有人相信，只因为他那张陌生而丑陋的面孔。

多讽刺，躯壳里面的依旧是他，他只是换了张脸，便彻底丢失了身份，丢失了至亲，丢失了爱人，丢失了一切的一切。

龙宫甚至传出是他这个妖物吃了三太子，与他合为一体，才会长出龙鳞，变成龙身。但他那张蛤蟆脸是骗不了人的，他根本不是三太子，他是个恶心的怪物，是个十恶不赦的罪人！

敖玉身心俱疲，恍惚间也不认识自己了，甚至有一种自己究竟是谁的错觉。

他逃了，在行刑那日突破重围，身负重伤地逃了。

人生天地间，忽如远行客。

便是从那天起，敖玉离开了生活数百年的西海，踏上了艰苦的"寻脸"之路，执拗地要找回自己的身份。

他将全身裹在黑斗篷里,风餐露宿,跋山涉水,也不知道要去哪里找寻九渊,只知道一个地方一个地方地去找,每到一处就停留一段时日,想方设法将那里的"脸"都看遍,几十年来,他不知踏过多少块土地,看了多少张脸,可没有一张是他自己的。

终于,他绝望之中打听到北有云岭,岭中有神巫千姬,她有一面浮石镜,或许能帮助他找到想找的人。

这便是他不辞辛劳赶赴雪山的原因,这一回,他孤注一掷,只盼能不再失望。

(六)只要你还是你,你还在我身边,这就够了

"这些年我无亲无友、无儿无家,孑然一身,多少次走不下去,我不敢再相信任何人……"

走在苍穹之顶的路上,不再掩饰真名的敖玉叹道,他身旁的锦烟不知哪儿来的勇气,忽然握住了他的手,眸中泪光泛起,语气却坚定不已:

"敖大哥,不管这一回成不成功,我都会陪着你,不会再让你一个人了……"

敖玉似受到了触动,被握住的手有些发颤:"你,你当真不介意我的脸?"

锦烟摇头,笑得温柔,却又含了抹动人的羞涩,她长睫微颤:"外头的不过是个壳子,我更在乎的……是壳子里面的你。"

风掠长空,雪落肩上也白头,这一定是敖玉听过的最美的情话。

皑皑白雪中,两道身影久久相拥,落入了神巫千姬的浮石镜中,她修长的手指抚过镜面,笑得眸光深深。

"傻姑娘,你在乎壳子里的他,却不知人家也会这样在乎你吗?"

像睡了好长一觉，敖玉如浸在海水中，浮浮沉沉，耳边隐隐约约听到有人在说话，伴随着小声的啜泣。

他陡然惊醒，猛地坐起时，只对上锦烟满布泪痕的一张脸："敖……敖大哥……"

她有些慌张地别过头，胡乱一抹，再转身时，脸上已经露出笑容："神巫千姬已经答应为你寻找九渊的下落了，她会将他带到你面前，你很快就能恢复原貌了。"

几天前，敖玉与锦烟不辞辛劳，终是登顶见到了神巫千姬，他讲述了自己的故事和请求，但之后发生的事情就没什么印象了，他像睡了好长一觉，醒来时便已听到神巫千姬答应他的好消息。

奇怪的是，面对满脸含笑的锦烟，敖玉却高兴不起来，他总隐隐觉得哪里不对。

直到半月后，神巫千姬终于回来了——带着九渊与辛妍一同回来了。

九渊曾以为一辈子都见不到敖玉，见不到他本来的那张脸了。

前尘往事，真如梦一般。

"三太子，一别经年……"

泪水夺眶而出，九渊一步步走近敖玉，激动得双手发颤。

有生之年还能与故人重逢，他日日夜夜盘桓在心头的那个结终于可以解开了，不用待到黄泉路上还不得解脱。

神巫千姬按照浮石镜的指示，在一座孤岛上找到了九渊与辛妍，不，确切地说，是救出了他们。

对于当年之事，敖玉想过千万种可能，但绝不会想到现实是那样匪夷所思——

不是故意，不是欺骗，当年没能及时赶回去换脸的九渊，其实是中途发生了意外，与仙子辛妍一同流落在了一座与世隔绝的孤岛上，一困就是几十年，沦为岛上最下等的奴隶，始终不得脱身。

那一年的那一日,将脸换给九渊的敖玉,为掩人耳目,在龙宫闭门不出,压根不知道外头究竟发生了什么。

当时九渊正和辛妍在西海边上相会,以海螺传信多年的两个人第一次见面,一个面如冠玉,嘴角噙笑;一个提着花篮,长发飞扬。一切都美好得像个梦,他们终于真真正正地触碰到了彼此,四目相对,在温柔的海风中动情相拥,互诉心意。

该唱给对方听的歌,该说给对方听的话,一曲一阕,一字一句,十指紧扣,深情依偎,蓝天白云下,时光停在这时刚刚好。

但不幸的是,九渊与辛妍情意正浓时,耳边忽然传来一阵喧嚣,一个猝不及防的意外发生了。

风声飒飒中,西海边上忽然来了一群妖魔鬼怪,竟是魔族浮屠塔里的群妖们叛逃,在魔兵的追赶下逃到了西海,两帮人兵戎相见,剑拔弩张,随着一道血光溅起,一场恶斗一触即发,海浪呼啸,风云变色。

那时的场面当真混乱,鲜血几乎染红了半边天,九渊与辛妍也被波及,无辜地遭受误伤,更是在最后被卷进了魔族少主发启的阵法中,滔天的光芒里,那些叛逃的妖精发出撕心裂肺的尖叫,一只只魂飞魄散,九渊死死护住辛妍,口吐鲜血,被强大的冲击震飞出去。

醒来时,他们已经被海浪冲到了一座陌生的岛上,身负重伤,法力全无,几乎只剩半条命下来。

那座岛,就是浮石镜好不容易才找到的——夜罗岛。

夜罗岛,与世隔绝,不通外界,岛上自有一套特殊法度,这法度便是将九渊与辛妍打入万劫不复之地的祸源,四个字:

以貌定级。

没错,夜罗岛上等级分明,而唯一的划分标准便是相貌,简单来说,就是——

越丑的人地位越高,越漂亮的人地位越低,全国最丑的人才能当上国王与王后，朝臣也是一个赛一个地丑，而漂亮的岛民则通通被打为最下等的奴隶，一生做着各种苦力活，直到死去。

这的确是闻所未闻的奇事，但其实，以夜罗岛上之人的眼光来看，他们是觉得选了最"美"的人做国王王后、朝臣与贵族……整个岛的美丑评判和外界都是完全颠倒的，因为早在千百年前，他们的审美观就已被深深地扭曲了。

夜罗岛水土很好，俊男美女其实极多，占了国家的大多数，少数才是非常丑陋的，早在千百年前，岛民的审美还是正常的，推崇着最美丽的人成为国王王后，而那些貌丑之人则备受压迫，一世为奴。

渐渐地，那些丑陋的奴隶忍受不住了，在一位智勇双全的首领带领下，揭竿起义，推翻了旧的政权，建立了新的法度，摇身一变，成为夜罗岛的主人，开始了漫长而强硬的统治。

他们选拔各种丑陋的人为官，将美丽的人打为奴隶，重新划分等级，灌输新的美丑观，一代又一代，斗转星移，潜移默化，最后终于达到彻底"洗脑"的结果，生生将整个夜罗岛的审美观完全扭曲，从此岛上以丑为美，以美为丑，是非颠倒，黑白不分。

就是这种匪夷所思的审美观与法度，害惨了流落夜罗岛的九渊与辛妍，他们因为"丑陋"的面容被打为奴隶，戴上脚镣，日复一日地干着苦力，千方百计也无法逃出生天。

说来简直是天大的讽刺，如果以九渊原本的面目出现，那他在夜罗岛至少能当上二品官员，荣升贵族，殊荣不尽，享尽荣华富贵，但命运恰恰喜欢捉弄人，九渊顶着敖玉的那张脸，一做就是几十年的奴隶。

其间他无数次想到过敖玉，他多么想将脸换回给他，他知道敖玉一定也很痛苦，说不定一直在心中痛斥他是不讲信用的小人，可他也没有办法，他根本逃不出夜罗岛，只能日日夜夜被心结反复折磨，不得解脱。

他也不知道该如何向辛妍说出真相，他们经历了那么多，他们在岛上相依为命，甚至都拜过天地成为夫妻，但一切始终太荒唐，荒唐得他无从讲起，也害怕讲起。

如果不是这次浮石镜搜寻到夜罗岛，神巫干姬赶去救出他们，恐怕这个秘密将长眠于世，与他日后一并入土。

但所幸，一切的一切在今天终于了结，两张错位的脸各自回归，回到了自己真正的主人身上。

抚摸着手下阔别几十年的面孔，九渊一时百感交集，潸然泪下，却颤抖着低下头，不敢面对辛妍。

所有人的注视中，那个昔日布春的仙子依旧美丽如初，眼含泪光，一步步走向自己的爱人，伸出手，温柔地捧起九渊的脸。

"你以为我们患难与共、生死相依了这么多年后，我还会在乎你长什么模样吗？外头的不过是个壳子，里面的你才是最重要的，只要你还是你，你还在我身边，这就够了。"

温柔而坚定的声音回荡着，九渊不敢相信地抬头，眼眶却也微微泛了红，敖玉的心弦亦是一动，扭头望向锦烟，眸光动情，这番话她也曾对他说过。

他和九渊都何其有幸，能遇上她和辛妍这样的女子。

只见辛妍捧着九渊的脸，含泪一笑，竟然踮起脚，轻轻吻上了他的唇，泪水伴随着深情的呢喃：

"因为，对我唱歌，为我写诗，陪伴我多年，打动我一颗心，让我真真切切爱上的你，不就站在我眼前吗？"

那也一定是九渊此生听过的最美的情话，美得像他曾经为辛妍唱过的《诗经》里的句子。

冬之夜，夏之日，百岁之后，归于其室。

如果深爱的人变了模样，变了身份，不再用曾经深情款款的那张脸对你微笑，你还能认出来吗？沧海桑田，今夕何夕，你能否透过外面的皮囊，触摸到里面的灵魂以及皮囊下的那颗心？

（七）那么，谁……又会之于她呢

浮生一场大梦，人世几番秋凉，这场多年的寻觅时至今日终是完满。

送走九渊辛妍后，敖玉也休养得差不多了，他想带着锦烟向神巫千姬告别。

他想带锦烟回西海，想给她一场最美的婚礼，他要执她之手，与她偕老。

神巫千姬直到这时才露出意味深长的笑容——

"三太子能走，锦烟却不能走。"

敖玉大惊，失声出口："为什么？"

"因为她已经是我的人了。"神巫千姬望了眼脸色煞白的锦烟，"她将以彩蝶原形，替我看守苍穹之顶的花圃三百年，这是我们达成的交易。"

"否则，你以为我为什么要那么辛苦地帮你找九渊？"

一番话将敖玉逼得连退几步，难以置信，他蓦地想起自己昏睡的那几天，有个声音一直在耳边啜泣，现在模糊忆起，那说的分明是："敖大哥，对不起，原谅锦烟不能陪着你了……"

难怪他醒来时她满脸泪痕，难怪她望向他的目光隐含深意，原来她竟是为了他交易了自己的三百年！

"你当真愿意留下来，同她一起看守花圃三百年？"

这一回，意外的倒是神巫千姬，她摩挲着怀中的浮石镜，微眯了双眼，望着眼前信誓旦旦的敖玉。

"是的，我愿意，她在哪里我便在哪里！"

敖玉神情坚定，义无反顾，不顾锦烟的劝阻，锦烟已听得泪流满面："敖大哥，你真傻！"

神巫千姬却笑了，目视着敖玉："你得想好了，锦烟三百年都是彩蝶原形，不能说话，不能变身，你忍得了寂寞？还会不离不弃吗？"

敖玉也跟着笑，却并不回答神巫千姬，只是扭过头，温柔地拂去了锦烟的泪水，他长睫微颤，俊美无双的面孔透着深深的情意。

"傻姑娘，当初我那样一张脸你都不离不弃，世上还会有人比你更傻吗？"

风掠长空，白雪纷飞，四目相对的两个人久久未动，仿佛天地间只剩下了彼此。

神巫千姬忽然放声大笑，拊掌长叹："好好好，小彩蝶，你没看错人，也不枉我平白设这场局……"

她摸索着浮石镜，在风雪中真心实意地笑道："恭喜你们，这便下山吧！"

漫天雪花纷飞中，敖玉与锦烟这才恍然大悟，双双对视间，如梦初醒。

原来这一切竟是神巫千姬的一场考验！

锦烟没有嫌弃敖玉的蛤蟆脸，敖玉也没有在乎锦烟三百年的彩蝶原形，说到底，真正爱一个人，壳子里面才是最重要的。

有什么比他在、她在，皑皑白雪，漫漫经年，他们陪伴着彼此更幸福的？

目送着敖玉与锦烟下山时，神巫千姬站在苍穹之顶，头一回感觉到了孑然一身的寂寞。

"小彩蝶，不经一番考验，又哪得满花圃的芬芳，有朝一日，你会感谢我的……"

她笑着，拂去了肩头的雪花，望向天边，久久未动。

世间是有那么一种感情，就像敖玉之于锦烟，九渊之于辛妍，能超越一切，温柔得无坚不摧。

那么，谁……又会之于她呢？

千魅洲之长乐

（一）

归长乐是个寂寞的皇后。

她最大的爱好就是酿酒，平素做得最多的一件事便是坐在轮椅上，穿过宫中长长的走廊，穿过后院竹林间的风，穿梭在独属于她一个人的小小酒庄里。

陪她一同寂寞的，除了窗外斑驳的竹影，天上高悬的明月，还有满满当当一个酒庄里，她亲手酿制的各种美酒。

当柔妃怀上龙裔的消息传遍宫中时，归长乐仍在酒庄里酿酒，韦子七站在她身旁，欲言又止："你……不难过吗？"

归长乐转动轮椅，倚窗而望，语气淡淡："不难过，左右挨一日过一日，旁人的事，与我有何相干？"

韦子七在家中排行老七，归长乐一直称他七郎，他们的相识，像足了民间的传奇话本。

一个是名不副实、深宫寂寂的皇后，一个是神出鬼没、飞檐走壁的游侠，最初的遇见，竟然是在地下酒窖的一个大缸前。

那里面酿制着归长乐的拿手绝技——"葵心白夜"，她当时算准日期下到酒窖，哪晓得有人比她捷足先登，偌大的酒缸空空如也，只地上躺着一人，紫衣华冠，俊眉秀目，却在睡梦中悠悠打了个酒嗝,端的一副醉死鬼的模样。

归长乐简直惊呆了,不知哪里冒出来的偷酒贼,竟然喝光了她一大缸"葵心白夜",还赖在酒缸旁烂醉如泥。

后来韦子七问归长乐,当初为什么没把他交出去。

归长乐有一搭没一搭地轻敲着轮椅:"宫里的日子已经这么乏味,好不容易见到个生人,虽然是个小贼,但好歹品位不赖,我为什么要交出去?"

末了,她又反问:"那你偷喝了酒后又为何不逃?"

韦子七唇角微扬:"骨头都醉酥了,哪还想着逃之夭夭,给我神仙也不当。"

说完,两个人相视一笑,空气中酒香弥漫,有什么不言而喻。

世上总有些人,无论认识得早和晚,注定就该成为知己。

酒中音,亦是尘中客。

有那么一段时间,虽然韦子七隔三岔五地就在酒庄出现,与归长乐品酒对弈,闲话生平,但他并不知道归长乐的身份,只当她是看管酒窖的宫人。

因为归长乐也没有否认,反而说自己叫阿沁,直到有一天,卫华泽的出现。

卫华泽是东穆年轻的帝王,他到酒庄来看望归长乐,还带了一束花。但紧接着没多久,柔妃就领人登门,当着归长乐的面踩碎了那束花。

躲在暗处的韦子七至今还记得柔妃那张娇美动人而又怨毒扭曲的面孔。

"好姐姐,你不是花粉过敏吗?陛下真大意,那妹妹就帮你处理吧。"

许是听到风声,晚上卫华泽又过来了,看着门口一地碎花,眸中满含歉意,抬头望向归长乐时却又是一副无可奈何的模样。

倒是归长乐早已习惯了，坐在轮椅上平静地与卫华泽对视："阿苏。"

她这样叫他，私底下她都这样叫他，不管经年故梦，不管中间发生了多少事情，在她心里，他永远都是她的阿苏。

她说："你以后别再做这种蠢事了，每次一个送，一个毁，累不累？我不缺花，不缺首饰，不缺绫罗绸缎，我什么都不缺，唯独缺的一样东西却是你不愿给的。"

院中竹影斑驳，月下风声飒飒，小小的酒庄刹那间静了下来。

许久，卫华泽才拂衣起身，徐徐说了一句："你别胡思乱想，朕改天再来看你。"

他远去的背影在夜色中显得那样寂寥，伶仃得似染了层凄色。

风过庭院，韦子七从暗处缓缓走出，停伫在了归长乐身后。

归长乐并未回头，仿佛知道韦子七在想什么，她只是幽幽道："你依然叫我阿沁就好。"

薄唇轻启间，一字一句，明明是轻描淡写的语气，吐出的却是石破天惊的真相——

"真正的归长乐早就死了，我不过借人嫁衣，顶个遮掩身份的名头罢了。"

（二）

当今丞相归汝荣有两个孙女，大孙女归长乐为皇后，二孙女归未央为柔妃，一家上下享尽殊荣。

但其实归家真正的大小姐早年便病逝了，如今的"归长乐"，在许多年前，不过是破庙里的一个小乞儿，那间后来被烧得一干二净的破庙，正是她与卫华泽初遇的地方。

韦子七大概不会相信，如今贵为东穆天子的卫华泽，曾有过一段饥寒交迫的"乞儿生涯"。

他九岁时母妃被人诬陷迫害，母家氏族尽皆株连，唯独他被死士护送出宫，本要去投靠他外公的旧部，途中却遭遇了当时许皇后派去的杀手，他不幸滚落山崖，昏厥多日，醒来时便已身在破庙，成了一名小乞儿。

是阿沁救了他，那时的阿沁还是个瘦弱的小姑娘，脏兮兮的脸上转着一双黑溜溜的眼睛，看人总是怯生生的，缩在破庙的角落里，像只可怜的小花猫。

她同一位老乞丐在山崖底下带回了卫华泽，他们起初都以为他挨不过去，没有大夫没有药材，每天喂他的那点儿稀粥都还是阿沁省下来的。

从苏醒，到休养，再到最后的完全康复，整个过程都是阿沁守着他。

他们睡在一张破席上，吃一份食物，卫华泽半夜发梦魇的时候，都是阿沁紧紧握住他的手，不住地安抚他。

"不，不要，不要抓我母亲……"

这是卫华泽噩梦中说得最多的一句话，日子久了，阿沁自然也察觉出他不是一般的人。

但那又有什么要紧的？阿沁转着黑溜溜的大眼睛，从来不会去追问卫华泽的过去，在她心里，他就是阿苏，是她救活的阿苏。

因为卫华泽的母妃是云苏人，所以他让阿沁叫他阿苏。

曾经高高在上的华泽皇子，隐于破庙，与一个叫阿沁的姑娘相依为命，那些前尘往事，就在年复一年的等待中渐渐埋葬。

直到七年后，有个人找到了他。

那个人，正是当时权倾朝野，与许皇后明争暗斗的丞相归汝荣。

他再三确认了卫华泽的身份后，仰天长笑："天助老夫，天助老夫也，你就是我扳倒那贱妇最好的一把利器！"

（三）

九岁流落民间，十六岁被寻回宫，卫华泽以皇室遗孤的身份

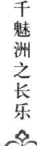

归来,在丞相归汝荣的一手主持下,那桩多年前的旧案终于沉冤得雪,许皇后行迹败露,被震怒的卫帝打入死牢,许氏一党彻底倒台。

四年后,卫帝驾崩,卫华泽被归汝荣扶上天子宝座,却不过只是他手中的傀儡皇帝,处处受到牵制。

就像当初火烧破庙,将庙中乞丐尽皆灭口时一样,卫华泽完全没有资格说不,他只能拼尽全力保下了阿沁。

是的,一场大火烧光了一切,唯一活下来的便是阿沁。

卫华泽将她带进宫,牵着她的手说:"没事了,一切都过去了,我会让你过上好日子,不会再让你吃苦了,我们会有自己的一个家……"

家?阿沁呢喃着,脸上的泪痕还未干,她才亲眼见证了一场人间地狱,在她心里,那间栖身的破庙就是她和阿苏曾经的家。

可是那里被烧了,那些像亲人一般的大小乞丐全部葬身火海,他们还会有家吗?

阿沁不知道,也就从那一天起,她像被关进笼中的小鸟,身不由己,开始踏上了一条漫漫长路。

登位后,在安置阿沁的问题上,卫华泽是前所未有地坚持,他要立她为后,决不让步。

归汝荣怒不可遏,却还不到和卫华泽撕破脸皮的时候,所以几经周旋,他们各退一步,采用了一个折中的法子,达成了一份不可告人的协议。

一是阿沁要顶着归家早死的大小姐归长乐之名为后,从此世上再没有一个叫阿沁的乞丐姑娘。

二是立后的同时,必须得让归家的二小姐归未央进宫为妃,且地位与皇后平起平坐。

第三条,卫华泽一开始并没有告诉阿沁,但很快,阿沁就在撕心裂肺的痛苦中知道了。

那时她和卫华泽刚刚大婚，卫华泽抱着她说了好多好多的话，他们心跳挨着心跳，感受着彼此的气息。

"阿苏，我觉得我们现在终于有了家，以后家里还会有我们的孩子，孩子一多，那样家就更像家了，你说是不是？"

阿沁依偎在卫华泽怀里，手指缠绕着发丝，声音轻轻，却又满怀憧憬，憧憬得眼角眉梢都藏不住笑意。

卫华泽没吭声，只是搂紧她，重重地点头，却有什么落在她耳后，温热了一下，她抬头望去，沉沉黑暗中看不清卫华泽的脸，只能感受到他氤氲的呼吸。

他的声音低沉模糊，像从天边传来："我们会有家的，安心睡吧，会有家的……"

后来阿沁在一遍遍的回想中，蓦然明白，那落在她耳后的应该是泪，滚烫而无声的泪。

她的美梦只做了一夜，当天边既白时，宫人送来了一碗药，一碗黑如墨汁的药。

她从没有那么绝望害怕过，她拼命地挣扎，拼命地哭喊，她不顾一切地求他："我不想喝，阿苏我不想喝，我想要孩子，我想要家……"

可卫华泽毫无所动，他只是紧紧捏住她的下巴，眼含泪光，强行将那碗药全部灌入了她嘴里。

"啪"的一声，空空的药碗被砸了出去，一地碎瓷，她也跌落在床，像个再也不会动的木偶娃娃。

她终于知道第三个交换条件是什么了。

她再也无法生育，她终生都失去了做母亲的能力，她这辈子也不可能拥有一个完整的家了。

卫华泽在身后拥住她，泪流不止，痛彻心扉的声音在她耳边响起：

"那老贼太精明，他说绝不允许一个小乞儿生下龙裔，太子只

能由他归家真正的孙女诞下,我不想失去你,我别无办法,阿沁你别怪我……"

(四)

"这个男人太自私了。"

韦子七当时听得直摇头,坐在轮椅上的归长乐却笑了笑:"是,他是很自私,但我没有怪过他,因为我知道,我的阿苏也很可怜。"

是啊,堂堂七尺男儿哭得像个孩子,抱住她怎么也不肯撒手。

"你打我吧,你骂我吧,可我真的不想失去你。我从小到大经历得太多,我如履薄冰走到今天这一步,我已经没有亲人,我谁也不相信,谁也不在乎,只有你,唯一能给我温暖的就只有你了。这深宫太可怕,你别扔下我一个人,你等等我,等我强大起来,我会给你一个真正的家的……"

月影摇曳,风吹庭院,韦子七在归长乐的回忆中无限唏嘘,却忽然像想起什么,紧盯住她的双腿,神情古怪:

"你别跟我说这双腿也是他打断的,为了防止你逃跑?"

归长乐脸色苍白,发丝在风中飞扬,她摇了摇头,握紧轮椅幽幽开口:"不,这双腿断是我自己造成的,因为我后来的确逃了,但没逃掉,代价便是付出一双腿。"

丰德二十九年,皇家狩猎场上,阿沁想要逃走。

她已经忍受不住了,皇宫就像个困住她的大铁笼,她处处受到束缚,受到暗害,那个她名义上的"妹妹"柔妃,更是天天巴不得她死掉,她常常从噩梦中惊醒,再没睡过一天好觉。

而她曾经相依为命的阿苏也仿佛渐行渐远,他不再是破庙里的小乞儿,他是东穆天子卫华泽,他要做的事情太多了,他要暗中培植势力,要丰满羽翼,要斗倒丞相归汝荣,他要再不受人牵制,要做到真正君临天下。

但这些,通通不是阿沁想要的,她怀念曾经与阿苏待过七年的那间破庙,但阿苏已经变成卫帝了,他给她送金银首饰,送绫罗绸缎,可他根本不知道她到底想要什么,他只是一味地将她捆绑在他身边,丝毫不顾及她的感受。

自由,阿沁想要自由,她怀念宫墙外无拘无束的风,她要逃。

终于,丰德二十九年,在皇家狩猎场上,她找到了机会,她半夜偷偷出了帷帐,骑上了暗中备好的马匹。

可天意弄人,那是匹疯马,不仅没带她逃出去,反而横冲直撞,惊动了所有人。

最可怕的是柔妃先发现了她,她命侍卫将她团团围住,狠厉地一笑,竟是要趁卫华泽还未赶来,将错就错,将她当作刺客当场射杀。

她受惊之中摔下了马,摔断了一双腿,却捡回了一条命,躲过了致命的一箭。

后来的记忆就变得模糊了,整个世界都是血淋淋的,她被人抱起,昏沉中只听到卫华泽的嘶声凄唤:"让开,全部给朕让开!太医,太医在哪里……"

回宫后,卫华泽替她请了最好的名医,用了最昂贵的药材,养伤的日子里,柔妃一反常态,许是心虚,竟然天天来看她。

但她的腿时好时坏,反反复复,一直没能痊愈,直到查来查去,终于查到了根源——

居然是柔妃每天佩带的香囊,那里面装着南疆奇香,有安神之效,但如果人身上有伤口,那香便是致命毒药,它能使患处一直溃烂,伤口反反复复,怎样也无法愈合!

多么毒辣的招数,阿沁简直想都不敢想,彻底崩溃中才霍然明白,为什么柔妃会一反常态,每天都过来看她,那哪里是什么好意?她不过是在一天天毒害她!

可是等到发现时已经晚了,她一双腿彻底废掉了,她在卫华泽怀里哭得几近昏厥,她不停地喊他:"阿苏,阿苏……"

但卫华泽唯一能做的只有抱紧她,再抱紧她,像以往无数次一样,无论柔妃对她做了什么,他都无能为力,只能将恨与泪水吞进肚里,一次次咬牙哽咽地对她道:

"等等朕,你再等等朕,等朕再强大一些,朕不会再让任何人伤害你……"

她不知道那一天何时会到来,但她从来没有怪过他,即使怎样痛不欲生,怎样想要逃离,因为她知道,她的阿苏太苦了,他的痛苦一点儿也不比她少。

坐上轮椅后,她心如死灰,也不再想逃了,每天如行尸走肉般活着。

所幸在不久后,她渐渐找到了得以寄托余生的爱好——

酿酒。

对,远离纷争,在皇宫深处,卫华泽为她建的小小酒庄里,独自酿制各种各样的美酒,享受一个人的宁静。

她的性子也渐渐变了,或者说是曾经的阿沁已经死去,留下的只有那个不会笑、不会说话、目光幽幽、心如枯槁的皇后归长乐。

既然逃不出困住她的牢笼,那么余生,她只想与酒打交道,再不问世事。

只是每当卫华泽来看她时,她望着他瘦削的脸孔与疲惫的笑容,心都会隐隐作痛。

"阿苏。"她依然如此唤他,她的一生已然毁掉,这辈子她只期盼他能得偿所愿,君临天下,再不受制于人。

(五)

知晓归长乐的前尘往事后,韦子七再来找她时,问了她一句话:"阿沁,想不想尝尝天空的味道?"

那真是一段奇妙的体验，归长乐从未想过此生断了一双腿的她，还能享受到那种海阔天空的感觉。

韦子七开始背着她在夜色中穿梭，他用绝佳的轻功带她飞过竹林，飞过月下，清风迎面拂来，掠过她的衣袂发梢。她兴奋得差点儿忍不住尖叫，那是种前所未有的体会，挣脱了一切束缚，自由自在，无拘无束。

天空的味道太好，他们开始隔三岔五地"飞"，避过人烟，避过侍卫，寻一僻静之处，对风对月，对坐饮酒。

那真是无比快乐的一段时光，韦子七是个潇洒的游侠，亦是个风雅之人，平生去过无数地方，看过无数风景，讲起当地的趣闻来头头是道，听得归长乐羡慕不已，心向往之。

他们还谈论酒中之道，两个人都是个中好手，其中韦子七最爱归长乐独创的"葵心白夜"，他说他走过那么多地方，从没喝过这么让人回味悠长的酒。

归长乐笑了，漆黑的一双眼亮晶晶的，仿佛又变回了从前无忧无虑的阿沁。

"'葵心白夜'最适合在明月夜饮，今夜月皎皎，我且敬你一杯，祝你做个酒中仙，日日醉酥骨头。"

韦子七哈哈大笑，宽袖一拂，举杯回敬，却只说了意味深长的一句："我也祝你，祝你有朝一日重新做回阿沁。"

归长乐一愣，望着月下韦子七的深深目光，心头蓦然明白过来，一片温暖柔柔泛开，却抵不住渐渐涌起的苦涩，今夕何夕，面目全非，物是人不再。

她摇摇头，终是仰首一饮而尽，咽下了杯中酒，也咽下了眼角一抹波光。

也许老天无心无情，从来见不得世人多快乐一点儿，柔妃怀上龙裔的消息不久就传来了，韦子七在酒庄里问归长乐难不难过，归

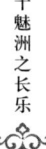

长乐嘴上说不难过,夜半三更时却莫名惊醒,伸手抚上脸颊,只摸到一手的泪。

外头冷风拍着窗棂,她在无边的黑暗中瑟缩着身子,一点点抱住膝头,散下的长发裹住全身,她忽然埋下头,眼泪就那样仓皇而落——

"阿苏,如果我们能有孩子,无论男女,都一定生得很漂亮,你说是不是?"

她声音嘶哑,每一个字都吐得极其艰难,像踩在刀尖上,一步又一步,痛得她脸色惨白。

夜风拂过庭院,月下紫影闪现,风中仿佛传来一声虚无缥缈的叹息,而屋中人却全无知晓。

当柔妃来了一趟酒庄,回去后就上吐下泻,指控归长乐有意谋害龙裔时,归长乐并无吃惊,她只是对前来"兴师问罪"的卫华泽否认了,然后很平静地听他对她道:

"柔妃不肯罢休,归相今早也在朝堂连奏三折,只怕这酒庄你是待不了了……"

卫华泽说这话时,小心翼翼地看了看归长乐的神色,见她眸光沉静,一言不发,反而慌了:"去冷宫面壁思过只是权宜之计,朕早晚会接你出来的,你且耐心等等,朕……"

"阿苏。"归长乐忽然开口打断,定定地望着卫华泽,许久,她温柔一笑,"阿苏,冷宫里有酒吗?"

卫华泽一愣,尔后反应过来,万般滋味涌上心头,他不住点头,水雾模糊了眼前:"朕就知道,就知道你永远不会怪朕……"

卫华泽走后,韦子七满脸愤愤地现身,还来不及开口,归长乐已经对他扬了扬唇角:"这里可能要被封了,只好暂时委屈你这酒中仙了,等我出来再给你酿'葵心白夜',好不好?"

面对归长乐一开口就露出的笑脸,韦子七反而说不出一句反驳的话了,他只是悻悻地垂下长睫,喉头微动。

"如果你想走,我愿意带你离开。"

不知是没听清还是什么,归长乐笑了笑,转过轮椅,过堂风一吹,衣袂飞扬,屋外竹影婆娑。

(六)

归长乐被幽禁在了冷宫,也不知韦子七武功究竟有多高,居然能神通广大地避开所有人,出现在冷宫,时不时地来看她。

他对她恨铁不成钢:"你到底还在眷恋些什么?"

归长乐不回答,永远只是笑,被问急了就小女孩般地撒娇:"带酒了吗?这里宫人带来的实在难以下咽,你快去我的酒庄偷点儿过来,可馋死我了。"

韦子七又气又无奈,跺跺脚,回头一拂袖,闪身就消失在了无边夜色中。

等到人走远,归长乐脸上的笑容才会慢慢退去,只剩下满眼的悲凉。

不是她不想走,也不是她不明白他的情意,而是物是人非,她已经没有力气再去爱一次,她胸膛中跳动的心脏已经枯死,从前那个阿沁回不来了,她余生只可能是归长乐了。

如果不是"废后"的消息传入冷宫,日子也许还要这样一直挨下去。

看来这么多年卫华泽步步为营,依然没能压过归家,此时顺应归相提出的"废旧后,立新后",是示好,也是明智之举,只是他弃车保帅,终究……抛弃了归长乐。

冷宫里,坐在轮椅上的归长乐脸色苍白,她轻轻拂去泪水,仍然望着蹲在她身前的韦子七笑。

"从柔妃怀上龙裔的那一天起我就知道,她是再也容不得我了,阿苏保了我这么多年,已经很不容易了……"

韦子七头一回红了双眼,双手抓紧轮椅凑近归长乐,喉头哽咽:"你会死掉的,再留下来……"

他们都心知肚明,她这个冷宫里的废后,迟早会在某一天悄无声息地"暴毙",然后草草拖出去葬了——

因为唯一能保她的那个人,已经放弃她了。

韦子七忽然激动起来,不管不顾地按住归长乐的肩头,语带殷切:"如果你愿意,我可以随时带你走,天高海阔,山清水秀,去哪儿都成。就像我们曾经说过的一样,看遍天下的美景,吃遍天下的美食,喝遍天下的美酒;我来做你的一双腿,一辈子照顾你,好不好?"

声音回荡在半夜的冷宫里,周遭死寂中,一番话显得格外撼人心魄,归长乐震住了,她久久地望着韦子七,直到眼眶温热,有什么怆然而下,他猝不及防地一把将她拉入了怀中。

那些在岁月长河中渐渐湮灭的情愫,那些压在心底再也忍不住的眼泪,此刻终于汹涌不止,春雨般打湿了眼前人的紫裳。

如冰雪消融,胸膛里枯死的那颗心,仿佛在这一刻又活了过来。

立后大典这就开始筹备,到时冷宫守卫会松懈许多,归长乐和韦子七约定好,就在那一天逃出皇宫。

其间卫华泽来看过归长乐一次,他似乎很疲惫,环住她的腰,将脑袋埋在她怀里,一句话也不说。

归长乐轻轻抚着他的黑发,语气中不自觉地就带了悲悯,与一丝难以察觉的离别之伤:"阿苏,你要保重身体……"

她自顾自地说着话,一遍遍地叫他名字,直到眸中泪光闪烁,声音差点儿哽咽。

卫华泽仿佛浑然未觉,只是环住纤腰的双手又紧了紧,他眯眼打量着偌大的宫殿,并未出声,深不见底的眸光中,似乎在虚空里搜寻些什么。

临走前卫华泽说了一句没头没脑的话："你知道吗？归长乐会死，但阿沁会生。"

彼时归长乐愣住了，尚不明白这句话的意思，但在半个月后的立后大典上，她终于明白过来。

她没有等到韦子七，而是等到了凯旋的卫华泽。

（七）

三朝丞相归汝荣，他至死也不敢相信，自己怎么就会败在一个黄毛小子的手里？

"阿沁，我成功了，我成功了……"

这声久违的称呼在冷宫里骤然响起，卫华泽抛去宝剑，一把抱起轮椅上的归长乐，又哭又笑，像个苦尽甘来的孩子一般。

他殚精竭虑，与虎谋皮，一步步走到今天，这场大戏终于可以收网！

一切的一切，不过是一场局，一场瓮中捉鳖的局。

这些年卫华泽隐忍不发，暗中培植势力，小心谋划，一直装得很好，让归汝荣放松警惕，以为他只是个懦弱无能的傀儡皇帝。但其实，他多年来一直在布一张网，只等着时机成熟，在防不胜防的时刻抓住网里的"老乌龟"，一击即中！

他假意幽禁归长乐，假意废后，假意立柔妃为新后……这每一步棋都是为了最后的"将军"，他早已强大，早已羽翼丰满，立后大典上，他一脚踢翻案几，如一个信号般，埋伏好的人马鱼贯而出，杀了归氏一党一个措手不及。

他拔出宝剑，在所有人面前亲手杀死"老乌龟"，而归家其他人全部被打入死牢，包括身怀龙裔的柔妃，整个归家被连根拔起，寸草不留！

曾经的羸弱少年，早已成长为一个君王真正该有的样子，狠绝、果敢、不留余地……却陌生得让归长乐感到害怕。

她听到他在耳边说:"很快冷宫也会失火,传出废后长乐葬身火海的死讯,到那时,世间再无归长乐,只有朕的阿沁……"

归长乐会死,但阿沁会生,他要让她以真正的身份再度为后,陪着他君临天下,携手荣华。

归家被满门抄斩的一天,卫华泽极其兴奋,他命人抬来了一坛美酒,要与阿沁好好庆祝一番。

那酒叫"狐离",酒色澄清,香味四溢,酒中还浸泡着一具狐狸骨头,是真真的酒如其名。

阿沁从未喝过这种酒,她觉得有些辣,只被卫华泽劝下几杯就辣出了眼泪,眼泪滴在酒水里,微微漾开,依稀勾勒出一袭模糊不清的紫裳。

阿沁醉了,醉得脸颊酡红,她倒在卫华泽怀里,听到他说:"日子定在下个月,不是皇帝立后,而是阿苏迎娶阿沁,给阿沁一个家。"

阿沁怔了怔,许久,捂住脸,泪如雨下。

她终于做回了阿沁,可她一点儿也不开心,因为她知道,有个人不会再回来了。

(八)

立后大典前一夜,阿沁主动邀卫华泽饮酒,要他尝尝她的独门绝技——"葵心白夜"。

卫华泽很高兴,酒过三巡,阿沁轻晃酒杯,忽然聊起了酒的做法:"葵心、白芷、蜜露……原材料都是来自襄山,那真是一个好地方,陛下说是不是?"

卫华泽醉眼蒙眬地点了点头,阿沁语气淡淡,继续道:"所以陛下请的法师也是襄山的,法力无边,能捉住千年紫狐,夺其性命，对不对？"

轻描淡写的一句话，却让卫华泽双眼蓦睁，一下子坐了起来，如冷水浇头，他与阿沁四目相对，呼吸急促："你……你都知道了？"

直到这时，阿沁脸上的笑容才缓缓退去，泪光一点点涌起，她感到胸口极闷，应该是毒性发作了。

"是，我都查清了，所以才会邀陛下共饮这最后的'葵心白夜'。"

话一出，卫华泽立刻变了脸色："这酒里有毒，你要替他报仇是不是？"

仇，该从哪里说起呢？

就从韦子七没来赴约的那天吧，他不是失信了，而是被埋伏好的法师困在了阵法中，擒了个正着。

那一天，卫华泽大获全胜，他不仅斩了个老乌龟，还抓了只千年紫尾狐。

对，便是紫尾狐，韦子七，七紫尾，他在家中排行老七，其他兄弟姐妹都唤他七郎。

他不是什么神出鬼没的游侠，不是什么轻功绝佳的高手，他之所以能一次次自由出入皇宫，能一次次背着阿沁飞过月下，只因为他根本不是人，他是一只千年紫尾狐。

是从什么时候开始发现这个秘密的呢？韦子七大概不会知道，阿沁很早以前就知道他的身份了。

他们有一次月下饮酒，他喝得酩酊大醉，不慎露出了真面目，平素穿的一袭紫裳幻作一身皮毛，两只泛着荧光的紫耳"嗖"地冒出，屁股后面还晃起一条毛茸茸的紫色狐尾。

老实说，阿沁第一次见到的时候，当真吓了一跳，她不动声色，后来回去翻遍古籍才查到——

世有紫尾狐，姣容貌，性纯良，好杯中物，四处游历不倦。

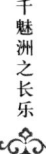

捧着古籍，阿沁会心一笑，虽然发现了韦子七的真实身份，但她并未害怕，狐也好，人也好，一颗心向善，又有何不同？

后来的她更是一次次被他打动，她枯萎的心重新活了过来，她想要和他去看看外面的世界，和他过另一种新生活。

但他再也不会回来，因为她在那坛名唤"狐离"的酒中，看见了他的尸骨——

澄清的酒水中泛着微微的紫光，他就真的醉倒在那里，像他们初见时说的一样，把骨头都醉酥了。

狐离，狐离，那个一袭紫裳的韦七郎，永远离开了她。

而她也永不会知道，那夜月下对饮，"葵心白夜"弥漫的酒香中，他说他走过那么多地方，从没喝过这么让人回味悠长的酒，后面其实还有半句——

也从没喝过这么适合与心爱之人共饮的酒。

阿沁死在卫华泽的怀中，盛酒的是把阴阳子母壶，她喝了有毒的一边，却给卫华泽倒了没毒的另一边。

可见旧时光是个多么温柔的美人，即使伤痕累累，面目全非，她也难生怨怼，更加舍不得毒害她的阿苏。

只是她欠另一个人的，怎么也该还了。

卫华泽的嘶声恸哭中，阿沁嘴角漫出鲜血，目光渐渐涣散，她仿佛在虚空中看见一袭紫裳，唇含浅笑，徐徐向她走来——

我们看遍天下的美景，吃遍天下的美食，喝遍天下的美酒；我来做你的一双腿，一辈子照顾你，好不好？

千魅洲之岁慈

楔子

沅水之畔,一道倩影划舟而来,徐徐漾开了朦胧晨雾。

涉水前来拜访神巫一族的客人叫岁慈,她是个温婉柔美的女子,脸色苍白,眼神却很坚定。

"原来是岁慈姑娘,别来无恙。"

神巫族的长老拄着拐杖,在岸边迎下了衣袂飞扬的岁慈。

岁慈曾于神巫一族有恩,得其族一诺,此刻她划舟出现,长老大概明白,当是神巫一族兑现承诺的时候了。

只是不知她为何而来。

茶香缭绕中,岁慈望着长老轻轻一笑:"我身中奇毒,至多还有三个月的命。"

长老沏茶的手一顿,有些愕然地抬头:"岁慈姑娘想续命?这恐怕……"

"不,不是续命。"岁慈摇了摇头,望着袅袅升起的白雾,一双清柔的眼眸若有所思,却又含着说不出来的隐隐哀伤。

许久,她长睫微颤,望向长老莞尔一笑,放柔了目光:"我是为他而来。"

跋山涉水,为他而来。

（一）

岁慈第一次遇见衡，是在漓城郊外的河边。

她是怀安郡主的婢女，郡主好玩，每到春暖花开，就领着浩浩荡荡的一群人在此扎营狩猎。

郡王府的渔网材质特殊，分撒在沿河各处，只要一有动静，上面的铃铛就会响个不停，显示猎物落网。

当岁慈闻声赶去时，她万万没想到，网里困住的竟是一个人，不，确切地说，是一个鱼人——

和她年纪相仿的少年，一头银发，肤色雪白，漂亮的五官在阳光下熠熠生辉，下身却是一条修长的银色鱼尾，片片鱼鳞泛着柔和的光芒，美得纯粹而惊艳。

少年在网中挣扎，慌张而不安，漆黑的眼眸警惕地望着岁慈，岁慈一个激灵，这才反应过来：

"你……你是……赤羽鱼人？"

赤羽鱼人存于北陆南疆的传说中，真正见过的人少之又少。他们是上古就繁衍下来的灵兽，天生貌美，银尾红翼，既能在水陆中生活，亦能张开一对红色的翅膀，翱翔于天际。

但在许多年前，赤羽鱼人一族不知为何触犯了神灵，被永久剥夺了翅膀，从此再也不能飞翔于蓝天白云间，偌大的家族也迅速衰败。

如今为数不多的赤羽鱼人被抓住的下场，便是供达官贵族豢养赏玩，终身不得自由。

想到"自由"二字，又恰对上少年惊慌绝望的眼眸，岁慈心头一动，鬼使神差地就把网绳解开，冲网中的少年低声道："快……快走吧！"

少年感激地望了她一眼，银光一闪，水花四溅中，已消失不见。

岁慈松了口气，一个声音却陡然在身后响起："你这贱婢，好大的胆子，竟敢私放本郡主的猎物！"

回头一看，竟是领着人正好赶来的怀安郡主，以及她身旁云衫翩翩、面如冠玉的邻国质子，谢长夜。

岁慈脑子一蒙，第一反应不是去管郡主，而是紧张地看向谢长夜，那双狭长的眼眸依旧波澜不惊，只是眼角微挑着，含了一丝不易察觉的愠怒。

岁慈身子一颤，坏了，她知道，她又给公子添麻烦了。

私放猎物的下场就是怀安郡主的几个耳光，外加饿着肚子罚跪一夜。

谢长夜悄悄出来看了她一次，给她带了点儿吃食，还抿紧唇扔了个小药瓶给她，示意她敷在脸上红肿的地方。

岁慈小心翼翼地接过，不敢去看谢长夜，倒是谢长夜幽幽一叹，问道："我们离开陈国几年了？"

文盛武衰的陈国，是他们心心念念的故土，谢长夜是陈国皇子，十三岁时就被送到南诏为质子，岁慈六岁就跟在他身旁，后辗转安插进了郡王府，如今粗粗算来，不知不觉间，已经八年了。

"阿慈，你还想回陈国吗？"

谢长夜眸光深邃，看得岁慈越发愧疚，那一字一句沉重得就像压在她心口一般。

"如履薄冰地走到今天，大事在即，一步都错不得，你的仁慈只会是多余的累赘，对我们回到陈国没有任何帮助，你明白吗？"

直到谢长夜拂袖而去许久后，那些话仍萦绕在岁慈耳畔，她跪得手脚发麻，风吹发梢，不防间被一只湿漉漉的手搭在了肩膀上。

赫然抬头，岁慈还来不及出声，已惊诧发现——竟是白日里她放走的那个少年！

他已化出了人形，十四五岁的模样，穿着一袭银白相间的衣裳，长发如瀑，雪白的面庞在月下泛着柔和的光芒。

公子的话还回荡在耳畔，岁慈下意识地绷紧了弦，准备一有异动就立刻开口喊人，绝不再心慈手软。

但她没想到的是，下一瞬，少年竟然摊开手心，冲她一笑："送给你。"

岁慈愣住了。

那是一条银链，在月下闪闪发光，看起来就像是工匠用心打造的饰品，但实际上，岁慈细细辨出，那不过是少年用一根发丝穿起来的鱼鳞，美得浑然天成。

已经很久没有人送过她礼物了，岁慈颤着手接过银链，再看向少年真诚的眼眸时，忽然觉得，身上的酸痛一刹那都消失了。

天地间静悄悄的，安详得像个梦。

（二）

少年叫衡，许是没有伙伴，寂寞了太久，在接下来的半个月里，他开始时常在深夜来找岁慈，悄无声息地没让任何人发现。

岁慈也渐渐习惯了衡的"相扰"，她发现和他在一起很舒服，赤羽鱼人的心思非常单纯，他们虽然聪慧，但不会去算计，许多心里话也能尽数倾诉。

衡告诉岁慈自己的经历，岁慈也会提起在陈国时发生的趣事，他们躺在草丛里，望着满天繁星，说到这辈子最大的希冀时，竟然同时沉默了。

还是岁慈先开了口，她满怀憧憬："自由，我想要自由，想和公子回到陈国，想……"

想永远陪在公子身边……后面半句岁慈不好意思说了，伸手去推衡催他说，衡躲不过，笑吟吟的眸子望着夜空，才终于轻轻开口："天空。"

他说，他一直向往着头上的那片天，在很久以前，他们的族人还是能够飞翔的，能够张开漂亮的羽翼，穿梭在云雾里，无拘无束……

　　高高在上的神灵可以折断他们的翅膀，却无法折断他们心中最纯净的信仰。

　　这种信仰是刻在骨髓里、融在血液中，至死也不会磨灭的。

　　郡王府开始拔营启程，岁慈却找不到衡了。

　　那一夜，衡对天空的执着震撼了她，她原本绣了一对翅膀想送给衡，衡却不辞而别了。

　　回去后的岁慈还怅然了好一阵子，但那时的她并不知道，衡不是不告而别，而是被她家公子一箭射中了肩头，负伤而逃。

　　到底还是被谢长夜发现了，他不动声色地跟上前，看着他们躺在星野下，亲密无间，像重逢的青梅竹马一样，说着各自最大的希冀。

　　这画面让谢长夜觉得很刺眼，他好像从没见过岁慈这样无所顾忌地笑过，她在他面前永远是温顺的姿态，即便他们同甘共苦了这么多年。

　　他深吸了口气，莫名地有些烦躁，但还是耐着性子听了下去。

　　希冀吗？一个要自由，一个要天空，那么他呢？

　　狭长的眸中闪过一丝杀机，谢长夜缓缓握紧了双拳。

　　他要的，自然是一步一步，攀上皇权的最顶峰，不再屈服于任何人，包括狠心将他送来当质子的陈国国王！

　　于是，在又一个深夜，谢长夜手持弓箭，早早守在暗处，还没等到岁慈赶来赴约，他就抢先一箭射中了衡，衡仓皇间与他对望一眼，负伤而逃。

　　岁慈的生命中就这样没有了衡。

　　她想，也许他去寻找自己的天空了，而她，要走的路还很长，长到一片茫然，看不见自由在哪里。

　　尤其是谢长夜和怀安郡主订婚的消息传来时，岁慈如五雷轰顶，身子摇摇欲坠。

但她很快掩住脸，告诉自己，这一切都在公子的计划中，难道不应该高兴吗？

（三）

婚事这便筹办起来，郡王府地位显赫，彩礼都置办了一年多，等到岁慈再次和衡相遇时，却是在南诏最大的奇珍异宝贩卖街市。

她从没想过，他们的再次相遇，会是在这种地方，这种情景下——

那个一头银发的少年，蜷缩着身子，伤痕累累，被关在一个大笼子里，作为奇珍异兽公开贩卖！

围观的百姓指指点点，有"识货"的人已经开始出价了，价钱一波比一波叫得高。

笼中的衡颤抖着，漆黑的眼眸里透着深深的绝望，他仰头看着天空，饱含悲怆，眼角分明滑下一行泪，晶莹地破碎在地上。

岁慈再也忍不住，拨开人群，叫出了一个没有人押得起的数字！

满场顿寂，齐刷刷射来的目光中，岁慈却视而不见，只紧紧贴在铁笼外，伸出手，红了双眼："衡，是我，是我……"

笼中的少年一颤，周遭仿佛都不存在了，只有他们四目相接，泪光闪烁，从彼此的眼中读到了只有对方明白的东西。

"你还是……没有找到你的天空吗？"

救出衡后，岁慈将他安置在了一家客栈，等到衡沐浴完，上好药换好衣裳后，开始向岁慈讲述起了分别后的经历。

直到这时，岁慈才知道当年衡不告而别的原因是什么，一时间只觉五味杂陈。

衡却似乎不太介意谢长夜伤他的那一箭，反而不住宽慰内疚不已的岁慈，末了，有些犹豫地道："你家公子貌似待你不好……"

他当年养好伤后，循着岁慈的气息一路寻去，直跟到了郡王府，却发现郡主刁蛮歹毒，对侍女非打即骂，有一次甚至当着谢长夜的面，故意寻事地掌掴岁慈，而谢长夜只是在一旁看着，淡漠得连眼皮都懒得抬起。

衡又气又急，本想悄悄带走岁慈，却不料被人发现，他一头银发实在显眼，抓住他的人瞧出他赤羽鱼人的身份，反将他囚于笼中，当街贩卖。

这段时日他千方百计地想逃走，吃了不少苦，可即便是这样，如今他望向岁慈的一双眼眸依旧干净纯粹，未有半点儿怨怼，反而是情真意切的关怀。

岁慈心中感动酸楚，低下头："不怪公子，他……也是很苦的。"

太多东西不能向衡言明，有衡这样的关切，岁慈已经觉得很温暖了。

守着衡睡着后，岁慈赶紧出了客栈，她知道，回到郡王府后等待她的是什么。

自从有一次她去给公子密送情报，不小心被郡主撞破后，郡主只当她倾慕谢长夜，私会勾引，便开始处处针对她。

她有苦难言，此番来这街市，也是因为郡主嫌普通饰品俗气，差她来淘些珍宝，若完不成任务，回去少不了又是一顿鞭子。

但为了救衡，她一掷千金，哪还有钱去买珍宝，只能随便选支簪子对付过去。

果然，回去后，面对她呈上的那支平平无奇的簪子，郡主勃然大怒，狠狠教训了她一番，叫她躺在床上仍旧浑身酸痛，冷汗直流。

却是半夜时分，一道身影如鬼魅般摸了进来，坐在她的床头，一手捂住了她的嘴。

那是她万分熟悉的气息,她家公子,谢长夜。

微凉的指尖滑过她背上的鞭伤,她颤了颤,那只手便徐徐收了回去,耳边只响起意味不明的叹息:"三年,至多三年,再等等……"

等?等什么?

一颗跳动的心莫名有了期待,岁慈大气也不敢出一声,黑暗中,谢长夜就那样静静地坐在床头,不知在想些什么。

外头有风轻轻拍着窗棂,暖炉里云烟缭绕,一室静谧。

修长的手指卷过岁慈的长发,不知过了多久,谢长夜终是起身,一拂袖,依旧扔了个小药瓶给岁慈,语气也恢复了一贯的淡漠,将几道指令吩咐下去,只是临走前却话锋一转:

"你究竟将那钱用到了何处?"

岁慈一怔,嗫嚅着:"就是……就是那支簪子……"

眸光陡厉,谢长夜冷冷一哼,也不再多说,径直拂袖而去。

(四)

衡再一次消失在了岁慈的生命中,任她如何寻也找寻不到。

与此同时,在郡主大婚前,他们一行人去了一趟陈国,为谢长夜的父皇贺寿。

那是岁慈阔别十年后再次踏上故乡的土地,她闻着风中陈国特产的兰芷花香,几欲泪流。

但她知道,这次回来还不算真正地归乡,公子要抓紧时间做的事情有很多,她也带着艰巨的任务,那就是——

在寿宴上刺杀怀安郡主,将责任嫁祸给陈国国王!

是的,没有人会相信,外表看似柔弱的岁慈,却是深藏不露的杀手。

她确信能做到全身而退,但行动前,谢长夜却忽然问她:"如果不能全身而退呢?"

岁慈愣了愣，谢长夜一拂袖，眸中闪过一丝决绝，声音陡厉："如果失败了，你将是颗弃子，没有人会保你，你只能自生自灭，明白吗？"

　　她低下头，努力平复气息："是，公子。"

　　那夜的计划果然出现了点儿偏差，岁慈连宴席都没能挨近，半路便叫人拦截了下来。

　　那个身影从水里跃出，在一片黑暗间，不由分说地抱住她潜入湖底，她在触手间摸到光滑的鱼鳞时，倏然停止了挣扎，欣喜地顿悟过来——

　　是衡，是消失了许久的衡！

　　果然，当衡带着她浮出水面时，她在月下又见到了那张漂亮而干净的脸，却还来不及开口，衡已经对她急声道：

　　"你别去刺杀陈国国王，你家公子存心让你去送死的！"

　　一句话叫岁慈的笑容凝固，如坠冰窟。

　　如果说在女人和皇图霸业中选择，以谢长夜的性子，他会毫不犹豫地选择第二个，所以当怀安郡主识破岁慈的身份，要与他做笔交易时，他只想了想，便含笑答允了下来。

　　"不过是从小长大的侍女，虽跟久了有些感情，但毕竟是个死士，有何不可？"

　　就是在那次无意撞破后，怀安郡主起了疑心，暗地里调查出了岁慈的底细，并恍然明白了谢长夜娶她的目的。但她不仅没有声张，反而向谢长夜挑明，愿意跟他联手，以郡王府之势，助他一臂之力，回到陈国夺取王位。

　　只是条件有两个，一是登基后立她为后，二是除掉岁慈。

　　方法很简单，安排岁慈去刺杀她，让岁慈被埋伏好的侍卫擒住，当场诛杀，不留任何退路，这样既能挑起陈国与南诏的矛盾，又能叫对他忠心耿耿的死士物尽其用，简直是一箭双雕。

　　对于怀安郡主的计划，谢长夜没有异议，只是似笑非笑道：

"区区一个死士也劳郡主这般算计？"

怀安郡主也跟着笑了："防患于未然，只要有万分之一的可能，我都要扼杀掉。"

这场交易，其实就是对谢长夜的考验，两头孰轻孰重，一目了然，所以他放弃了岁慈也在怀安郡主的意料之中。

只是这一切，都被顺着河流潜入宫里活水湖中的衡听到了。

他上一次消失也是因为谢长夜，那天在客栈若不是他恰巧出去，早被谢长夜派去的杀手乱剑刺死，抬到荒郊埋了。

谢长夜那个人实在太可怕，衡不放心岁慈，便一直暗中跟着她，想默默地保护她。

从南诏跟到陈国，他穿过了一个个湖泊一条条河流，锲而不舍，却终是没有白走一趟，及时救了岁慈一命！

而岁慈，在听了来龙去脉后，手脚一阵阵冰冷，也终于在这时明白，为何临行前，公子会问她："如果不能全身而退呢？"

因为在他的计划里，根本就没有她的全身而退。

（五）

衡说，要岁慈跟他走，远离纷扰，海阔天空，为自己活一次。

但岁慈不肯走，她还是选择回到谢长夜身边，即使等待她的是刀山火海。

有些人的命注定就不属于自己，在公子从雪地里救出她时，她的命就已经是他的了。

她追随他这么多年，始终执拗地相信，或者说愿意相信，他对她是有一丝丝不同的。

她想赌一赌。

在前往驿馆的一路上，岁慈听到百姓都在议论。

行刺一案闹得沸沸扬扬，陈国国王焦头烂额，极力撇清。

岁慈这才知道，那夜没有了她的计划却依旧完满，谢长夜早做准备，将所有可能都算到了，如果她没有出现，那么提前安排的另外一个死士就会出来，替代她完成任务。

岁慈混在人群中，在城楼底下看见了行刺失败的那个"倒霉蛋"，他的身体被桅杆穿透，血淋淋地挂在风中。

和衡说的结局一模一样。

假使不是衡的阻止，挂在上面的早就是自己了吧。

不知是带着怎样的心情，岁慈摸进驿馆，不出意料地见到了谢长夜。

"回来了。"

他只看了她一眼，便依旧在灯下研读地形图。

淡淡的语气，仿佛什么也没有发生，岁慈一怔，紧接着却是沉默。

他们心知肚明，却谁也没有揭破。

在岁慈没有出现的那晚，谢长夜接到一封密函，索性配合她的消失，将计就计，对怀安郡主说计划改变，她的用处不仅仅是刺杀陈国国王。

她将代替怀安郡主，远嫁大渝，进行和亲。

密函上所报，便是大渝使臣来南诏，替汗王求赐郡王府千金的消息。

届时运作之下，谢长夜将不仅多了郡王府的势力，还将通过岁慈与大渝牵线，得到大渝的支持，这其中环环相扣，滴水不漏，唯一不确定的就是，岁慈会不会回来。

但显然，这从没在谢长夜的考虑之中，因为他算准了她会回来，即使前面是刀山火海。

直到这时，岁慈才真正感觉到一种无以名状的悲凉，她彻底赌错了，她从头到尾都在自作多情，她与那些死士没有任何不同。

唯一的不同也许就是，她更温顺，更忠心，更会心甘情愿地去卖命，并且永远不会背叛她的公子。

想通了这点后，岁慈对谢长夜的一颗心终于死了，这世上大概只有衡，只有那个心思至纯的少年，不会利用算计她，是一心一意地对她好。

他还说要带她走，去寻找他们希冀的自由和天空，但那片天，她此生应该是看不到了。

她只盼衡能带着他们的心愿，海阔天空，不负毕生信仰。

（六）

远赴大渝前，谢长夜见了岁慈最后一次，看着那双空如死灰的眼眸，他心头一悸，竟有种冲动想拥她入怀。

"你……恨不恨我？"

岁慈摇头，眼底再无一丝波澜，温顺而疏离。

那陌生的疏离终叫谢长夜有些慌了，他忍不住伸出手："阿慈，大局一定，我必将你从那苦寒之地接回来……"

岁慈退后一步，垂首不语，姿态恭敬。

她太清楚，等到她没有利用价值的一天，她很可能突然"暴毙"，公子大抵会接回她的骨灰，撒在陈国故土，也算主仆一场，没有亏待她了。

果然，谢长夜的语气又恢复了一贯的冷静，轻拈起一颗药丸。

"那把这个吃了吧。"

岁慈看了一眼，默默接过，无甚表情地吞了下去。

"这叫寒玉蛊，若没有定期服用解药，寄主的五脏六腑将被体内的寒虫冰冻起来，手脚僵硬，无知无觉地停止呼吸，成为一具冰封的尸体。"

即使做好了心理准备，但在谢长夜淡淡的描述中，岁慈仍煞白了一张脸，那个声音却陡然一厉，在她耳畔一字一句地说：

"上次你因何消失，我不去追究，但同样的事情，我不希望发生第二次。"

出发那天，谢长夜与怀安郡主站在城楼上，目送着送亲队伍如一条长龙般蜿蜒而去。

那马车上坐着自小跟他颠沛流离，一路追随长大的姑娘，他说过终有一天要带她回到故乡，再不受一点儿苦。

她从前很信他，现在不知道是否还愿意相信，但没关系，即便她不知，天知，地知，他知，足矣。

大风猎猎，谢长夜衣袂飞扬，一旁的怀安郡主紧盯着他，似笑非笑地一挑眉："怎么，舍不得？"

"舍得舍得……"谢长夜也跟着笑，唇边低喃着，"有舍才有得。"

他一只手伸向半空，五指朝下，缓缓并拢，一字一句飘入风中，不知是说给怀安郡主听，还是说给自己听——

"从来舍不下的只有皇图霸业，无限江山。"

寒风刺骨，漫天雪花纷飞，送亲的队伍在行进了两个月后，终是抵达大渝边境，只要再过了那片结了厚厚冰层的湖泊，就能进入大渝都城。

马车里，岁慈粉面红妆，穿着鲜艳的嫁衣，就像个了无生气的木偶娃娃。

这一路上她都沉默寡言，除了经过山川河流时，她会掀开车帘，不由自主地望向波光粼粼的水面，想着衡如今会在哪里，过着怎样的日子，他是否还在执着地追寻着自己的天空……

她想起当年在漫天星野下，他们彻夜长谈，说着彼此的希冀，对未来充满憧憬。

那大概是她生命中最无忧无虑的一段日子。

"咔嚓"一声，岁慈回过神来，她似乎听到了什么破裂的声音，她以为是自己的幻觉，但随着那越来越大的"咔嚓"声，冰湖上一路随行的队伍也纷纷感觉到了，终于，有人发出了一声惊叫："看，冰层在裂开！"

轰然一声，冰屑横飞间，一道银光破冰而出，湖水瞬间涌上！

人仰马翻，一片惊慌失措的哭喊中，岁慈的马车跌入破开的冰洞里，湖水扑鼻灌来，一双手紧紧抱住她，带着她潜入湖底，刹那间消失在了众人眼前。

深不见底的湖水下，岁慈又摸到了那熟悉的鱼鳞，她颤着身子，在无边的黑暗中抱紧那个少年，再也克制不住地泪流满面。

衡，是她的衡。

她无法想象他是如何做到的。从南诏跟到大渝，突破重重险阻，破冰而出，如神祇般降临在她面前，点燃了她枯槁般的一颗心。

如果说生命中还有什么值得留恋的，那就是他，这一次，她不会再松开他的手了。

（七）

仿佛得到了一次重生的机会，前尘往事皆如梦幻泡影，岁慈决定像衡说的一样，为自己活一次。

她跟着衡去了一处山谷，那里的天很蓝、水很清，却寂静得空无一人。

衡拉着她的手仰望长空，眸中依旧是深深的眷恋与向往。

他说，这是他的家乡，赤羽鱼人曾经生活的地方，千百年以前，这里还十分热闹，那时他们一族还没有被剥夺翅膀，还能自由自在地翱翔蓝天。

但神灵夺去他们的羽翼后，这里就迅速衰败下来，有族人不辞辛苦地去往蓬莱仙境，想求得神灵的谅解，重赐赤羽给他们，可统统没有用，赤羽鱼人一族再也不能飞翔了，从此彻底与天空告别，只能仰头悲鸣，在梦中徜徉天际。

岁慈静静地听着，和衡依偎在一起，久久没有说话。

她手心冰凉，越发地怕冷了，但她没有告诉衡，她知道，这是她体内的寒玉蛊发作了。

如果不回去找公子拿解药,她恐怕就活不了多久了,但她更清楚,一旦回去,她就再也挣脱不出来了,她将失去自由,失去衡。

所以,她宁愿用剩下的生命陪伴着衡,在这个与世隔绝的山谷里,安详地死去。

但死之前,她还要做一件事。

而与此同时,南诏国,漓城。

在得知王妃中途被劫的消息后,谢长夜几乎将银牙咬碎:"找,掘地三尺也要把人给我找出来!"

他没有想到,事情的演变会一次次超出他的预计,倘若岁慈再等等,再等等就好了,她就会发现,一切根本不是她想象的那样。

他与怀安郡主周旋,是费了多大的力气想要保全她的。

行刺一事,他表面答应郡主,定下置岁慈于死地的计划,但实际上,那是置之死地而后生,她若不"死",怀安郡主如何安心放过她?用来替代岁慈的那具易容尸体他都已经准备好了!

让岁慈代替郡主去和亲,也是绝境之下的将计就计,其实就算她没有中途被劫走,他也早就安排了人将她替换出来,神不知鬼不觉地"偷龙转凤",避开怀安郡主的耳目。

城楼上一番对话也是一半野心一半做戏,不过是为了骗过怀安郡主,那样精明的女人,连他一丝一毫的表情都不愿放过,他又怎敢在大局未定之前行错一步。

可简直是天意弄人,他精心筹划,岁慈却偏偏没有一次能走到那一步,亲眼看到他后半截的安排。

他喂她寒玉蛊,不是想控制她,只是害怕她会像上次一样,消失不见。

在看到她疏离的眼神后,他已经不确定,这一次,她还会不会回来?

所以他宁愿以这种方式,强硬地留住她,待到大局定下后,他就会将一切和盘托出,她跟着他在南诏吃了那么多年的苦,步步为营,好不容易看到胜利的曙光,她为什么就不能再忍忍呢?

"阿慈,你会回来的对吧,即便是为了解药……"轻声呢喃着,谢长夜疲倦地闭上了眼眸。

他还不知道,世上不是每件事他都能算透的,更不知道,有些东西,比生命更重要。

(八)

"没有水,他会死;没有我,他会悲伤;但没有天空,他……就不是他了。"

沅水之畔,岁慈向神巫族的长老提出了心中所求。

她想用余下的生命,为衡做出一对翅膀,一对能真正翱翔天际的翅膀,实现衡和赤羽一族千百年来的追寻。

长老唏嘘不已,叹息着,便动身去了一趟北伏天,拿到了青鸾帝君青羽农的两片羽毛。

将羽毛交给岁慈后,长老有些迟疑:"岁慈姑娘,你……当真不后悔?"

她将借助这两片灵羽,以耗损心头血的方式,绣出一对翅膀,当赤羽绣成的那一天,她的生命也将到尽头了。

岁慈摇摇头,脸色苍白:"本来也活不了多久,倒不如成全衡的向往……"

海阔天空,看长风掠过浮云,那样的场景一定十分美丽吧。

能和衡自由地飞翔一次,她还有什么不满足的呢?

谢长夜来到沅水之畔时,已经是一个月后,他千方百计才查到岁慈曾来过这儿,可当他知道她向神巫族的长老提出了怎样的所求时,他瞳孔骤缩,难以置信。

长老拄着拐杖,抬头望了望天,叹息道:"算算日子,衡的翅膀应当绣好了……"

当神巫族的长老带着谢长夜终于到达那片山谷时，恰看见一双赤羽飞过他们的眼前。

　　适时夕阳西下，灿烂的霞光笼罩着天地，风声飒飒，一草一木都带着一种动人心魄的美。

　　赤羽银尾的少年，银发如瀑，张开双翅，背着衣袂飞扬的岁慈，在风中自由自在地翱翔着。

　　他们笑得那样欢快，交叠的身影在霞光中朦胧柔和，震撼莫名，而又美得像个梦。

　　谢长夜怔怔地仰头，望着长空里的那两道身影，跌跌撞撞地想奔上前，却终是无力地跌跪在地，滴答一声，水雾模糊了眼前。

　　他……他还是来晚了吗？

　　她宁愿变成一具冰封的尸体，也不愿再回到他的身旁。他以为他算无遗漏，处处为她安排好了后路，但恍然间他才发现，他从一开始就错了，世上万物皆可算，唯有人心，是不能用来这样算的。

　　天地为盘，苍生为棋，他什么都能赌，就是不该拿心头之爱赌上。

　　耳边仿佛又响起当年星野下，他在暗处听到的那番对话，一个要自由，一个要天空，那么他呢？

　　他殚精竭虑一世，兜兜转转，到头来却失去了最宝贵的东西。

　　风吹山谷，白云浮衣。

　　坐在衡背上的岁慈，感觉到身体渐渐冰冷，浓重的疲倦向她袭来，她缓缓将脸颊贴近了衡的背，唇边含笑，似乎就要这样睡去。

　　而全然不知的衡依旧兴奋着，摆动着闪闪发光的鱼尾，展开双翅，带着岁慈飞过了那轮金黄的夕阳。

　　霞光笼罩在他们身上，长风掠过衣袂，发丝飞扬，离头顶那片苍穹越来越近，就像衡曾经无数次梦到的天空一样。

当日苍山云海,他们三兄弟比肩而立,踌躇满志。

一个要游历四方,一个要扬名立万,一个却只要平平安安,三人永不分离。

岂知世事一场大梦,人间几番秋凉。

(一)秦老大,唐老二,黄老三

蓬莱之岛有间虫二馆。虫二馆的老板是个男子,唤作秦素衣。

他常年素衣披发,一柄竹骨扇在手,迎风一打,四个大字潇洒不羁——"风月无边",故馆名曰虫二。明明极素淡的一身,人往那一站,唇边带笑,却总能看出几分百转千回的风流,也许因为秦老板开的是家乐坊的缘故。

乐坊向南,开在蓬莱之岛的人界,挽月小国,小国景致优美,是一个四方妖精修炼的好地方。

秦素衣刚来时就从道士手上救下过一只小蝶妖,那小蝶妖并无害人之心,只因道行低浅需吸食烟火气填饱肚子,被秦素衣救下后感恩戴德,瑟瑟发抖的模样叫人可怜。

这样的小妖挽月国里多的是,虽无害人之心,却难免控制不好轻重伤了人性命,又须冒着被捉妖师追捕的风险,秦素衣在又撞上几回后,想出了个法子,开了家虫二馆。

挽月国的精怪们这便都有了好去处。

既不用东躲西藏，又能光明正大地饱食生存，秦素衣授她们温和的修习之术，于丝竹歌舞间便能悄无声息地食得人身上的烟火气，来来往往的客人们中，只要不存心吸食一个人的，那性命便无甚大碍。

入夜时分，正要关门的虫二馆来个大青影。

是真正的大青影，一身青衣从头裹到尾，若不走近看，倒真似只绿螳螂。

秦素衣站在楼梯上翻了个白眼，只道唐御风那家伙又来蹭吃蹭喝了，连忙招呼人关门落锁，还未抬手，人便顿住了——

来人背上竟还背了个小女孩，裹在一件青色的斗篷里，只露出张雪白的小脸。

秦素衣还未回过神时，那斗篷包裹的一团已被塞入他怀里，耳边是唐御风似笑非笑的声音："尽管老子顶讨厌那个鸟人，可相交一场，到底不想看他一错再错，秦老大，你看着办吧。"

秦老大，唐老二，黄老三。

这排名是昔年在蓬莱苍山修行时，秦素衣摇头晃脑自封的，除了他，其他两个都不承认这顺序，尤其是心比天高的黄老三。

唐御风倒没那么拧巴，可每当他主动叫出"秦老大"时，秦素衣就知道没有好事发生了。

就比如现在，他关上房门，把斗篷团子放在床上，一边拿扇柄挠脑袋，一边对着那张雪白的小脸，大眼瞪小眼。

"你当真是修盈公主？"终于，秦老板试探着开口了，"死了的允帝是你爹？听闻他年近七十，你怎么才这么点儿大？"

斗篷团子默不作声，只是盯着秦素衣看了许久，漆黑的眼眸深不见底，像是在判断些什么。

"难道……"秦素衣迟疑了，伸出手，"你是个哑巴？"

斗篷团子向后一退，避开秦素衣的手，抿了抿唇，欲言又止："不是，我不是哑巴。"

轻飘飘的一句，音色稚嫩而柔软，当真就如个奶娃娃般。

但紧接着的一句，却叫秦素衣瞠目结舌，竹扇都要握不住了。

"我是允帝的十七公主，段修盈，今年刚好满二十。"

说话间，斗篷已霍然敞开，秦素衣倒吸了口冷气，入目的一具不足十岁的女童身躯，衣衫单薄，浑身被冷汗浸湿，微微颤抖着。

那小小人儿怀里还紧紧抱着一块玉璧，不是挽月国的传位玉玺，更是何物？

允帝驾崩后黄老三翻遍了皇宫上下都没寻到玉玺，气得大发雷霆，没承想被唐御风那小子瞒天过海，连同修盈公主一同运出了宫，悄无声息地送到他这虫二馆来了。

秦素衣还未平复过来，斗篷里那个小小人影已下床跪在了地上，雪白的面孔焦急万分，说出口的却依旧是无比稚嫩的声音：

"我知先生不是寻常人，我父皇被奸相害死，皇兄皇姐被赶尽杀绝，修盈走投无路，幸得唐少侠相救，如今携玉玺而逃，还望先生助修盈一臂之力，辅佐我皇室一脉，拨乱反正，重振挽月国！"

她口中的"奸相"，不是别人，正是秦素衣的兄弟黄老三。

（二）天命

古人云，该来的躲也躲不掉。

就在秦老板对月长叹，把手中的竹骨扇翻来覆去地把玩第七百零七遍时，一袭黄袍找上了门。他家老三一身煞气，直入馆内：

"修盈公主被送到你这来了吧，快快交出她和玉玺，那臭螳螂竟在这紧要关头插一脚，真是唯恐天下不乱，莫叫我逮着他！"

来势汹汹的恨骂声中，秦素衣依旧垂首把玩着竹骨扇，眉头都没抬一下，只低低地笑。

"这天下要乱，也是被相爷搅乱的吧。"

那袭黄袍乍然变色:"秦素衣你什么意思?"

秦老板此时仍在笑,嘴角却弯成了一个嘲讽的角度:"我的意思是,黄谛梦,你这名字取得太好了。"

四目相接中,他的声音蓦然拔高:"黄谛梦,皇帝梦,你这名字取得倒是野心勃勃,唯恐天下人不知你是个十足十的奸相吗?"

黄谛梦脸色瞬间煞白一片:"我不想与你做无谓的争辩,你既不肯帮我,那就也别管我的事,那小侏儒呢?你把她藏在哪?是不是她给你下了什么迷药?秦老板果真是懂得怜香惜玉之人哪。"

辛辣的讽刺间,秦素衣怒极反笑,竹扇一打,"风月无边"四个字明晃晃地闪花人的眼。

"好好好,那我就怜香惜玉到底。失礼,不送!"

秦素衣起身拂袖而去。没走几步,却被个艰涩的声音叫住。

"秦素衣,你如今是终于忍不住,要同那臭螳螂一般,与我决裂了吗?"

秦素衣握紧竹扇,徐徐转身,对上黄谛梦的眼眸:"老三,做个蓬莱人界的帝王,真对你有那么大的吸引力吗?"

黄谛梦脸色苍白,眉眼间却仍是笃定之态:"我选的路没有错,我要当的也不仅仅是人界的帝王,这还仅仅是第一步,问鼎蓬莱才是我的最终目的。"

"够了!"秦素衣终于忍不住,颤抖着手,仍欲相劝,"老三,天命难违,你当真不怕遭天谴吗?"

黄谛梦却黄袍一甩,眸光骤冷,哼道:

"天命?我只知命途是由自己写就!生于蓬莱,我宁鸣而生,不默而死!"

(三)旧愿

没有玉玺,黄谛梦照旧登基做了挽月国的皇帝,满朝文武无人敢说半个不字。百官朝贺,烟花满天。

秦素衣却打点细软,悄无声息地关了虫二馆,携一众妖魅连夜出了皇城,直奔人界北方。

北方有挽月国询王率领的援军,询王乃修盈公主的嫡亲叔父,是段氏一族复国的最后希望。

天蒙蒙亮时,他们的马车在官道被军队团团包围,当先一人跨马而出,正是新皇。

黄谛梦不多话,一跃下马,衣袍无风自动,靠近马车,欲挑开车帘一窥乾坤。

一直漫不经心的秦素衣却仿佛早有准备,竹扇一拦,两人转眼缠斗上了半空,素衣黄袍打得眼花缭乱。

秦素衣冲下面吼道:"你们快走,别管我!"

"想走?没那么容易!"黄谛梦一边对付着秦素衣,一边高声下令,"敬酒不吃吃罚酒,来人,布阵,撒网,一个都不许放过!"

底下的官兵立刻得令,几人排众而出,祭出拂尘铜铃等法器,嘴中开始念念有词,只见光圈大作间,长风猎猎,布满银丝的网从官兵中抛出,从天而降团团罩住虫二馆众妖,随着阵法的摆开,妖魅们猝不及防,纷纷现出了原形,发出凄厉的尖叫声。

飞沙走石间,秦素衣脸色大变,无暇再与黄谛梦相斗,掠身就想冲下去救人,黄谛梦却趁他这分心不备之际,一掌摧出,携厉风直直劈向那辆马车。

"轰"的一声,满场皆惊,在扬起的尘埃中,马车瞬间四分五裂,里面空无一人!

"怎、怎么会这样?"黄谛梦瞳孔骤缩,收掌失声道。

马车里只有一幅画卷,画上的三人比肩而立,含笑站在蓬莱苍山处,俯瞰世间,曾几何时的豪情万丈,满心憧憬,却都在如今的刹那间被无情粉碎,只化成了漫天飘洒的纸屑,纷纷扬扬地落在风里,含着今夕何夕说不出的凄凉。

"老三,还记得当年初下蓬莱苍山,我们三人站在云海间,来人界历练之前各自许下的心愿吗?"

当日蓬莱苍山,他们三人踌躇满志。

唐御风说想游历人界四方,去见识一下各种各样的武功奇招,将那些招数融合进他的螳螂拳里,创出一套天下无敌的拳法。

黄谛梦说生于天地间若不能扬名立万,一展宏图,有何意思?

秦素衣望向缭绕云烟,笑道:"我嘛,我最简单,去哪里都好,只要能做自己喜欢的事情,只要咱们三兄弟在一起,平平安安,快快活活的,那就够了。"

漫天碎屑中,黄谛梦眼皮直跳,像猛地醒转过来般,他一个激灵,握紧双拳怒吼道:

"秦素衣,你和那臭螳螂玩够了没有?我早该想到你们声东击西,掩人耳目,你在故意拖延我的时间,修盈公主其实是被他带走了对不对?这么多年兄弟,倘若还记得当初一丝丝情意,你们也不该为了一个外人来反我!"

(四)软禁

秦素衣被软禁在了深宫之内。

等到黄谛梦再次踏进庭院时,已是半月后。

他不仅整顿好了朝纲,稳定了大局,还带来了一个对秦素衣绝称不上好的消息。

修盈公主抓到了。

不是被黄谛梦加派出去的人马抓到的,而是被她的亲叔父,询王亲自押送回了皇城,作为给新皇登基的贺礼。

"询王是个识时务的人。"黄谛梦悠然负手,对秦素衣说出这话时,难掩得意,"你千辛万苦让那小侏儒逃出去了又如何?结果还不是一样,枉费心机,她天真,你竟也和她一样天真,在这里待了这么多年,竟然还没有发现,蓬莱最恐怖的是什么吗?"

"蓬莱凡人怕邪魔,其实邪魔有什么可怕的?蓬莱最恐怖的,

是人心。"

"朕不妨再告诉你一件事,你道那修盈公主当真是天生的侏儒吗?她不过是中了奇毒。她是允帝最小的女儿,只因聪敏伶俐,深受喜爱,便被旁人妒去了,十年前下毒的正是她的几个好皇姐,宫廷之中的钩心斗角,防不胜防,不过如此。她全无怀疑,还心心念念要替她们报仇,要光复她段氏皇族,当真是愚不可及。"

"连血浓于水的身边人都信不过,还敢去投靠什么叔父,真不知是可笑,还是可叹。"

黄谛梦挥挥手,庭院一下多了两个人,唐御风与修盈公主。

唐御风依旧是从头绿到尾的一身大青衣,朝秦素衣拱了拱手:"秦老大,小的辜负您老的期望了。"

"好说,好说,黄老三是什么怪胎你又不是不知道,折他手里不丢脸。"

数日之后,黄谛梦又来了一趟小院。

他要见修盈公主,不,确切地说,是有人要见她,那个人是挽月国的盟国,珠澜国君主的三王子。

段修盈曾经的未婚夫。

大渝国听闻挽月国内乱,趁机联合诸多小国前来进犯,连破挽月十二关。率领联军攻来的那员猛将是大渝王亲封的神虎将军,据说有神虎之力,一人可抵百万师。

而事实上,这所谓的"神虎将军"也的确是万兽之王。

他是蓬莱苍山一头修行了千年的白虎精。是他们的一位故人,或者说,宿敌。

黄谛梦紧急部署,调兵遣将,欲御驾亲征,并向盟国珠澜请援。谁知珠澜一方的回应是,不见十七公主段修盈,不发兵。

原来珠澜国君主的三王子与修盈公主曾定婚约,后修盈公主患上奇疾,不想耽误三王子,就主动退了婚。但那三王子却对修盈公主念念不忘，遭退婚后相思成疾，一病不起。此番挽月国内忧外患下，珠澜国君主便提出，要黄谛梦将修盈公主嫁给三王子，他珠澜才会出兵相援。

黄谛梦被这些儿女情长的事搅得心烦意乱，只能将修盈公主册封为皇妹，封号仍为"修盈"。他与珠澜国君主商榷，先让三王子与修盈公主订婚，待到珠澜出兵相助挽月，得胜回朝时，两国再为他们举行大婚，缔结永世友好盟约。

（五）赌约

"以蓬莱为盘，苍生为棋，步步为营，成败为赌，昔年苍山豪赌，竖子可还记否？今时不同往日，文斗武斗吾等皆不在话下，只待兵临城下，与尔小小黄雀决一死战。"

看着白虎精递来的这封战书，黄谛梦几乎捏青了骨节。

他一闭上眼，脑海中就能浮现出当年之景。

那时白虎精飞扬跋扈，仗着自己一身霸道的本领，妄图占山为王，尤其是彼时心高气傲的黄谛梦提议能者居之，用实力来说话，胜者为王。

那场比试原本黄谛梦想与白虎精单打独斗，却被急了的秦素衣和唐御风拉到一旁，耳语一番后，就成了三对一的局面。

白虎精丝毫不介意，两拳就击败了黄谛梦和唐御风。所幸秦素衣巧舌如簧，让白虎精稀里糊涂地答应了所谓的文斗。

论起学富五车，舞文弄墨，整个苍山，还有谁比得上秦素衣那天生的竹贤士？整场比试中，一对一，秦素衣胸有成竹，出口成章，白虎精却是急得满头是汗，哑口无言。秦素衣大获全胜。

一文一武，各占胜负，两方就这般打成了平手。

白虎精重信守诺，不情不愿地和秦素衣商量着大王轮流做的事情。黄谛梦却跳了出来，铁青着脸说不同意，还有一关没有比试。

他一袭黄袍，墨发飞扬，一一扫过蓬莱众妖，最后将目光落在

了白虎精身上,紧握双拳。

先前白虎精将他打倒在地,对他的那些羞辱还字字清晰地回荡在耳畔。

"小小黄雀,也敢称王,心比天高,命却至贱,虽然老子没什么学问,却也知道有句俗话,燕雀安知鸿鹄之志,说的就是你这蓬莱之中最不值一提的小东西。"

黄谛梦努力平息住满腔翻滚的恨意,以孤注一掷的姿态,扬声向众人提出了第三关。

"先前的文斗武斗,对于治理蓬莱一方太平而言,都只是纸上谈兵,见不了真章,若想为王,不如实战演练一番,去往人界,以苍生为棋,步步为营,成败为赌,看谁能叱咤风云,笑傲天下,赢得最终的胜利。"

这样新颖的赌约叫头脑简单,又不将万物放在眼中的白虎精也来了兴趣,还不待秦素衣阻止,便立刻与黄谛梦击掌为誓。

于是,王者之局就这般开盘。

久而久之,这豪赌秦素衣和唐御风早已忘记,黄谛梦却一直记着。心比天高,命却至贱?这句话每当午夜梦回时都会盘旋在他耳畔,像无情的魔咒般,一次次地提醒着他,不能懈怠,不能放手!

生而为雀就注定渺小不堪,不值一提,出不了头吗?他自封鸣帝,便是要一鸣惊人,叱咤风云,一统人界,问鼎蓬莱。

(六)大礼

黄谛梦这便开始清点兵马,准备御驾亲征,修盈公主与唐御风留守宫中,而秦素衣则答应了黄谛梦,作为军师随他上战场,助他打赢这场仗,打败白虎精。

动身前一夜,他们三兄弟坐在后宫月下,吹着冷风,喝了最后一回酒。

唐御风喝得舌头都大了,抱着酒坛,俊秀的一张脸几乎红透,指着黄谛梦张口就来，依旧是那句在嘴边挂了千百年的老话："虽然老子顶讨厌你这鸟人，但是上了战场你可不能认栽，你得活着，得好好教训一下那臭老虎，听见没有，活着，活着回来……"

声音越来越小，那身大青衣终是打了个酒嗝，歪歪扭扭地睡了下去，嘴里还无意识地嘟囔着："活着，老三……"

话语吹散在夜风里，黄谛梦失笑摇头，解开自己的斗篷，轻手轻脚地为唐御风披上，眼中却也有了三分醉意。

秦素衣静静地看着这一幕，嘴角含笑，又一杯酒仰头饮下。他不会知道，这是他们三兄弟，最后一次，这般纵情恣意地饮酒了。

在唐御风和黄谛梦都睡着后，秦素衣悄无声息地去了修盈公主的寝宫，临行前，秦素衣准备送一份大礼给修盈公主。

这份大礼，是一管竹笛。确切地说，是他自己的一根竹筋。

虽然他将修盈公主体内的余毒清除了，但那些经年累月侵入的奇毒，早已深入骨髓，难以修复，唯一的办法是重新塑骨。

他在月下缓缓展开竹扇，指腹轻轻地抚摸着扇骨的每一丝纹络，骤然，两根手指并起一夹，以迅雷之势狠狠地拔出一根。

一声压抑的闷吼随即响起，秦素衣痛得咬紧唇，鲜血漫出，身子仿佛被电击了一下，瞬间激颤着佝偻起来，一时扶着长廊都站不稳，痛苦万分。

那根被抽出的竹筋散发着幽绿的光芒，在风中摇身一变，幻作一管清雅的竹笛。

只要吹响竹笛，以竹音缭绕身畔，灵力融入体内，竹节替代骨节，如此破腐生长，日复一日，循序以增，不日便可塑骨成功，恢复窈窕身姿。

月朗风清，当修盈公主被叫出来时，只在廊下看见了眉眼含笑的秦素衣，她心头一跳，按捺不住喜悦上前，凑近了才发现，秦素衣脸色苍白，浑身冷汗直流，是从未有过的虚弱模样。

修盈公主立时大惊失色，不住追问下，秦素衣推不过才简单解释了几句,修盈公主接过那管沉重的竹笛时,已是红了眼眶:"先生,先生你怎可为了修盈抽筋拔骨,忍受那撕心裂肺之痛楚,修盈如何受得起,修盈欠先生已良多,这辈子恐怕都还不完了……"

秦素衣最见不得美人垂泪,即使是个娃娃美人:"什么还不还的,我家老三强占你挽月王位,权当我替他还债了。"

"秦大哥!"修盈公主蓦然抬起头,一双眼眸盈盈若水,定定地望着秦素衣,一字一句地开口,极轻又极重,"秦大哥,我等你回来,你一定要平平安安地回来!"

秦素衣又是一愣,却也被修盈公主那认真的神情所感染,不由得回道:"行,你与老二便等着我吧,我们必当凯旋归来,不叫联军得逞,不让挽月百姓遭难。"

第二日,天空晴好,万里无云,黄谛梦与秦素衣整军出发了。

浩浩荡荡如长龙的军队中,秦素衣跨于马上,一袭云衫飘飘格外惹眼,修盈公主遥遥望着,握紧手中竹笛,眸光闪烁。唐御风也是百感交集,临行前秦素衣对他道了竹笛之事,还再三嘱咐他照顾好修盈公主,就当替黄谛梦赎罪了。

(七)甲士

仗一打就是三个月。

原本关在牢里的那群妖精也被放了出来,组成了一支"妖队",跟着自家老板上了战场,按黄谛梦的话来说,便是"戴罪立功",风情万种的狐美人们与甩着长尾的蛇姬们却掩嘴嗤笑,不当回事,毫不客气地指出她们不是为了黄谛梦,只是追随自家老板,为了秦素衣赴汤蹈火也在所不辞。

黄谛梦吃了瘪也不恼,只似笑非笑地望着秦素衣,嘴中打趣,道他不愧是惜花秦老板,女人缘当真不是一般的好。

秦素衣摸摸鼻子,一边故作谦虚,一边竹扇一打,合着那四个字笑得风月无边。

但实际上,这支"妖队"也的确帮了黄谛梦不少忙。

因为白虎精座下有三千先锋甲士,他们是一群疯子。

不知白虎精用了什么方法,百般实验,炼制出了一支疯狂的军队,他们不会累不会疼,无知无觉,只知冲锋陷阵,消灭敌人。

如此骇人的奇兵,根本不是普通将士可以抵挡的,是故才会叫联军连破十二关。只有众妖各施本领,才能勉强抵挡。

风云变幻的战场上,虫二馆的众妖们竭尽全力,各施神通,与白虎精的三千先锋甲士打得十分艰难。

秦素衣开启灵识,望向那群疯子,欲从他们身上寻求破绽。

只见开启的天目中,大渝的无数将士背井离乡。千里之外的妻儿还在家中挑灯等候,而远赴前线的他们却再也无法归家,战吼仿佛呜咽,叫人闻之落泪……

秦素衣心头大悟,他知道该如何破解这"无敌甲士"了!

风声愈急,鼓声愈急,秦素衣云衫飘飘,携一把古琴,一坛老酒,深入战场,席地而坐。

幻化出的一方结界叫敌军近身不得,秦素衣坐于光圈中,随手抓起酒坛,将烈酒尽数浇在了古琴上,扑鼻而来的浓郁酒香中,酒坛应声而碎,他修长的指尖拨出了第一个音。

仿佛潮水泛开,他衣袍鼓动,长发飞扬,古朴厚重的琴声瞬间波荡至了整个战场,宛如说书人慈悲的口吻,一丝一弦,如泣如诉,在战场上空飘荡着。

琴曲是大渝街巷传唱,三岁小儿亦会哼的歌谣,老酒是大渝本地特产,浓郁芳香的"离人归"。

琴音酒香转眼覆盖了整片战场,秦素衣衣袍鼓动,长发飞扬。

不知是谁发出了第一声嘶哑的哭号,如潮水泛起的一个信号,三千甲士的动作都停了下来,仿佛在悠长的琴音中相继苏醒过来,手中兵器"哗啦啦"地坠地,哭声此起彼伏,渐渐地响作一片,甲士们抱头痛哭,望着家乡的方向哭得像个孩子,嘶哑悲恸的声音回

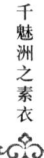

荡在战场上空：

"回去，回去，回家乡……"

秦素衣置身结界光圈中，手下仍不停地抚琴，眼眶却也不禁湿润了。

（八）意外

秦素衣一战成名，素衣军师的名号一时间传遍军营。

他率领着众妖和黄谛梦的部队会合，还来不及庆祝一番，却又遇到了一个新的棘手难题。

没了那三千甲士，联军的确不足为患，但白虎精还留有一招。

这些年不见，他功力似乎又见长了，不仅虎啸功愈加炉火纯青，还修习了一种拳法，震天动地，威力惊人。

营帐里，黄谛梦揉揉眉头，将与白虎精对战时的情况一五一十地告诉了秦素衣。

"要想打败他十分困难，但我仔细观察了他的拳法，发现和老二的螳螂拳有异曲同工之妙，一者浑重，一者灵巧，皆为拳法中的顶尖级别，又恰好相生相克，如此看来，除非把老二也叫过来，咱们三兄弟一同对抗白虎精，这才会有胜算！朕明早就回挽月找他。"

秦素衣点点头，却咳了起来，揪紧披风的领口，肩头起伏着，痛苦皱眉。

上次在战场上抚琴，他耗损了太多灵力，身子一直没有大好。

黄谛梦连忙上前，抚住秦素衣的后背，为他灌输内力。突然，他皱眉收回手，像觉察出什么不对般，绕到秦素衣身前，与他四目相接，急切道：

"你身子究竟是怎么回事？即便是那一战耗损过大，却也不至于虚弱至此，调养了这么久都不见好啊……"

秦素衣望天扯谎，做贼心虚地不敢看黄谛梦，手指无意识地把

竹扇展开又合上,这一下却叫黄谛梦惊叫出声:
"秦素衣,你八十四根千年竹节怎么会少了一根?"

入夜时分,将士们正喝酒的喝酒,交班的交班,却忽然听到从军师秦素衣的营帐里传出了一声怒吼——
"送给那个侏儒塑骨?你脑子是给狗吃了吗!"
吼声划破夜空,整个驻扎地齐齐被定住一般,静了一静。
紧接着,一道人影从军师帐中飞掠出来,跨马就向外头奔去,声若战鼓:"侍卫长何在?速速整队出发,随朕回挽月国!"
侍卫长从一顶帐篷里踉踉跄跄地跑出来,显然刚从被窝里爬起,帽子都还没戴好,慌慌张张地跪在黄谛梦的马前。
"皇,皇上,不是明早才启程吗?"
黄谛梦一鞭子抽去,暴跳如雷:"耳朵聋了吗?还要朕说第二遍吗?回挽月!"

(九)前尘

一路快马加鞭,入皇宫,穿长廊,过宫道,终于到了承华殿后,黄谛梦一脚踹开了殿门,一声怒吼:"段修盈!"
正在案前握着本书的修盈公主站起身,不再是不足十岁的孩童身躯,塑骨成功后的她明丽青春,恢复了本该有的少女姿态。
"你果然拿了秦素衣的竹筋,你可知道他少一根竹筋会如何吗?快给朕还来!"
气头上的黄谛梦不及多想,狠狠扼住修盈公主的脖颈。
"别以为朕不知道你近来在密谋些什么。你最好老实点儿,乖乖做你的修盈公主,别给朕添乱!等到打败联军,你就给朕嫁到珠澜国去,有多远滚多远,朕再也不想看见你!"
闻声赶来的唐御风恰好将这些话尽收耳底,眼见黄谛梦将修盈公主扼得喘不过气来,变了脸色就扑了上去。

"老三你个鸟人快撒手!"

被唐御风夺过修盈公主,黄谛梦咬牙切齿:"臭螳螂你究竟是站在哪一边的?"

"老子当然是站在对的那一边!"唐御风也恼了,"我们做这么多还不是为你赎罪,不想看着你被天打雷劈!"

"轰"的一声,殿门紧闭,大殿一下昏暗起来,阴风把灯烛吹得左右摇摆。

"唐、御、风。"黄谛梦逐字逐句地开口,缓缓而阴冷,衣袍鼓动,神似癫狂,他眼中似乎什么也看不见了,只有熊熊燃烧的怒火,连他自己都无法控制的怒火。

"别、以、为、朕、不、敢、动、你!"

千里之外的战场上,秦素衣缩在被中,忽觉脊背凉了一凉,像是一阵风吹了进来,冷入骨髓。他摸出心爱的竹扇,一根一根不住摩挲着,只觉今夜格外心神不宁。

秦素衣睡意上涌,打了个呵欠,一点点合上眼皮,不知怎么,梦里竟又回到千百年前,他们三兄弟初遇时的场景……

正所谓螳螂捕蝉,黄雀在后。

那是盛夏的一天,风吹林间,一只蝉,一只螳螂,一只黄雀,齐聚在了一根竹子上。

螳螂与黄雀,自然就是唐御风与黄谛梦了,而这根竹子,就是当时正在闭目小憩的秦素衣。

等绿莹莹的螳螂吃了蝉后,咂巴着嘴回味,心神正松懈时,他身后虎视眈眈了许久的黄雀瞅准时机,忽地一口啄去,吓得螳螂躲闪不及,跌下了竹子,"扑通"一声,幻成了一身青衫的俊秀少年,捂着鲜血直流的手臂开口就骂:"哪个龟孙子敢啄老子!"

竹子上的黄雀也不多说,掠身飞了下来,扑翅一变,成了一个俊美的黄袍小公子,浑身上下透着清贵无双的气质。

他眉眼一挑,鄙夷地瞪向螳螂,也学他哼道:

"就是老子啄了你这龟孙子,你能拿老子怎么办?老子不仅要啄你,老子还要吃了你呢!"

彼时都是血气方刚的小小少年,一言不合就大打出手,殊死相斗是常有的事情,更何况两者本来就是天生的死敌,当下就在翠竹前打成了一团。

被吵醒的秦素衣睁开惺忪睡眼,见到的就是一只巨大的螳螂,和一只巨大的黄雀,不,确切地说,是下一瞬就幻成的两个小小少年,同时一扑,互相掐住对方的脖颈,死不松手。

秦素衣眼见着两人要同归于尽了,急中生智插话道:"你们如今谁也打不过谁,白白纠缠,不如以一月为期,各自勤加修炼,待到一月后再到我这棵翠竹前,一决胜负,我来做公证人,怎样?"

两个少年同时哼了哼,在秦素衣又是哄劝,又是激将下,这才不情不愿地撒了手,分道扬镳,拂袖而去,只留下了擦着冷汗,站在原地哭笑不得的秦素衣。

他本以为他们都是少年心性,脾气来得快,去得也快,转头就忘,所以才定什么一月之期加以诓骗,却没想到一个月后,两个少年当真早早地就来了,一来就摆出了斗鸡的架势,狠狠瞪着对方。

结果自然又是不分胜负,打成了平手,在秦素衣的主持下,又相约一月,再定英豪。

如此一月又一月,两个骄傲的小少年足足打了十三个月,从夏天打到冬天,从冬天打到春天,又从春天打回了夏天,秦素衣打着哈欠、怀里揣着包瓜子,有一搭没一搭地嗑着。

终于,在第十六个月的深秋,秦素衣扔了瓜子儿,抡抡胳膊,甩甩蹲麻的腿,走到两个少年面前,以无比诚恳绝望的语气开口道:"别打了,你们行行好,吃了我吧,我实在看不下去了!"

两个少年收回拳脚,对视了一眼,又是异口同声道:"老子/爷爷不吃素!"

就这样，三人面面相觑，在秋风落叶间，你看我，我看你，又齐齐看向秦素衣哭丧的脸，忽然忍俊不禁，哈哈大笑。

笑声飞过长空，飞过苍山云海，像被风吹起的蒲公英，飞得很远很远。

就在这萧索深秋的一天，三个性格各异，形貌不一的妖，结拜了。对着天与地，日与月，苍山上空经年不变的云，喝酒立誓，结为兄弟。

从此不再是孑然一人，不再是寂寞修行，蓬莱之岛多了一道三人比肩而立的风景，千百年岁月就此相伴而过。

有风有云有歌，还有他和他和他。

（十）决战

"他不会来了。"

面对着秦素衣又一遍的追问，黄谛梦拂袖转身，终是没好气地解释道："老二的脾气你也知道，他不愿意来，又处处维护着那修盈公主，我怕他们串通起来，趁我们在外打仗，谋夺皇位，便把那臭螳螂暂时关了起来，等打败了白虎精，回去再解决！"

秦素衣默了默，轻抚竹扇，一声叹息，许久，才闷声问了一句："那没了老二的螳螂拳，我们如何打败白虎精？"

"无妨，我从老二那借了这个！"黄谛梦转过身来，从怀中取出了两柄青绿色的弯钩，戴在了双手上，在空中比画了一番，招如疾风，迅如闪电，"只要戴上这个，就如老二亲临战场附身于我，螳螂拳照旧能使得淋漓尽致，且我的拂云手与他的螳螂拳能够结合起来，双剑合璧，再加上你的布阵施法，还怕区区一个白虎精吗？"

秦素衣盯着那青绿色的弯钩看了许久，握紧竹扇，苍白一笑，声音略带嘶哑："如此，便最好不过了。"

一切准备妥当，已是三月后，黄谛梦已气势如虹地夺回了十一关，只差最后一战。

两方在大渝边界的一处山谷呈对峙之势。

白虎精跨于马上,与排众而出的黄谛梦遥遥相对。黄谛梦面色阴寒,唇边挂着一抹冷笑:"当年那场豪赌,今天就了结了吧!"

话音一落,战鼓顿起,两方兵戎相见。

黄谛梦从怀里取出那两柄青绿色的弯钩,不紧不慢地戴上,眸中精光一闪,带着一丝压抑不住的兴奋与快意。

秦素衣朝他点点头,亦是纵身飞起,云衫飘飘,和黄谛梦一同飞向了白虎精。

那一定是秦素衣和黄谛梦此生见到的最美的长虹。

雨过天霁,战场像被洗涤了一番,山谷里弥漫着泥土的清香。他们筋疲力尽地躺在地上,衣衫凌乱,几近虚脱。

望着那盛大而震撼的长虹,黄谛梦喃喃自语着,心潮起伏下,眉宇间是掩不住的欣喜:"这是来庆祝我们大获全胜的吗,看来连不可逆的天道也被我们给逆了。"

"不。"秦素衣仰面躺着,脸色苍白,淡淡打断了黄谛梦的话,"这是老天爷特地来送我们一程的。"

他踉踉跄跄地站起,唇角含笑:"临死前还能看到这般美景,也算不枉此生了……"

黄谛梦挣扎着凑近秦素衣:"你在说什么?什么意思?"

秦素衣置若罔闻,只向着长虹贯日的方向,微微张开双臂,闭眸含笑,一步一步走着,直到走进了一片废墟的阵法中。

那身满是血污的云衫在风中飘扬着,他忽然转过头,身影逆光,声音有些发颤:"老三,当个人界的帝王真对你有那么大的吸引力吗?"

这句已问了千百遍的话,此刻再次问出,却有如千钧重,一下压得黄谛梦喘不过气来。

"你篡改帝星也好,逆天而行也罢,你知道我嘴上说你,但实际上你做什么我都会原谅你,都会帮你,都不会忍心丢下你不管……可是,可是你为什么,为什么要……"

艰涩无比的嗓音苦苦压抑着,似是痛彻至了极点,那袭云衫在风里握紧了双手,仿佛再也抑制不住满腔翻涌的情绪,声音蓦然拔高,撕心裂肺地吼出了那一句——

你为什么,为什么要杀了老二?

(十一)真相

就在千里之外的秦素衣被冷风吹醒,辗转难眠的那一夜,挽月国皇宫的地下水牢里,昏迷不醒的唐御风被锁链缚住,长发散乱。

彼时的黄谛梦,血液里流淌着莫名的骚动,他用一桶冰水把唐御风泼醒后,最后一次问他愿不愿意上战场,助他一臂之力。

唐御风只道黄谛梦走火入魔,拉他回头都来不及,怎肯再助纣为虐,他忧心不已,苦苦相劝,说再这样下去,黄谛梦迟早会遭到蓬莱天谴,自食恶果,自噬其身。

就是这场争执,这句"自食恶果,自噬其身",彻底激怒了已丧失理智的黄谛梦,他双眼血红,衣袍鼓动,捏紧骨节,用最残忍的方式结束了唐御风的性命。

那对青绿弯钩正是唐御风被活生生卸下的手足,以灵力相融炼制而成的武器!

他竟连具全尸也未给他留下。

"老三,我不怪你,我只怪自己,当初为何不阻止你与白虎精立下豪赌,为何不阻止我们三兄弟离开苍山,如今蓬莱天谴真的来了……"

秦素衣血泪满面,袖口无风自动,已然在贯注真气,催动阵法中的另一个死阵。

他那夜心神不宁,从梦中惊醒后,到底不放心,唤来了虫二馆的几位狐妖。他要她们悄悄赶回挽月国,查探情况,一有不对便即刻回来禀告他。狐妖们回到挽月国,几经查探,终于发现了一片狼藉的水牢，以及一座隐秘的孤坟。

她们把唐御风支离破碎的躯干偷了出来，带到了秦素衣面前。

从来风轻云淡的竹子精，在见到唐御风尸骨的那一刻，五内俱焚，口吐鲜血，像心口被人活活剜去一般。

他把老二的残缺的尸骨火化，回了一趟苍山，将骨灰洒向云海。

回到战场后，秦素衣等来了黄谛梦，他极力抑住了所有情绪，不动声色地看着黄谛梦拿出了那对青绿弯钩，沾沾自喜地说如何如何打败白虎精。

进入山谷前，他与虫二馆的众妖道别，要她们回挽月国皇城去等他，等他回去重新开张。

其实，那是道别，也是诀别。她们的秦老板已做好了一去不回的准备。

尘归尘，土归土。他要将一切恩怨纷扰埋葬在这个山谷。

"昔日八拜之交，对天对地对日月，何以凋零至此？"秦素衣惨然一笑，最后望了一眼长虹贯日的奇景，对黄谛梦遥遥道，"老二，我今日来就没打算活着出去，我倾尽所有设下这道阵法，它之下，还隐藏了一个死阵，一旦开启阵法，阵中人无一幸免，你已走不出去了，这是老天爷给你我的惩罚，就让一切都结束在这一刻吧……"

（十二）尾声

挽月国的景致依旧美不胜收，在段氏女皇的治理下太平安详。人们几乎都要淡忘三年前的那场战争了。

除了每日从虫二馆门前经过时，常常能听到客人问道："这秦老板什么时候回来呀？"

姑娘们掩嘴嬉笑："快了，快了，老板出远门了，就快回了……"

但转过身，却是滴答一声，泪水湿了手帕。她们都知道，她们的老板再也不会回来了。

她们和那位高高在上的女皇一样，等的都是一个永远也不会回来的人。
　　三年前，回到皇城，她们拿着秦素衣的信物，进了宫拜见彼时的修盈公主，将秦素衣托付的一封信和三条锦囊妙计交给了公主。
　　谁知修盈公主一看完信就痛哭失声，像疯癫了般，不管不顾地就要冲出皇宫，赶赴沙场。
　　当她们一行人赶到战场时，战火已经平息，硝烟弥漫间，不知真相的将士们悲伤不已，说皇帝和军师为了对付那神虎将军，将其引到山谷深处，与他同归于尽了。
　　她们和修盈公主跪倒在一片狼藉的阵法外，哭得几近昏厥。
　　即便是最后掘地三尺，她们也没有发现任何东西。
　　秦素衣信上说的死阵，果然是会让人灰飞烟灭，连一丝一毫痕迹也不会留下来。
　　回到皇城后，众妖们继续经营着虫二馆，守着虚无缥缈的念想。而修盈公主则借助秦素衣留下的三条锦囊妙计，顺利登基，光复段氏，让帝星重燃，天命归位，一切回到了正确的轨道。
　　这场纷纷扰扰就此平息，只化为蓬莱一段遥远的传奇，逐渐淡忘在说书先生的段子里，亦不会在历史上留下只言片语。
　　但苍山的云知道，月知道，女皇每夜吹起的笛声知道——
　　他们来过。
　　素衣莫起风尘叹，犹及清明可到家。

意林精品图书推荐

《那个神秘的宣愉小姐》
简介：心理分析小说，一次亲情伤痛造成的人格分裂，一场治愈并守护爱情的计划……
定价：32.80元

《对方正在输入中》
简介：是否能从他涨红的脸颊看到他比阿尔卑斯山还强大的内心，让他的病只为你发作。
定价：29.80元

《你是年少的欢喜，喜欢的少年是你》
简介：古风作家吾玉打造都市清风之作，告诉你，如何学着去爱一个人。
定价：29.80元

《余生请对我好一点》
简介：时光回望，今日的纠葛，竟好似还了往日的债。
定价：32.80元

《比心》
简介：暗恋被冷酷拒绝，离开却突然收到女孩的短信，只有一行字，却让他笑了……
定价：32.80元

《从此晚安我自己》
简介：95后作家何家豪青春成人礼童话，将16个故事，说给长成大人的你！
定价：29.80元

《我不愿让你一个人走过青春的荒芜》
简介：写给你青春的告白书，15篇故事，有作者的亲身经历，也有勾勒的世间温暖。
定价：29.80元

《你是久爱，亦是心欢》
简介：青春与梦想，爱和守护的故事，孤冷少女与霸道阔少相爱相杀深情开演。
定价：32.80元

《胭脂将》
简介：魔幻江湖的纷乱，胭脂女将的传奇！
定价：32.80元

《一两江湖之望星记》
简介：古风作家一两打造全新江湖，一醉江湖三十春，尽在《望星记》！
定价：29.80元

《一两江湖之琵琶误》
简介：家仇国恨，爱上不该爱的敌国先锋，如何面对这生死纠缠的爱情？
定价：29.80元

《月光蒲苇①·夜阑时》
简介：阴谋、友情、爱情，上古四神的恩怨，今生能否化解？
定价：32.80元

《世界的另一个你》
简介：18岁少女的奇幻冒险，唯美魔幻的童话世界，寻找世界的另一个你！
定价：32.80元

《绯色黎明》
简介：人类并不孤单，在黑暗种族的环伺下，被掩盖的真相等着你去探寻。
定价：32.80元

《这一杯，我敬的是年少无知》
简介：悬疑作家何慕精心打造的都市心理悬疑成长小说集。
定价：32.80元

《我的人生无须证明给你看》
简介：是选择梦想，还是安于现状？马叔用这些故事告诉你答案。
定价：32.80元

多味之恋
简介：七彩青春，多味之恋，寻找身边错过的小美好。
定价：29.80元/册

十八而志
简介：十八岁之前的远大志向，决定了十八岁之后的梦想人生。
定价：29.80元/册

深夜暖心
简介：青春絮语，灯下最好的陪伴，马冊、张芸欣、冷亦蓝深夜暖心之作。
定价：29.80元/册

初心讲义
简介：初心故事讲给你听，拥有一个又一个的小温暖。
定价：29.80元/册